BASTEI LÜBBE

CRAIG SHAW GARDNER

Ein Magier in Nöten

Fantasy-Roman

Ins Deutsche übertragen von
Susanne Tschirner

BASTEI
LÜBBE

BASTEI-LÜBBE-TASCHENBUCH
Fantasy
Band 20128

Erste Auflage: September 1989

Deutsche Lizenzausgabe 1989
Bastei-Verlag Gustav H. Lübbe GmbH & Co., Bergisch Gladbach
Originaltitel: A Malady of Magicks
Lektorat: Reinhard Rohn
Titelillustration: Walter Velez
Umschlaggestaltung: Quadro Grafik, Bensberg
Satz: Fotosatz Schell, Bad Iburg
Druck und Verarbeitung:
Brodard & Taupin, La Flèche, Frankreich
Printed in France
ISBN 3-404-20128-X

Der Preis dieses Bandes versteht sich einschließlich
der gesetzlichen Mehrwertsteuer.

Kapitel Eins

›Ein Zauberer ist nur so gut wie seine Sprüche‹, hört man oft sagen. Hierzu ist zu bemerken, daß diese Behauptung vor allem von Leuten aufgestellt wird, die selbst nie Zauberer gewesen sind.

Diejenigen von uns dagegen, die es sich zur Aufgabe gesetzt haben, als Zauberer ganz nach oben zu kommen, wissen, daß die Kenntnis von Sprüchen nur eine relativ unbedeutende Angelegenheit im Leben eines erfolgreichen Magiers darstellt. Mindestens genauso lebenswichtig sind eine schnelle Auffassungsgabe, eine besondere Art zu sprechen und, vielleicht das Wichtigste, die gute Kenntnis von Nebenstraßen, unterirdischen Gängen und besonders undurchdringlichen Waldstücken für jene peinlichen Situationen, wenn der Spruch, den man todsicher beherrschte, dann doch ganz anders wirkte.

– aus den LEHREN DES EBENEZUM, Band I

Der Tag war ruhig und schön, vielleicht sogar ein wenig zu schön. Zum ersten Mal in dieser Woche erlaubte ich mir, alle Probleme zu vergessen und nur an Alea zu denken. Alea! Meine *belle d'après-midi*. Ihren Namen hatte ich erst an unserem letzten gemeinsamen Tag erfahren, bevor sie sich, wie sie es nannte, ›besseren Dingen‹ zuwandte. Aber so sicher, wie sie mich verlassen hatte, so sicher wußte ich auch, daß wir uns wiedersehen würden. In Vushta war alles möglich.

Der Magier nieste.

Ich erwachte aus meinen Tagträumen und war sofort auf der Hut. Mein Meister, der Zauberer Ebenezum, der größte Magier in den ganzen Westlichen Königreichen, hatte geniest. Das konnte nur eins bedeuten:

Zauberei lag in der Luft!

Ebenezum winkte mir, ihm zu folgen; als er rannte, flatterten seine stattlichen, mit unzähligen Stickereien versehenen Magierroben hinter ihm her. Wir stürzten auf ein paar Bäume in der Nähe zu.

Ein heiserer Schrei drang aus den Büschen auf der anderen Seite der Lichtung.

»Tod dem Zauberer!«

Etwa drei Fuß über meinem Kopf bohrte sich der Speer in den Baum. Ein halbes Dutzend Krieger rannte aus dem Unterholz, tödliche Kampfschreie auf den Lippen. Sie hatten sich mit schwarzer Farbe bemalt, um einen besonders furchterregenden Eindruck zu erwecken. Ihre Schwerter waren so lang wie ihre Arme.

Auf dem Speer waren offensichtlich ein paar primitive Zauber eingeritzt. Also, nur ein weiteres Attentat. Auf gewisse Weise war ich sogar enttäuscht. Einen Augenblick lang hatte ich gedacht, es wäre etwas Ernstes gewesen.

Es ging also wieder los. Ich konnte mich zu diesem Zeitpunkt schon nicht mehr des Eindrucks erwehren, daß diese Mordversuche langsam etwas ermüdend wurden. Die angenehmen Gedanken an meine *belle d'après-midi* waren dahin. Und auch wenn diese Angriffe in ihrer Regelmäßigkeit so gräßlich langweilig waren, schien es doch nicht geraten, ihnen zu lasch zu begegnen.

Ich sah zu meinem Meister hinüber. Der Magier Ebenezum, einer der gelehrtesten Männer auf dem großen Kontinent, den wir gerade überquerten, nickte kurz und hielt sich seine Nase zu.

Ich brachte meine Hände in die dritte Beschwörungsposition. Mit einem tiefen Atemzug trat ich aus meinem Versteck heraus. »Halt, Schurken!« rief ich.

Die Kämpfer schienen meine Warnung nicht zu beachten und stürmten mit unverminderter Wut über das Feld. Das hochgesteckte blonde Haar ihres Anführers wackelte mit seinen Sprüngen wie ein Vogelnest im Wind. Er schleuderte einen weiteren Speer, wobei er stolperte und beinahe hinfiel. Seine Trefferquote war ziemlich erbärmlich.

Eilig wob ich mit meinen Händen ein magisches Muster in die Luft. Während der letzten Tage unserer überstürzten Flucht hatte Ebenezum jede Pause, die wir uns erlauben konnten, dazu benutzt, mir die Grundzüge der Zeichenmagie zu vermitteln. Es war wirklich nicht besonders schwer. Wenn ich einige einfache Gesten beherrschte, standen Erde, Luft, Feuer und Wasser zu meiner Verfügung.

Trotzdem wollte ich bei meinem ersten Alleingang nichts allzu Schwieriges versuchen. Ein dritter Speer pfiff durch die Luft; er hätte beinahe den Anführer der Krieger von hinten durchbohrt. Der Anführer heulte vor Wut auf und unterbrach seine ungezügelte Attacke. Er war nahe genug, daß ich die Wut in seinen wasserblauen Augen sehen konnte.

Verärgert wandte er sich um, um seine Männer über eine angemessene Speerwerftechnik zu belehren. Ebenezum winkte mir von seinem Baum aus zu, endlich weiterzumachen. Es sollte also ein einfacher Zauberspruch werden. Ich entschied mich für eine kleine Erdbewegung, ein gähnendes Loch, in dem unsere Verfolger versinken würden. Und so begann ich, mit Ellbogen und linkem Bein die vorgeschriebenen Bewegungen zu vollführen, während meine Lippen die ersten Takte des ›Glücklichen-Holzhacker-Songs‹ pfiffen.

Wie ein Mann schrien die Kämpfer auf und rasten mit erhöhter Geschwindigkeit auf mich zu. Auch ich beeilte mich mit meinem Spruch, hüpfte, sprang zweimal in die Höhe, kratzte mich am Kopf und sang die vier Takte noch einmal.

Plötzlich verfinsterte sich der Himmel. Meine Magie funktionierte! Ich zupfte mir wiederholt am linken Ohr und blies mit rhythmischen Stößen die Luft durch meine Nase aus.

Ein gewaltiger orangefarbener Teppich fiel vom Himmel. Ich hielt in meinen Freudentänzen inne. Was hatte ich getan? Eine orange-gelbe Schicht bedeckte Lichtung und Krieger. Und die Schicht bewegte sich!

Ich brauchte einen Augenblick, um die wahre Beschaffenheit der Schicht zu ergründen. Schmetterlinge! Irgendwie hatte ich Millionen von Schmetterlingen beschworen. Sie flatterten wild umher und taten ihr Bestes, um den Kriegern zu entkommen, die ihrerseits spuckten, husteten, fieberhaft mit den Armen wedelten und versuchten, den Schmetterlingen zu entkommen.

Irgendwo in meinem Spruch hatte ich einen Fehler begangen; so viel war sicher. Glücklicherweise verschaffte mir die Schmetterlingsflut genügend Ablenkung, um meinen Irrtum zu korrigieren. Ich ging meine Bewegungen noch einmal durch. Und dabei hatte ich Stunden damit verbracht, meinen Ellbogen-Flügelschlag zu optimieren. Der Hüpfer, der Sprung, der Kratzer, alles schien perfekt. Außer daß es mein rechtes und nicht mein linkes Bein hätte sein sollen.

Natürlich! Wie dumm von mir! Ich machte mich sofort daran, den Spruch zu wiederholen und meinen Irrtum zu korrigieren.

Die Krieger schienen sich schließlich von den Schmetterlingen befreit zu haben. Sie atmeten schwer, manche stützten sich auf ihre Schwerter, doch dann stießen sie ein scheußliches Heulen gen Himmel und stolperten vorwärts. Ich beendete mein Summen und machte mich daran, durch die Nase zu blasen.

Wieder verdunkelte sich der Himmel. Die Kämpfer unterbrachen ihren ohnehin zögerlichen Angriff und sahen verängstigt nach oben.

Diesmal regnete es Fisch. Toten Fisch.

Die Krieger traten einen ungeordneten, aber überaus hastigen Rückzug an, stolperten und rutschten über eine Wiese, die nun mit zertretenen Schmetterlingen und Tausenden von toten Makrelen bedeckt war. Ich kam zu dem Entschluß, daß der Zeitpunkt für unseren Rückzug ebenfalls gekommen war. Nach dem Geruch zu urteilen hatten die Fische schon geraume Zeit nicht mehr unter den Lebenden geweilt.

»Ausgezeichnet, Lehrling!« Mein Meister trat aus seinem Versteck zwischen den Bäumen hervor. Er hielt immer noch seine Nase zu. »Dabei hatte ich dir den Kreaturenregen-Spruch noch gar nicht beigebracht. Du legst wahres Improvisationstalent an den Tag. Trotzdem kann ich nicht ganz nachvollziehen, wie du es zu einem Schmetterlings- und Tote-Fische-Regen gebracht hast.« Er schüttelte seinen Kopf und murmelte vor sich hin. »Man hätte sogar den Eindruck gewinnen können, daß du den ›Glücklichen-Holzhacker-Song‹ gepfiffen hättest.«

Wir lachten beide herzlich über diese irrige Vermutung und verließen die Gegend mit der gebotenen Eile. Ich wollte meinen zauberischen Fähigkeiten bis zu unserer nächsten Begegnung, die vermutlich nicht lange auf sich warten lassen würde, noch etwas Schliff geben. König Urfoo würde sicher nicht so einfach aufgeben.

Von hoch über uns kam ein Schrei, der uns das Blut in den Adern gefrieren ließ. Während ich nach oben blickte, fiel eine Gestalt, die ganz in Grün gekleidet war, in unserer Nähe zu Boden. Der Magier und ich wandten unsere Köpfe nach dem Mann, der etwa zehn Fuß hinunterstürzte, aufprallte und dann bewußtlos liegenblieb.

Neugierig umschritten Ebenezum und ich den gestürzten Assassinen. Sicher wieder einer von König Urfoos unglaublich blutlüsternen und unglaublich unfähigen Speichelleckern. Es schien, als habe Urfoo einen Preis auf unseren Kopf oder unsere Gefangennahme ausgesetzt. Gewisse Söldner witterten leichte Beute. Aber Urfoo war der geizigste aller geizigen Tyrannen; die Doppelknoten, mit denen er seine Börse zu befestigen pflegte, eröffneten dem Begriff ›geizig‹ neue Dimensionen. Die auf unseren Kopf ausgesetzte Belohnung würde sicher nicht hoch sein und vor allem nicht im voraus zahlbar. Manche Söldner verloren, wenn sie mit den Modalitäten näher vertraut wurden, schnell das Interesse. So blieben nur die Dummen, die Verzweifelten und die verzweifelt Dummen über, und die verfolgten uns jetzt. In Massen.

Ich sah auf meine abgetragenen Schuhe und meine zerrissene Tunika herunter, wobei ich mir jedes Geräusches im Wald bewußt war und jede mögliche Bewegung im Augenwinkel verfolgen konnte. Wer hätte gedacht, daß ich, ein armer Bauernjunge aus den Westlichen Königreichen, in solche Situationen geraten könnte? Was hätte ich damals getan, an jenem Tag, als ich meinem Meister als Lehrling zugeteilt worden war, wenn ich damals schon gewußt hätte, daß ich den Frieden und die Sicherheit eines kleinen Dörfleins würde aufgeben müssen, um durch seltsame Königreiche und durch noch seltsamere Abenteuer zu ziehen? Wer hätte gedacht, daß ich eines Tages sogar dazu gezwungen sein würde, Vushta zu besuchen, die Stadt der tausend verbotenen Lüste, daß ich eines Tages den Mut aufbringen könnte, jeder einzelnen von ihnen ins Auge zu sehen?

Ich sah meinen Meister an, den großen Zauberer Ebenezum, der kühn an meiner Seite daherschritt, mit seiner geschmackvollen, mit silbernen Monden und Sternen verzierten Robe, die nun leider etwas verschmutzt war; mit seinem langen weißen Haar, das allerdings ein wenig verfilzt war; mit seiner aristokratischen Nase, die nun – durch die Gemütsbewegung – leicht verstopft war. Wer hätte an jenem Sommertag vor ein paar Monaten gedacht, daß es so weit kommen würde?

»Wuntvor!« rief mein Meister.

Ich erwog einen eiligen Rückzug.

»Nein, nein, Wuntvor. Komm bitte her!« Ebenezum lächelte und winkte mich heran. Es mußte schlimmer sein, als ich vermutet hatte.

Ich war zum damaligen Zeitpunkt noch nicht lange als Lehrling bei dem Zauberer, und, um ehrlich zu sein, der Job interessierte mich nicht sonderlich. Mein neuer Meister sprach nur selten mit mir und machte wenig Anstalten, mir all die merkwürdigen Ereignisse um uns herum zu erklären. Dieses Schweigen galt so lange, bis er über irgend etwas, das ich angestellt hatte, ärgerlich wurde. In diesem Fall pflegte sein zauberischer Zorn keine Grenzen zu kennen.

Und nun lächelte dieser sonst so bärbeißige Magier. Und winkte. Und rief meinen Namen. Die Situation gefiel mir ganz und gar nicht. Warum war ich damals nur Zauberer-lehrling geworden?

Dann fiel mir ein, daß ich jetzt einen Grund dafür hatte. Einen ganz speziellen Grund. Gerade an diesem Morgen war ich ein Stück weit weg vom Haus im Wald gewesen, um Feuerholz für den Gebrauch von Ebenezums unendlichem Spruchsortiment zu sammeln. Da hatte ich von meiner Sammeltätigkeit aufgesehen – und *sie* hatte vor mir gestanden.

»Du hast wohl dein Feuerholz verloren.« Ihre Stimme klang tiefer und robuster, als ich sie von einem so zarten Mädchen erwartet hätte. Jedes Wort formte sie mit einem Paar perfekter Lippen. Ich sah auf den Holzstoß zu meinen Füßen hinunter. Ein Blick auf ihr prachtvolles langes Haar, und meine Arme fühlten sich ganz schlapp an.

»Ja, habe ich wohl«, war alles, was ich herausbrachte.

»Für wen sammelst du es?« fragte sie.

Ich wies mit einem Kopfnicken in Richtung der Hütte, die durch die Bäume in einiger Entfernung zu sehen war. »Für den Zauberer.«

»Den Zauberer?« Ihre Lippen öffneten sich leicht und gaben ein Lächeln frei, das die Engel zum Singen gebracht hätte. »Du arbeitest für den Zauberer?«

Ich nickte. »Ich bin sein Lehrling.«

Ihre feingezeichneten Augenbrauen hoben sich. »Ein Zaubererlehrling? Ich muß schon sagen, das ist interessanter als die meisten Dinge, die es hier so gibt.« Sie warf mir ein strahlendes Abschiedslächeln zu.

»Wir müssen uns wiedersehen«, hauchte sie und war verschwunden.

Vor der Tür zum Studierzimmer meines Meisters mußte

ich daran denken. Sie wollte mich wiedersehen! Und das alles, weil ich ein Zaubererlehrling war!

Ebenezum rief noch einmal meinen Namen.

Meine *belle d'après-midi*! Am Ende war es doch eine gute Sache, ein Zaubererlehrling zu sein! Ich holte tief Atem und betrat das Studierzimmer.

»Hierher, Wuntvor!« Mein Meister rückte mir einen Schemel zurecht. »Ich werde dir zeigen, wie man einen Zauberspruch aufbaut.« Und wieder erschien dieses Lächeln, schlängelte sich durch den Spalt zwischen seinem Schnurrbart und seinem langen weißen Bart. »Einen sehr speziellen Zauberspruch.«

Die Robe wirbelte durch die Luft, als der Magier sich umwandte, die aufgestickten Sterne und Monde flimmerten im Kerzenlicht. Ebenezum rückte seinen Hut in einem eleganten Winkel zurecht und ging zu einem riesigen Eichentisch herüber, der fast zur Gänze von einem voluminösen aufgeschlagenen Buch bedeckt war.

»Die meisten Sprüche«, setzte der Magier an, »sind ziemlich irdischer Natur. Jeder Magier – selbst ein so erfahrener wie ich es bin –, der seinen Beruf in so einem ländlichen Ambiente ausübt, wird den Großteil seiner Zeit damit verbringen, Magie für eine bessere Ernte zu weben oder Flüche von Schafen oder was auch immer aufzuheben. Nun, es geht zwar über mein Vorstellungsvermögen, warum jemand ein Interesse daran haben sollte, ein Schaf mit einem Fluch zu belegen ...« Der Zauberer machte eine Pause, um in sein Buch zu sehen »... aber Job ist Job, und Lohn ist Lohn. Und das, Wuntvor, ist das erste Gesetz der Magie.«

Ebenezum nahm eine der beiden langen, weißen Kerzen in die Hände, die auf den beiden Seiten des Tisches lagen, und plazierte sie auf dem einzigen sauberen Fleck auf dem Fußboden. Das Kerzenlicht warf seinen Schein auf einen Stern, der in den Schmutz gezeichnet worden war.

»Das zweite Gesetz lautet: Bleib immer einen Schritt vor der Konkurrenz!« fuhr er fort. »Wie ich bereits erwähnte, wirst du der Ernte- und Fluchsprüche bald überdrüssig werden. Wenn du meine Meinung hören willst: Man ist erst ein richtiger Magier, wenn sie anfangen, einen zu langweilen. Aber in der Freizeit – ah, Wuntvor, das ist die Gelegenheit, um deine Magiekunst strahlen zu lassen.«

Ich beobachtete ihn in stummer Faszination. Er bewegte sich flink hin und her, wandte sich wieder um, kniete sich dort hin, holte ein Buch und eine verkrümmte Wurzel oder einen anderen seltsamen Gegenstand des magischen Gewerbes. Ich konnte mir beinahe vorstellen, seine Bewegungen seien mit Musik unterlegt, um in einem mysteriösen Tanz die folgende Magie angemessen anzukündigen. Das Ganze hatte etwas von einer Offenbarung für mich, als hätte ich ein Stück Schiefer aufgebrochen und das gesprenkelte blaue Ei eines Rotkehlchens gefunden.

»Und nun beginnen wir.« Die Augen meines Meisters schienen durch die Widerspiegelungen der Kerzenflamme Funken zu sprühen. »Wenn dieser Spruch beendet ist, werde ich die genaue Position, Disposition und vermutlich auch die genaue Richtung von jedem Steuereinnehmer im Reich kennen!«

Das tat mein Meister also in seiner Freizeit. Ich konnte mir denken, daß es mit dem Spruch noch etwas anderes auf sich haben mußte, fand den Zeitpunkt jedoch nicht geeignet, um langatmige Erklärungen zu verlangen.

Mit einer großen Geste rollte Ebenezum seine Ärmel zurück. »Nun beginnen wir!«

Kurz vor den Markierungen hielt er inne. »Doch mein Enthusiasmus läßt mich alles vergessen. Wuntvor, du scheinst etwas auf dem Herzen zu haben. Hattest du eine Frage?«

Also erzählte ich ihm die Sache mit dem Eimer.

Ich will nur das Beste, aber meine Hände machen leider nicht immer das, was sich der Verstand für sie ausgedacht hat. Wachstumsschwierigkeiten, pflegte meine Mutter zu sagen. Oder vielleicht in diesem speziellen Fall Gedanken an das Mädchen, das ich in den Wäldern getroffen hatte.

Jedenfalls habe ich den Schöpfeimer in den Brunnen fallen lassen – ohne das Seil.

Was sollte ich tun? Stumpf starrte ich auf das Seil, das ich um den Eimergriff hatte wickeln wollen. Ich hätte den Eimer nicht auf den Brunnenrand setzen sollen. Unten in der Tiefe des Brunnens konnte ich nichts entdecken. Ich trat gegen den Brunnenrand. Wenn sich das Seil nur auf magische Weise um den Eimergriff wickeln könnte, wäre ja soweit alles in Ordnung.

Und dann fiel mir ein, daß das Seil ja tatsächlich auf magische Weise an dem Henkel befestigt werden könnte. Deshalb war ich zum Studierzimmer des Zauberers gerannt, um ihn um Hilfe zu bitten. Das heißt, wenn er nicht zu beschäftigt sein sollte.

»Oh, ich denke, das wird sich machen lassen«, antwortete der Magier. »Manchmal hast du offensichtlich Probleme mit deinen Händen, Wuntvor. Ganz zu schweigen von deinen Füßen, deiner Größe und ein paar unwesentlichen anderen Dingen. Doch mit ein bißchen Glück könnte sich das auswachsen.«

Ebenezum strich seinen Bart. »Aus dieser Sache kannst du eine Lehre ziehen, Wuntvor. Wenn du ein Zauberer werden willst, mußt du dir jede Aktion genau überlegen. Jede Aktion, egal wie wichtig sie sein mag, kann irgendwie Auswirkungen auf deine Magie und damit auf deine Karriere und wahrscheinlich auch auf dein Leben haben. Nun laß uns den Eimer holen und mit unseren Angelegenheiten vorankommen!«

Ich erhob mich, um meinen Meister zum Brunnen zu führen. Doch anstatt zu der Tür zu gehen, bewegte sich der Zauberer einen halben Schritt zurück, hob seine Arme in die Höhe und murmelte mit leiser Stimme ein Dutzend Silben. Irgend etwas plumpste gegen mein Knie. Es war der Eimer.

»Nun ...«, setzte der Zauberer an, um sofort darauf vor Überraschung aufzuheulen. »Welches ver...« Er sprang vor und stellte sich dem, was immer ihn gestört haben mochte.

Es handelte sich um Rauch, zumindest schien es das zunächst zu sein; eine außergewöhnlich übelriechende Wolke von blaugrauer Farbe, die über dem Stern hing, der in den Schmutz gezeichnet war. Sie wirbelte wild durcheinander, bis sie menschenähnliche Gestalt annahm.

Der Magier zeigte auf den Boden. Dort war eine Spur zu sehen, wo der magisch herbeigeholte Eimer vorübergerollt war.

»Das Pentagramm!« schrie Ebenezum. »Ich habe das Pentagramm durchbrochen!«

Er griff nach einem kleinen Messer auf dem Tisch und kniete sich neben dem Stern nieder. Er nahm das Messer und zog die Markierungen so weit nach, bis er von einem riesigen blauen Fuß gestoppt wurde. Der Fuß gehörte zu einem noch riesigeren Körper; ein Körper, der fast nur aus Dornen, Krallen und Hörnern zu bestehen schien.

»Ein Dämon!« schrie ich.

Das Wesen öffnete seinen Mund. Seine Stimme klang so tief wie ein Erdbeben. »Hättest nicht so lärmen söllen«, sagte es. »Nun komm ich aus den Niederhöllen!«

Ebenezums Lippen verzogen sich unter seinem Schnurrbart. »Schlimmer, Wuntvor, viel schlimmer. Ein dichtender Dämon!«

Das gigantische blaue Wesen machte einen Schritt auf das Kerzenlicht zu. Als es sich dem Licht näherte, konnte ich sehen, was man mit einigem Wohlwollen *Gesichts*züge nennen könnte: ein Messerschlitz von einem Mund, darüber ein Paar haarige Nüstern und Augen, die bei weitem zu klein waren und zu bösartig dreinschauten, als daß man sie als Kulleraugen hätte bezeichnen können.

Die Kreatur meldete sich wieder zu Wort:

O weh, ihr Sterblichen habt gar kein Gluck,
Denn vor euch steht der Dämon Guxx!

»Gluck und Guxx?« Ebenezums Mimik verriet möglicherweise noch größere Verachtung. »Noch nicht einmal ein reiner Reim!«

Guxx der Dämon brachte seine dunklen, spitzen Klauen zu unserer Beachtung. »Hab' mit der Poesie noch meine Not, doch in Bälde seid ihr tot!«

Ebenezum warf mir einen Blick zu. »Verstehst du es jetzt? Das Versmaß ist vollkommen falsch.« Der Zauberer zupfte an seinem Bart. »Aber vielleicht liegt es auch nur an dieser dämonlichen Vortragsweise.«

»Versuch nicht, mich in Verwirrung zu stürzen!« brüllte das Wesen. »Sonst wird Guxx dich um ein Drittel kürzen!«

Die Klauen des Dämonen schossen mit blitzartiger Geschwindigkeit vor, genau in Richtung von Ebenezums Nacken. Doch der reagierte ebensoschnell wie die Kreatur, und ihre Klauen streiften nur seinen Magierhut.

»Du wagst dich zu früh an zu schwierige Dinge«, bemerkte der Zauberer, während er seine Ärmel bis zum Ellbogen hochkrempelte, um die maximale Beschwörungs-Ellbogenfreiheit zu erlangen. »Du solltest erst einmal mit einfachen Reimen beginnen.«

Der Dämon unterbrach seinen Angriff, ein tiefes Räuspern entstand in seiner Kehle. »Vielleicht«, gab er zu und hüstelte in eine seiner gigantischen Handflächen.

Guxx Unfufadoo ist mein Name,
Aus Magiern mach' ich Quark mit Sahne!

Ebenezums Hände vollführten eine komplizierte Abfolge von Bewegungen, während er ein halbes Dutzend Silben vor sich hin murmelte, die ich nicht verstand. Der Dämon brüllte los, denn er war nun in einem silbernen Käfig eingeschlossen.

»Du denkst wohl, daß mich bannt dein Silber!« schrie Guxx. »Doch brech ich frei und eß dein ...« Er legte eine Pause ein. »Nein. So geht es nicht. Was reimt sich auf Silber?«

»Orange«, schlug der Magier vor.

»Wart, Bürschchen, bis ich erst bin frei! Ich treib dir aus die Reime-Nörgelei!« Das Wesen starrte auf den Käfig, und dessen Stäbe verbogen sich, ohne daß der Dämon sie auch nur berührt hätte.

»Dieser Dämon könnte uns Schwierigkeiten machen«, sagte Ebenezum. »Komm, Wuntvor. Ich bringe dir eine schnelle Lektion in Dämonenbannen bei.«

Das ist gewiß, ich werde siegen!
Mit jedem Reim wird sich die Käfigstange biegen!

»Ja, ja. Beschäftige dich bitte einen Augenblick alleine. Braver Dämon.« Ebenezums Blick streifte über eins der vielen Bücherregale, die in dem Raum herumstanden. »Ah, da ist es ja.«

Er zog ein dünnes braunes Bändchen aus dem obersten Regal heraus. *320 Noch Leichtere Bann-Sprüche* stand in Goldlettern auf dem Umschlag.

»Wenn ich mich richtig erinnere...« Ebenezum unterbrach sich, während er durch das Buch blätterte. »In einem solchen Fall wie dem unseren, Wuntvor, ist es von besonderer Bedeutung, den richtigen Spruch zu finden. Das erspart uns schmutzige Aufräumarbeit hinterher. So, hier ist er!«

»Aufräumen fällt euch nicht mehr schwer, denn nun kommt euer Tod daher!« deklamierte das garstige Wesen.

»Wenn deine Macht durch diesen Reim wirklich wachsen sollte«, warf Ebenezum ein, »dann gibt es keine Gerechtigkeit mehr im Kosmos.« Der Zauberer räusperte sich. »Zumindest keine poetische Gerechtigkeit.«

Ich habe deinen Spott jetzt satt,
Von meinen Krallen liegst' bald platt!

Und damit streckte der Dämon seine Arme durch den silbernen Käfig.

»Zurück, Wuntvor!« schrie der Magier mir zu.

Der Dämon hing auf Ebenezum. Seine Bewegungen waren so schnell gewesen, daß meine Augen ihm nicht hatten folgen können. Messerscharfe Klauen zischten durch die Luft auf meinen Meister nieder.

Er war in einer schlimmen Lage. Ich mußte irgend etwas tun!

Ich sprang nach dem Rücken des Dämons, der mich mit einem Schulterzucken beiseite schleuderte. Ebenezum rief etwas, und der Dämon wurde seinerseits durch den Raum geschleudert. Der Magier rappelte sich hoch; sein rechter Ärmel war zerrissen und der Arm darunter mit Blut bedeckt.

Steh dein Ende durch mit Mut!
Mich dürstet nun nach deinem Blut!

Der Dämon lächelte.

Ebenezum griff nach einem Kästchen, das auf dem Regal hinter ihm stand, und wirbelte seinen Inhalt auf den angreifenden Guxx. Gelber Puder schwebte durch die Luft. Und die ganze Welt verlangsamte sich.

Guxx war nicht mehr nur verschwommen wahrzunehmen. Man konnte nun jede Bewegung genau verfolgen, konnte sehen, wie seine mit Muskeln bepackte Gestalt gegen die Auswirkungen des gelben Puders ankämpfte. Auch ich spürte die Wirkung. Obwohl ich mich nur am Rande des Geschehens befand, brauchte ich eine Ewigkeit, um meinen Kopf zu drehen oder mit den Augen zu blinzeln.

Ebenezum dagegen schien sich noch mit normaler Geschwindigkeit zu bewegen. Er sang eine schiefe Melodie, seine Hände woben magische Muster in die Luft, höher und immer höher wie zwei Vögel, die der Sonne entgegenfliegen.

Der Dämon bewegte sich wieder schneller. Seine verlangsamte Vorwärtsbewegung hatte sich zum Tempo eines Spaziergangs gesteigert.

Kleine Lichtpunkte erschienen über den Händen des Zauberers, tanzende Lichter, die phantastische Formen annahmen, als sie durch die oberen Partien des Raumes wirbelten.

Der Dämon räumte mit einer Handbewegung den großen Eichentisch aus seinem Weg; seine Bewegungen waren so schnell, wie man es sich nur vorstellen kann.

Der Magier schnippte mit den Fingern, und das Licht setzte sich auf den Kopf des Dämonen. Das Wesen schrie vor Schmerz auf, die Klauen hilflos gespreizt.

»Jetzt ist's genug! Wie kannst du's wagen!« heulte er. Und dann, ein wenig später, kam die verzweifelt gesuchte Pointe: »Das kostet dich nun deinen Magen!«

»Magen?« Der Zauberer griff nach einem Gegenstand in seinem Ärmel. »Nun, ich denke, es ist immer noch besser als Kragen.«

Der Dämon stürzte sich auf den Magier. Doch Ebenezum hatte aus den Falten seines Gewandes ein Kurzschwert gezogen.

Es würde also einen Kampf Mann zu Mann geben. Nur daß der Dämon hinsichtlich der Stärke klare Vorteile verbuchen konnte. Ich mußte doch irgendwie helfen können! Ich stolperte beinahe über den Eimer. Wenn ich doch auch ein Schwert besessen hätte!

Schwert traf auf Klauen. Und die Klauen wurden säuberlich halbiert.

Guxx heulte vor Wut auf, daß der Boden unter mir erzitterte. Pfeilschnell sprang das Wesen von dem Zauberer weg und schnitt mit seinen gestutzten Klauen durch die Luft. Das Kurzschwert vor sich haltend bewegte Ebenezum sich in Richtung Dämon.

Was machte mein Meister da nur? Er war tatsächlich dem Dämon in die Arme gelaufen. Die Hand von Guxx, deren Klauen noch intakt waren, zielte auf seinen ungeschützten Hinterkopf.

Ich mußte handeln. So warf ich den Eimer.

Eimer traf auf Klauen, die das Holz aufschlitzten, als sei es Papier. Doch Ebenezum wirbelte herum, als das Holz splitterte. Wieder traf Schwert auf Klauen, und Guxx hatte nun alle seine Angriffswaffen verloren. Jedenfalls dachte ich das, *bevor* er seinen Mund öffnete. Zwei Reihen scharfer Dornen befanden sich an der Stelle, an der die Zähne des Wesens eigentlich hätten sein sollen.

Ein furchtbarer Anblick. Der Magier wich vor dem gähnenden Maul seines Feindes zurück, doch Guxx war schneller. Die tödlichen Hauer des Dämons erwischten Ebenezums Bart.

Der Magier versuchte, einen Spruch loszuwerden, bekam jedoch keine Luft mehr, denn Guxx' Mundgeruch nahm ihm beinahe die Besinnung. Obwohl der größte Teil des Dämonenmundes mit Bart vollgestopft war, sah es ganz so aus, als verzögen sich die Mundwinkel zu einem hämischen Grinsen. Dieser Eindruck währte jedoch nur kurz, denn auch Guxx mußte nun erkennen, daß an seinem dämonischen Plan ein kleiner Fehler war.

Indem er den Bart des Magiers erwischt und seine Atemluft verpestet hatte, hatte Guxx die Magieausübung seines Feindes verhindert. Da jedoch unglücklicherweise der Mund des Dämonen mit Magierbart gefüllt war, konnte er auch nicht jenen vernichtenden Reim ansetzen, der ihn zum Sieger in diesem magischen Duell gemacht hätte. Der Dämon runzelte seine riesige Braue, was die kleinen Augen noch kleiner werden ließ.

Der Kampf stand unentschieden. Doch Ebenezums Position schien sich eher zu verschlechtern. Guxx' Mundgeruch verhinderte nicht nur jeden Spruch, er raubte ihm auch den Atem. Innerhalb weniger Augenblicke nahm er eine Gesichtsfarbe an, die einem Rotkehlchenei nicht unähnlich war. Der Teint stand ihm allerdings nicht besonders gut zu Gesicht.

Wenn ich nicht schnell etwas unternähme, würde Guxx das Duell gewinnen.

Ich sah mich nach einer Waffe um, aber alles, was ich entdecken konnte, war ein zersplitterter Eimer und ein halbes Dutzend abgebrochener Klauen. Die Klauen! Gäbe es wohl eine angemessenere Art, einen Dämon zu besiegen?

Ich griff mir zwei der tödlichen Klauen, für jede Hand eine. Sie hatten die Länge meines Mittelfingers.

»Nimm das, Schurke!« rief ich und richtete die Klauen auf dic Rippen des Dämons.

Sie prallten von der steinharten Haut des Wesens ab. Guxx gab einen tiefen Laut von sich, als wenn Steine in einen Brunnen hinabpoltern würden. Nach einem Moment des Zögerns erkannte ich, daß es sich um Gelächter handelte.

Die Aufgabe würde sich also schwieriger gestalten, als ich gedacht hatte. Doch ich mußte meinen Meister retten! Ich schlug wieder zu, diesmal mit verdoppeltem Kraftaufwand.

Die Klauen produzierten ein Kratzgeräusch, als sie an dem Schutzschild des Dämons entlangglitten. Guxx lachte noch lauter. Er konnte sein Gelächter nicht mehr unter Kontrolle bringen; Tränen rannen aus seinen Schweinsäuglein. Wenigstens konnte Ebenezum einen kleinen Teil seines Bartes aus dem Mund herausziehen.

Ich warf mich auf den Dämonen, wobei ich mit beiden Klauen an seinem furchterregenden Brustkasten hinauf- und herabkratzte. Guxx warf seinen Kopf zurück und brüllte hilflos vor Lachen.

Ebenezum war frei!

Der Magier rief etwas, und Guxx schien kleiner zu werden. Mit den Überbleibseln seiner Klauen griff er nach dem Zauberer. Ebenezum vollführte mehrere Handbewegungen in der Luft, und Guxx wurde wieder zu blauem Rauch, der von dem Pentagramm, aus dem er gekommen war, zurückgesaugt wurde.

Der Zauberer ließ sich halb sitzend halb liegend in den Staub fallen. Sein Bart war zerzaust und ausgefranst.

»Reiß die Fenster auf, Wuntvor!« brachte er nach einer Minute heraus. »Wir müssen die Luft reinigen.«

Ich tat wie geheißen, und die letzten blauen Rauchfetzen verschwanden mit der frischen Brise. Und genau in diesem Augenblick begann der Magier zu niesen.

Es war ein richtiger Niesanfall. Mein Meister konnte nicht aufhören. Er legte sich auf den Boden und nieste und nieste und nieste. Ich brachte mir seine Bemerkungen über die Reinigung der Luft in Erinnerung. Sogar bei geöffneten Fenstern war die Atmosphäre in dem Studierzimmer alles andere als angenehm. Ich hielt es für angebracht, ihn nach draußen an die frische Luft zu bringen. Was ich dann, mit einigen Schwierigkeiten, auch tat.

Sein Anfall endete fast augenblicklich, als wir draußen im Tageslicht waren, doch brauchte er noch einen Moment, um zu Atem zu kommen.

»Nie habe ich einen solchen Kampf bestanden«, flüsterte er. »Einen Augenblick lang war ich sehr besorgt, Wuntvor.« Er schüttelte seinen Kopf. »Egal. Es ist ja vorbei.«

Unglücklicherweise irrte Ebenezum sich in dieser Hinsicht. Es fing gerade erst – an.

Kapitel Zwei

»Wohlerwogene Entscheidungen sind überaus wichtig, und im Leben eines jeden Zauberers kommt einmal der Augenblick, wo er sich entscheiden muß, welches Ziel er verfolgen will, um seinem Leben wahrhaft Sinn zu geben. Geld, Reisen oder gar Ruhm? Und was ist mit Freizeit und mit den Frauen? Ich für meine Person habe mich vielen dieser Ziele eine Reihe von Jahren gewidmet und sie bis in die kleinste Schattierung hinein kennengelernt, so daß, wenn einst der Zeitpunkt der Entscheidung herangerückt sein wird, meine Wahl sicherlich wohlerwogen sein wird.«

– aus den LEHREN DES EBENEZUM, Band XXXI

Ich konnte mich nicht mehr dazu zwingen, weiter Feuerholz zu sammeln. Meine Welt war zusammengebrochen. Sie war nicht gekommen.

Ich saß schon viel zu lange auf der sonnenbeschienenen Lichtung, auf der wir uns zu treffen pflegten. Vielleicht hatte sie noch nicht bemerkt, daß es schon Mittag war, war vielleicht aufgehalten worden ... ach, ihre kühlen blauen Augen und ihr hellblondes Haar, die Art, wie sich ihr schlanker junger Körper bewegte, die Art, wie sie lachte, wie es sich anfühlte, wenn sie mich berührte. Sie war bestimmt schon auf dem Weg.

Oh, es hatte andere Frauen gegeben: Aneath, das Bauernmädchen – was für ein Kind ich gewesen war! Und Grisla, die Tochter des Dorfschmieds – nicht mehr als eine vorübergehende Laune. Erst jetzt hatte ich das wahre Wesen der Liebe erfahren!

Doch ich kannte noch nicht einmal ihren Namen. Ich wußte nur von ihrem Interesse für mich, den Lehrling eines Magiers. Sie hatte einmal von Magiern als von den Leuten gesprochen, die in diesem hinterwäldlerischen Land einem Schauspieler am ähnlichsten seien. Sie hatte gesagt, daß sie die Bühne schon immer bewundert habe. Und dann lachte sie, und wir küßten uns, und ...

Ein kühler Wind kam auf. Ein Vorbote des Winters, der nur allzufrüh kommen würde. Ich sammelte ein, was ich an Holzscheiten und Ästen finden konnte, und machte mich auf den Weg zurück zum Haus meines Meisters.

In der Ferne hörte ich es niesen. Also hatte sich mein Meister wieder an das Studium seiner Bücher begeben. Oder zumindest an den Versuch. Der Frühling war zum Sommer geworden, der Sommer würde sich jeden Tag zum Herbst wandeln, und immer noch hielt seine Krankheit an. Ebenezum studierte jede wache Stunde und versuchte, Heilung zu finden, doch immer noch führte alles, was irgendwie mit Magie zu tun hatte, zu einem Niesanfall. In der Zwischenzeit hatte er ein paar Aufträge angenommen, die er mehr mit seinem Verstand als mit Magie gelöst hatte, so daß wir etwas zu essen hatten. Und just an diesem Morgen hatte er eine neue Entdeckung erwähnt, einen Spruch, der so schnell und so wirkungsvoll sei, daß seiner Nase keine Zeit für eine Reaktion bliebe.

Doch immer noch nieste er. Hatte sich sein letztes Experiment auch als Fehlschlag erwiesen? Warum sonst sollte er wohl niesen?

Es sei denn, irgendein Zauber läge in der Luft.

Vielleicht gab es ja tatsächlich einen Grund für mein Gefühl, daß die ganze Welt um mich so düster war, einen Grund, warum sie nicht wie verabredet gekommen war. Die Büsche rechts von mir bewegten sich. Etwas sehr Großes flog vor der Sonne her.

Mit dem Feuerholz auf dem Arm, trat ich in die Eingangstür. Ich hörte den Zauberer niesen. Er stand in dem Hauptraum, eines seiner großen Bücher lag ausgebreitet vor ihm auf dem Tisch. Kleinere Bücher und Papiere waren überall im Raum verstreut, Opfer eines neuerlichen Niesanfalls. Ich eilte ihm zu Hilfe, vergaß jedoch leider das Feuerholz auf meinem Arm, das nun über den Tisch polterte, als ich nach dem Buch griff. Einige kleinere Stücke fielen zwischen die Robenfalten des schniefenden Ebenezum.

Ich schloß das Buch und sah besorgt zu dem Magier hinüber. Zu meiner Überraschung putzte er sich die Nase an einem der dunkelblauen, mit Gold eingelegten Ärmel ab und wandte sich im ruhigsten Ton an mich.

»Danke, Lehrling.« Mit zarter Umsicht entfernte er ein Zweiglein von seinem Schoß und plazierte es auf den Tisch. »Wenn du dies hier bitte an einen geeigneteren Ort bringen könntest?«

Er seufzte tief. »Ich fürchte, meine Beeinträchtigung ist schlimmer, als ich vermutet hatte. Es könnte sein, daß ich fremde Hilfe benötige.«

Ich machte mich daran, das Feuerholz zu beseitigen. »Fremde Hilfe?« fragte ich behutsam.

»Wir müssen einen zweiten Magier aufsuchen, der so mächtig ist wie ich«, sagte Ebenezum mit Nachdruck.

»Dazu müssen wir wahrscheinlich in die große Stadt Vushta reisen.«

»Vushta?« fragte ich. »Mit seinen Vergnügungsgärten und seinen verbotenen Palästen? Die Stadt der unnennbaren Sünden, die einen Mann ein Leben lang mit Fluch beladen können? *Das* Vushta?« Plötzlich spürte ich, wie alle Lethargie von mir wich. Flink legte ich das Holz vor der Feuerstelle ab.

»Eben jenes.« Ebenezum nickte. »Es gibt nur ein Problem: Wir haben nicht die nötigen finanziellen Mittel für eine Reise und auch keine Möglichkeit, sie binnen kurzem zu erlangen.«

Wie als Antwort auf unsere große Not fuhr ein starker Windstoß gegen unsere Hütte. Die Tür sprang auf und ließ einen Haufen von Blättern und Schmutz hereinwirbeln – und einen kleinen Mann mit zerrissenen Kleidern und schmutzverschmiertem Gesicht; er torkelte herein und schlug die Tür hinter sich zu.

»Flieht! Flieht!« quäkte der Neuankömmling mit zittriger Stimme. »Drachen! Drachen!« Und mit diesen Worten verdrehte er die Augen und sank ohnmächtig in sich zusammen.

»In meiner langen Karriere als Zauberer, Wuntvor«, sagte Ebenezum, während er sich bedächtig über seinen langen weißen Bart strich, »habe ich es oft erlebt, daß, wenn man nur lange genug wartet, irgend etwas passiert.«

Mit ein wenig Wasser im Gesicht und ein wenig Wein durch seine Kehle gelang es uns, unseren Gast zu beleben.

»Flieht!« sprudelte es aus ihm hervor, als er wieder zu sich kam. Er blickte wild um sich, seine hellen Augen schnellten von meinem Meister zu mir und weiter auf den Boden und zur Decke. Er schien ungefähr so alt wie mein Meister zu sein, doch damit hörte die Ähnlichkeit auch schon auf. Statt der prachtvollen weißen Mähne meines Meisters hatte dieser Mann eine Halbglatze, und das Haar, das noch übrig war, war verfilzt und strähnig. Anstelle des hoheitsvollen Antlitzes meines Meisters war das Gesicht des anderen betont nichtssagend; kleine Nase, zurückfliehendes Kinn, stark gekrümmte Augenbrauen und eben jene Augen, die in dem schmutzverkrusteten Gesicht leuchtend blau wirkten.

»Nun, mein guter Mann«, erwiderte Ebenezum in jener vernünftigen Art, mit der er schon oft junge Damen oder Billetkontrolleure bezaubert hatte. »Nur keine Eile. Ihr erwähntet irgendwelche Drachen?«

»Drachen!« Der Mann stand ein wenig wackelig auf seinen Beinen. »Zumindest einer hat die Burg von Gurnish erobert!«

»Die Burg von Gurnish?« meldete ich meine Zweifel an.

»Du hast sie bereits gesehen«, antwortete mir Ebenezum, dessen kühle graue Augen immer noch auf unserem Gast ruhten. »Eine kleine Burg auf dem Hügel dort hinten am Wald.« Ebenezum schneuzte sich in seinen Bart. »Burg? Es gleicht eher einer Steinhütte, ist jedenfalls das Heim unseres Nachbarn, des Herzogs von Gurnish. Ein sehr kleines Herzogtum. Daher ist er auch ein sehr kleiner Herzog.«

Ebenezums Worte hatten unseren Besucher womöglich noch mehr aufgebracht. »Ich bin nicht den ganzen Weg durch den Wald von Gurnish gerannt, um mir hier eine Unterhaltung über unsere Nachbarschaft anzuhören. Wir müssen fliehen!«

»Der Wald von Gurnish?« fragte ich.

»Die paar Bäume direkt hinter der Hütte«, erwiderte Ebenezum. »Bestimmt eine Idee des Herzogs. Jeder sonst weiß, daß es der Wald des Zauberers ist.«

»Was soll das heißen, Wald des Zauberers?« schnappte der Neuankömmling. »Dieses Gebiet trägt offiziell den Titel eines ›Waldes von Gurnish‹. Genauso, wie die Burg von Gurnish eine offizielle Burg ist.«

»Das ist Anschauungssache«, hielt Ebenezum lächelnd dagegen; mit diesem Lächeln hätte er sowohl Barbaren als auch jungfräuliche Tanten bezaubert. »Sind wir uns nicht schon irgendwo begegnet?«

»Möglich.« Der Besucher wand sich unbehaglich unter dem durchdringenden Blick meines Meister. »Äh, sollten wir nicht unter Umständen doch lieber fliehen? Drachen, wißt Ihr.«

»Ich wäre kein hauptberuflicher Magier, wenn ich nicht schon einmal mit dem einen oder anderen Drachen zu tun gehabt hätte.« Ebenezums Blick wurde noch eindringlicher. »Sagt, seid Ihr nicht der Herzog von Gurnish?«

»Ich?« murmelte der kleinere Mann. Seine Augen wanderten von dem Magier zu mir und wieder zurück. »Nun – äh ...« Er hüstelte. »Nun, ich glaube, ich bin es.«

»Warum habt Ihr das nicht gleich gesagt? Ich habe Euch nicht mehr gesehen, seit Ihr den Versuch aufgegeben habt, mich zu besteuern.« Ebenezums Lächeln strahlte noch heller, als er mir signalisierte, einen Stuhl für unseren Gast herbeizuschaffen. Ganz offensichtlich besaß der Herzog Geld.

»Diese ganze Situation ist ein wenig verzwickt«, gab unser verehrter Gast von sich, den Blick starr auf den Boden gerichtet. »Ich fürchte, ich fühle mich nicht sehr herzoglich.«

»Unsinn. Ein unvermuteter Besuch von einem Drachen kann jeden aus dem Konzept bringen. Wollt Ihr noch ein wenig Wein? Ein kleines Feuer, um Euch aufzuwärmen?«

»Nein danke.« Der Herzog wurde noch kleinlauter. »Denkt Ihr wirklich nicht, daß es besser wäre zu fliehen? Versteht Ihr, Drachen! Und ich habe noch andere Dinge im Wald entdeckt. Wenn Eure Kräfte nur nicht ...« Der Herzog hüstelte erneut. »Wie Ihr seht, habe ich von Eurem kleinen Unfall gehört.«

Ebenezum schien nach der letzten Bemerkung sichtlich an Freundlichkeit zu verlieren, doch das strahlende Lächeln erstarb keineswegs. »Geschwätz, bester Herzog. Vollkommen übertrieben. Wir werden im Handumdrehen mit Eurem Drachen fertig!«

»Aber der Drache hat sich der Burg von Gurnish bemächtigt! Er ist riesengroß, hat glänzende blaue und violette

Schuppen und mißt von Kopf bis Schwanz fünfundzwanzig Fuß! Seine Schwingen streifen die Decke meiner Großen Halle. Er ist unbesiegbar. Er hat meine Burg und meine schöne Tochter erobert und meinen Gefolgsmann besiegt.«

Schöne Tochter? Meine Gedanken kehrten zum Mädchen meiner Träume zurück. Wo war sie geblieben? Was hatte sie zurückgehalten?

»Sie ist noch ein Kind!« rief der Herzog aus. »Nicht älter als siebzehn. Wunderbares blondes Haar, schöne tiefblaue Augen, eine süße, märchenhafte Figur! Und der Drache wird sie zu einem Kartoffelchips rösten, wenn wir nicht tun, was er verlangt.«

Blond? Blau? Märchenhaft?

Ich hatte eine Eingebung.

»Kommt, Mann«, sprach Ebenezum. »Beruhigt Euch. Es ist allgemein bekannt, daß Drachen zu Übertreibungen neigen. Bis jetzt hat das Monster ja erst einen Gefolgsmann überwältigt. Gehe ich recht in der Annahme, daß Ihr immer nur einen Gefolgsmann Euer eigen nennt?«

Sie hatte mich nicht mutwillig verlassen! Sie wurde nur gefangengehalten! O diese Zeit, die wir gemeinsam verbringen durften, all jene warmen, langen Nachmittage! Darum wollte sie mir nie etwas von sich erzählen! Die Tochter eines Herzogs!

Der Herzog warf einen verstohlenen Blick auf meinen Meister. »Ich müßte nicht so leben, wenn meine Untertanen ihre Steuern bezahlen würden!«

Die Tochter eines Herzogs! Ich würde sie befreien, und dann wäre Schluß mit der Geheimniskrämerei! Wie wundervoll unser beider Leben werden würde!

Ein Funkeln entstand in Ebenezums Augen. »Wenn vielleicht manche Hoheiten nicht so damit beschäftigt wären, die Grenzen ihres winzigen Herzogtums zu erweitern ...« Der Zauberer fuhr mit den Händen durch die Luft, und das Feuer ging aus. »Aber das ist nicht von Bedeutung. Wir müssen einen Drachen vertreiben. Wenn ich es recht beurteile, war der Ablauf im einzelnen bislang relativ konventionell. Drache nimmt Burg und Jungfrau. Nicht sehr originell. Wir sollten in der Lage sein, das Problem auf ordentliche Weise zu erledigen.«

Der Herzog begann wieder mit seinen Einwänden, doch Ebenezum ließ nichts gelten. Es gab nur eine Sache, auf die seine Nase noch mehr ansprang als auf Zauberei – Geld, und der Geruch nach Geld lag offenbar jetzt in der Hütte. Mein Meister schickte den Herzog beiseite, während wir die Utensilien für den Kampf mit dem Drachen zusammenpackten.

Als ich alles getreu den Anweisungen meines Meisters verstaut hatte, winkte Ebenezum mich in die Bibliothek. Hier kletterte er auf eine Trittleiter und entnahm dem obersten Bücherbord mit aller Vorsicht ein schmales Bändchen, wobei er sich die ganze Zeit die Nase zuhielt.

»Wir könnten es brauchen.« Seine Stimme klang merkwürdig hohl – vermutlich weil er sich den Daumen und den Zeigefinger auf die Nase preßte. »In meiner momentanen Lage kann ich nicht das Risiko eingehen, das hier zu benutzen. Aber es sollte für dich nicht schwierig werden, es zu meistern.«

Er stieg wieder von der Leiter herunter und legte das dünne, dunkle Buch in meine Hände. In prächtigem Golddruck war auf dem Umschlag zu lesen *Drachisch für Anfänger*.

»Aber jetzt schnell!« rief Ebenezum aus und klopfte mir auf die Schulter. »Man darf einen Kunden nie warten lassen. Du kannst es dir ja, während wir Rast machen, ansehen.«

Ich stopfte das Büchlein hastig in den Utensilien-Sack, schwang ihn mir über die Schulter, ergriff meinen Wanderstab und folgte meinem Meister ins Freie. Wenn meine *belle d'après-midi* am Ende meiner Reise auf mich wartete, würde ich alles schaffen!

Mein Meister hatte bereits den Herzog an der Schulter gepackt und schob ihn in die richtige Richtung. Ich folgte ihm so schnell der schwere Sack es erlaubte. Der Magier trug wieder einmal nichts. Wie er mir oft erklärt hatte, hielt er sich seine Hände für möglicherweise erforderliche Beschwörungen und seinen Geist für magische Spekulationen frei.

Ich bemerkte, daß sich ein Busch bewegte, und dann noch einer. Ein Rauschen ging durch die Blätter – nur war es absolut windstill. Der Wald war so ruhig wie damals, als ich auf meine Geliebte gewartet hatte. Und ewig bewegten sich die Büsche.

Alles Einbildung, dachte ich. Genau wie die Dunkelheit im Wald. Ich blinzelte nervös in den Himmel und erwartete schon halb, die Sonne wieder verschwinden zu sehen. Was konnte so groß sein, daß es die Sonne selbst verdunkelte?

Ein Drache?

Doch meine Vermutungen wurden abrupt von einem Mann in strahlendem Orange unterbrochen, der plötzlich auf unserem Weg stand. Er sah durch ein merkwürdiges Instrument, das am Ende einer Stange befestigt war.

Ich warf einen raschen Seitenblick auf den Herzog, der plötzlich auf meine Höhe zurückgefallen war. Er zitterte heftig.

Der Mann in Orange blickte auf, als wir uns näherten. »Guten Tag«, sagte er, doch sein Stirnrunzeln strafte diese Worte Lügen. »Könntet Ihr Euch ein wenig schneller bewegen? Ihr blockiert die Straße des Kaisers.«

Der Herzog wurde von Krämpfen geschüttelt.

»Straße?« fragte Ebenezum, der in der Mitte des Weges stehenblieb und keine große Eile zu haben schien.

»Jawohl, die Straße, die der große und vortreffliche Kaiser Flostock der Dritte verfügt hat ...«

»Flieht!« schrie der Herzog. »Drachen! Drachen! Flieht!« Er sprang wild umher und fuchtelte mit den Händen vor dem Gesicht des kaiserlichen Sendboten herum.

»Laßt das!« fuhr ihn der Mann in Orange an. »Ich will nichts davon hören. Ich bin gekommen, um den Herzog von Gurnish in einer wichtigen Angelegenheit zu sprechen.«

Der Herzog hörte auf herumzuhopsen. »Herzog?« sagte er, indem er seine verschmutzten Kleider in Odnung zu bringen versuchte. »Warum? Ich bin der Herzog von Gurnish. Wie kann ich Euch behilflich sein, guter Mann?«

Der Mann in Orange bekam noch tiefere Stirnfalten. »Es geht um den Unterhalt der Straße ...«

»Sicherlich.« Der Herzog warf einen Blick auf uns. »Vielleicht sollten wir uns an einen Ort begeben, wo wir ungestört reden können.«

Der Herzog führte den Mann in Orange ins Unterholz.

»Sie verdienen einander«, murmelte Ebenezum. »Aber nun zum Geschäft.« Er schenkte mir einen überaus feierlichen Blick. »Eine kleine Drachenkunde. Drachen sind eine magische Unterart. Sie existieren zwischen den Welten, teils auf der Erde und teils in den Niederhöllen, und gehören niemals ganz zu einer der beiden. Es gibt noch andere magische Unterarten ...«

Ebenezums kleine Lektion wurde durch eine heftige Bewegung im Unterholz unterbrochen. Stämmige Arme mit dichter graubrauner Behaarung wurden über den Büschen sichtbar und verschwanden dann wieder, das Ganze wurde begleitet von menschlichen Schreien.

»Eine andere Unterart ist der Troll«, fuhr Ebenezum fort.

Ich ließ den Sack von meiner Schulter gleiten und packte meinen Stab fester. Sie würden den Vater meiner großen Liebe auffressen! Ich hatte zwar nie zuvor mit Trollen zu tun gehabt, und es gab wahrscheinlich keinen ungeeigneteren Zeitpunkt, sie kennenzulernen.

»Sabber! Schlabber!« tönte es aus den Büschen. Eine rauhe Stimme, das Geräusch einer Säge, die sich durch Hartholz fräst. Ich tippte auf einen Troll.

»Wartet!« schrie eine andere Stimme. »Das könnt ihr nicht tun! Ich bin der Gesandte des Kaisers!«

»Sabber! Schlabber!« antwortete ein Chor rauher Stimmen.

»Laßt es uns hinter uns bringen!« Eine andere Stimme, hoch und zitternd. Der Herzog?

Obwohl die Stimmen uns nun recht nah waren, war es schwierig, einzelne Worte auszumachen. Es hörte sich wie eine Menge Schreie an, unterbrochen von »Sabber! Schlabber!« Ich hob den Stab über meinen Kopf und griff mit einem Kampfschrei in das Geschehen ein.

Ich stürzte auf eine kleine Lichtung, auf der sich vier Gestalten befanden. Eine war der Herzog. Die drei anderen waren die häßlichsten Geschöpfe, die ich je in meinem kurzen Leben gesehen hatte. Sie waren stämmig und mit Büscheln graubraunen Fells bedeckt, das die muskelstrotzenden Arme und Beine der Kreaturen erst so richtig zur Geltung brachte. Drei winzige rote Augenpaare wandten sich mir zu. Eins der Wesen schluckte gerade an etwas, das so ähnlich wie ein orange beschuhter Fuß aussah.

Der Anblick der drei abscheulichen Kreaturen brachte meinen Angriffsdrang sofort zum Erliegen. Sie betrachteten mich stumm.

»Oh, hallo«, sagte ich, um die unangenehme Stille zu durchbrechen. »Muß mich verlaufen haben. 'tschuldigung.«

Einer der Trolle torkelte auf seinen gewaltigen Beinen auf mich zu. Es war Zeit zu gehen. Ich drehte mich um und stolperte in meinen Meister, der gerade wild mit den Händen herumfuchtelte.

»Kein Sabber! Kein Schlabber!« heulten die Tolle und flüchteten in den Wald zurück.

Ich erhob mich und half auch dem Zauberer wieder auf die Beine. Ebenezum nieste volle drei Minuten lang, die Folge seines magischen Spruches. Als er schließlich wieder zu Atem kam, wischte er sich die Nase an der Robe sauber und betrachtete mich mit Gleichmut.

»Wuntvor«, sagte er mit unnatürlicher Ruhe, »was hast du dir dabei gedacht, unsere ganze kostbare Ausrüstung einfach liegenzulassen und wegzurennen, damit du auch gefressen wirst von diesen ...«

Der Herzog stürmte auf uns zu. »Flieht! Flieht! Drachen! Trolle! Flieht!«

»Und Ihr Verrückter!« sagte mein Meister, wobei seine Stimme nun endlich etwas lauter wurde. »Ich habe genug von Eurem dämlichen Herumgehopse und Euren hysterischen Warnungen! Warum regt Ihr Euch auf? Ihr wart von Trollen umzingelt, und sie haben Euch nicht angerührt. Ihr führt ein sonderbar behütetes Leben!« Er packte den Herzog mit der einen und mich mit der anderen Hand und stieß uns auf den Weg zurück.

»Kommt«, sagte er, »wir werden die Burg von Gurnish noch vor Nachtbeginn erreichen. Dort werden mein Assistent und ich uns um den Drachen kümmern, und Ihr, guter Herzog, werdet uns hinterher hochherzig für unsere Bemühungen entschädigen.« Der Magier setzte uns auf der Straße ab und wanderte brüsk in Richtung der Burg weiter, bevor der Herzog etwas antworten konnte.

»Seht!« Der Herzog zog an meinem Ärmel. Durch eine Schneise im Wald hatte man einen guten Blick auf den Hügel hinter den Wäldern. Und auf diesem Hügel befand sich die Burg von Gurnish, ein steinernes Gebäude, das ungefähr die Ausmaße von Ebenezums Hütte hatte. Qualm drang aus den unteren Fenstern der Feste, und ein- oder zweimal glaubte ich, ein Flackern wie von einer orangegelben Flamme zu sehen.

»Drachen«, flüsterte der Herzog. Ich griff hastig in meinen Reisesack und holte *Drachisch für Anfänger* heraus. Die Zeit zum Lernen war nun gekommen.

Ich öffnete das Buch an irgendeiner Stelle und überflog die Seite. Sätze in der Gemeinsprache füllten die eine Seite, gegenüber befanden sich die gleichen Sätze in Drachisch. Ich fing oben auf der Seite zu lesen an:

»Entschuldigt bitte, hättet Ihr wohl etwas dagegen, Eure Schnauze beiseite zu drehen?«

»Sniz mir heeba-heeba szzz.«

»Entschuldigt bitte, aber Eure Klaue befindet sich an meinem Bein.«

»Sniz mu sazza grack szzz.«

»Entschuldigt bitte, aber Euer scharfer Schwanz ist gefährlich nah an …«

Die ganze Seite war mit ähnlichen Sätzen beschrieben. Ich hörte auf zu lesen. Es hatte mich nicht übermäßig beruhigt.

Ebenezum rief uns von weit vorne etwas zu. Ich knallte das Buch zu und rannte zu meinem Meister, den Herzog im Schlepptau.

Der Rest des Weges bereitete keine Schwierigkeiten. Der Wald endete am Fuß eines großen Hügels, der, je nachdem mit wem man über ihn sprach, Zaubererhügel oder Berg von Gurnish genannt wurde. Von dort hatten wir einen guten Blick auf die Burg. Und den Rauch. Und die Flammen.

Der Herzog fing wieder an, über die bevorstehenden Gefahren zu jammern, wurde jedoch von einem Blick meines Meisters zum Schweigen gebracht. Die kühlen grauen Augen des Magiers starrten den Hügel hinauf oder besser über ihn hinweg. Nach einem Moment schüttelte er den Kopf und zuckte mit den Schultern. Er wandte sich mir zu.

»Wunt«, sagte er, »hier gibt es mehr, als das bloße Auge entdecken kann.« Er sah wiederum zu dem Herzog hinüber, der nervös auf einem Blätterhaufen herumtanzte. »Nicht nur ein Drache, sondern auch noch drei Trolle. Das ist eine ganze Menge Magie für ein so stilles Plätzchen wie den Zaubererwald.«

Ich erwartete schon herzoglichen Widerspruch in bezug auf die Benennungsfrage, doch nichts dergleichen geschah. Ich drehte mich nach dem Blätterhaufen um.

Der Herzog war verschwunden.

»Mich dünkt«, setzte Ebenezum fort, »daß jüngst ein Kontakt zu den Niederhöllen hergestellt worden ist. In unserem Sack gibt es dafür ein gewisses Instrument ...«

Mein Meister fuhr damit fort, das Instrument und seine Wirkungsweise zu erklären. Wenn wir es am Fuße des Hügels aufstellen würden, gäbe es uns die exakte Anzahl und Art der Geschöpfe aus den Niederhöllen an, die dieses Gebiet unsicher machten.

Ich hielt das Instrument in die Höhe. Mein Meister

kratzte an seiner Nase. »Halt es weiter von mir weg. In dem Ding steckt eine ganze Menge gebundener Magie.«

Ich baute es entsprechend den Anweisungen meines Meisters zusammen und drehte auf sein Signal hin das Gyroskop herum, das auf der Spitze des Instruments saß.

»Jetzt werden kleine Lichtpunkte erscheinen.« Ebenezum schniefte vernehmlich. »An der Farbe kannst du erkennen ...«

Er nieste mächtig, wieder und wieder. Ich schaute auf die Versuchsanordnung. Sollte ich unterbrechen?

Ebenezum gab einen gewaltigen Nieser von sich, direkt auf das Instrument. Es fiel auseinander.

»Bei den Niederhöllen!« fluchte Ebenezum. »Ist es mir nicht vergönnt, den einfachsten aller einfachen Sprüche zu sprechen?« Er sah mich an, und auf einmal wirkte er sehr alt. »Bau es ab, Wunt. Wir müssen direkter vorgehen. Herzog?«

Ich erklärte ihm, daß der Herzog verschwunden war.

»Was nun?« Ebenezum blickte in den Wald zurück. Seine kalten grauen Augen weiteten sich. Eilig schneuzte er sich.

»Wunt! Leer den Sack aus!«

»Was?« fragte ich, durch die eindringliche Stimme meines Meisters alarmiert. Dann blickte ich in Richtung Wald und sah es kommen. Eine Wand aus Schwärze wälzte sich wie eine undurchdringliche Wolke heran. Doch diese Wolke reichte vom Himmel bis auf den Waldboden hinunter und ließ hinter sich absolute Schwärze zurück. Wie ein lebendiger Vorhang zog sie sich über dem Wald zu, und die Dunkelheit kam immer näher.

»Irgend jemand spielt mit mächtigen Kräften«, bemerkte Ebenezum. »Mit Kräften, die er nicht versteht. Den Sack, Wunt!«

Ich schüttete den Inhalt des Sacks auf den Boden. Ebenezum durchwühlte ihn, warf unersetzliche Gegenstände und Bücher der Arkana beiseite, bis er ein kleines Kästchen fand, das im leuchtenden Hellblau eines Rotkehlcheneis bemalt war.

Der Zauberer schniefte triumphierend. Er warf mir das Kistchen zu.

»Schnell, Wunt!« rief er und putzte sich die Nase. »Nimm den Staub aus dem Kistchen und verteile ihn in einer Linie am Fuße dieses Felsens!« Er winkte mich zu einem steilen Riff am Rande des Waldes, während er den Hügel hinaufspurtete und nieste.

Ich tat wie geheißen und zog eine unregelmäßige Linie aus blauem Staub über den langgezogenen Granitfelsen. Ich sah zum Wald zurück. Die Dunkelheit war nun sehr nah und verschluckte alles bis zum Waldrand.

»Lauf, Wunt!«

Ich sprintete den Hügel hinauf. Der Magier rief ein paar abgerissene Silben und folgte. Auf der Hügelkuppe stolperte er und erlitt einen fürchterlichen Niesanfall.

Ich wandte mich zu der näher kommenden Dunkelheit um. Sie hatte nun den gesamten Wald erfaßt, und Ausläufer der Masse zielten schon wie Greifhände auf den Hügel. Aber kurz vor der schiefen blauen Linie kam die Dunkelheit zum Stehen.

In meinem Nacken spürte ich einen Windzug. Ich drehte mich zu Ebenezum um, der immer noch nieste, es jedoch geschafft hatte, sich aufrecht zu stellen. Ein Arm schützte seine Nase, der andere war zum Himmel ausgestreckt. Seine freie Hand bewegte sich, und der Luftzug wurde zu einem richtigen Wind und dann sogar zu einem Sturm, der den Hügel herunterwehte und die Dunkelheit dorthin zurücktrieb, von wo sie gekommen war.

Nach einer Minute erstarb der Wind, doch die Nebelschwaden, die im Wald hingen, lösten sich bald in der hellen Nachmittagssonne auf. Mein Meister setzte sich schwerfällig hin und schnappte nach Luft.

»Wir hatten Glück«, sagte er nach einiger Zeit. »Wer auch immer den Dämonennebel beschworen hat, hatte einen schwachen Willen. Andernfalls ...« Der Magier schneuzte sich und zog es vor, den Rest des Satzes unausgesprochen zu lassen.

Eine Gestalt bewegte sich durch den Wald zu unseren Füßen. Es war der Herzog.

»Bin zu ermüdet, um den Drachen zu bekämpfen«, fuhr Ebenezum fort. Er war immer noch außer Atem. »Du wirst es tun müssen, Wunt.«

Ich schluckte und griff mir *Drachisch für Anfänger*. Ich drehte mich nach der Burg von Gurnish um, diesem armseligen kleinen Flecken hundert Meter von der Hügelspitze entfernt. Qualmwolken drangen aus den Fenstern, ab und zu von Flammenstößen begleitet. Und ich konnte ein tiefes Grollen ausmachen, das alle anderen Geräusche unterlegte. Ein Grollen, das sich von Zeit zu Zeit zu einem Brüllen steigerte.

Der Gedanke an den Drachen beherrschte mich völlig.

Der Herzog zupfte an meinem Umhang. »Drache!« wisperte er. »Die letzte Möglichkeit abzuhauen.«

»Es wird Zeit, dort einmal nach dem Rechten zu sehen«, entgegnete Ebenezum. »Sieh in das Buch, Wunt. Vielleicht können wir den Drachen mit höflicher Konversation dazu bewegen, die Burg zu räumen.« Er schüttelte den zitternden Herzog von sich ab. »Und wenn Ihr, guter Herr, einen Augenblick still sein würdet, könnten wir uns an die Aufgabe machen, Euer Heim und Eure Tochter zu retten. Im Ernst, ich finde, Ihr habt keinen Grund, Euch zu beklagen – bei dem Glück, das Ihr bis jetzt hattet. Die meisten Leute hätten den bösen Zauber, der jüngst über diesen Wald fiel, nicht überlebt. Wie Ihr es geschafft habt, Euch durch diese mächtigen Kräfte zu mogeln, ist jenseits aller ...« Ebenezum schwieg plötzlich. Er bedachte den Herzog mit einer hochgezogenen Augenbraue und strich sich gedankenverloren seinen Bart.

Das Grollen aus der Burg wurde wieder lauter. Ich öffnete das dünne Bändchen, das ich in meinen schwitzigen Händen hielt; ich mußte meine heimliche Geliebte retten.

Ich blätterte hektisch von Seite zu Seite und fand endlich einen Satz, den ich für angemessen hielt:

»Entschuldigt bitte, aber dürften wir mit Euch sprechen?«

So laut, wie es mir nur irgend möglich war, spuckte ich die drachischen Silben hervor.

»Snzz grah! Subba Ubba Szzz!«

Eine beeindruckende, tiefe Stimme klang aus der Burg heraus. »Sprich bitte in der Gemeinsprache, ja? Und übrigens, ich glaube nicht, daß ich einen Nachtstuhl habe.«

Mit einem Seufzer der Erleichterung schloß ich das Buch. Der Drache sprach die menschliche Sprache!

»Trau ihm nicht!« schrie der Herzog. »Drachen sind hinterhältig.«

Ebenezum nickte. »Geh mit äußerster Vorsicht vor, Wunt. Irgend jemand *ist* hier hinterhältig.« Er wandte sich zu dem Herzog um. »Ihr!«

»Ich?« erwiderte der gurnische Edelmann, während er sich in meine Richtung zurückzog. Ebenezum folgte ihm.

Sie stritten sich schon wieder. Doch ich hatte keine Zeit für eitle Wortgefechte. Fest ergriff ich meinen Stab, um dem Drachen und meiner *belle d'après-midi* gegenüberzutreten.

Der Herzog, dessen Mut offensichtlich zurückgekehrt war, stand direkt hinter mir. »Vorwärts, Zauberer!« schrie er mit lauter Stimme. »Besiege den Drachen! Vertilge ihn für immer vom Antlitz der Erde!«

»Oh, nicht auch noch ein Zauberer!« ließ sich die Stimme aus der Burg vernehmen. »Erst werde ich in Burg Gurnish eingesperrt, dann muß ich Eure wunderschöne Tochter entführen, und nun auch noch ein Zauberer! Wie langweilig! Hat denn niemand hier ein bißchen Phantasie?«

Ich kam zu einer großen Eichentür und trat mit dem Fuß dagegen. Sie schwang ohne Widerstand auf, und ich betrat den Raum, um mich dem Drachen zu stellen.

Er stand auf seinen Hinterbeinen und betrachtete mich ebenfalls. Er war genauso, wie der Herzog ihn beschrieben hatte, nur größer. Blaue und violette Schuppen, fünfundzwanzig Fuß groß, Schwingen, die an die Decke reichten. Die einzige Sache, die der Herzog übersehen zu haben schien, war der grüne Zylinder auf dem Kopf des Drachen.

Sie erblickte ich eine Sekunde später.

Sie stand neben dem Drachen. Sie war so schön, wie ich sie zuletzt gesehen hatte.

»Wuntvor«, sagte sie. »Was machst du denn hier?«

Ich räusperte mich und stampfte mit meinem Stab auf den ausgetretenen Steinfußboden. »Ich bin gekommen, um dich zu befreien!«

»Befreien?« Sie sah den Drachen zweifelnd an. Der Drache knurrte. »Vater hat dich also auch hinters Licht geführt?«

Der Herzog machte sich lautstark hinter mir bemerkbar. »Ich habe Euch gewarnt! Jetzt wird der Drache euch alle zu Holzkohle verbraten!«

Der Drache prustete gutmütig und wandte sich wieder einer eingehenden Betrachtung der Decke zu.

»Das Spiel ist aus, Herzog!« rief Ebenezum von der Tür, die weit genug entfernt war, daß er nicht in die magische Aura des Drachen geriet und einem neuerlichen Niesanfall erlag. »Eure zauberischen Vorspiegelungen sind durchschaut!«

»Ja, Vater«, bemerkte meine *belle d'après-midi*. »Glaubst du nicht, daß du weit genug gegangen bist?« Sie blickte zu meinem Meister hinüber. »Vater verlangte es so heftig nach der Kontrolle über die neue Reich-Transit-Strecke; er wollte überall im Wald Zollstationen aufbauen und hat seinen einzigen Gefolgsmann für die Dienste von gewissen Wesen aus den Niederhöllen eingetauscht; mit ihrer Hilfe hoffte er, jeden abzuschrecken, der seinen Plänen im Weg stehen sollte.«

Sie wandte sich an den Drachen und sah ihn liebevoll an. »Glücklicherweise war eins dieser Geschöpfe Hubert!«

»Alea! Wie konntest du? Betrogen!« Der Herzog griff nach seinem Herzen. »Meine eigene Tochter!«

»Komm, Vater. Deine Taten sind gefährlich und falsch. Deine Gier wird noch ein Ungeheuer aus dir machen. Ich habe mir große Sorgen über meine Zukunft gemacht, nur mit dir und dieser Burg. Aber jetzt bin ich mir sicher.« Sie warf einen glücklichen Blick auf den Drachen. »Hubert und ich haben uns entschlossen, zur Bühne zu gehen!«

Ihren Vater riß es beinahe von den Beinen.
»Was?«
»Jawohl, mein lieber Herr«, ergänzte Hubert der Drache. »Ich habe bereits einige bescheidene Erfahrungen in diesem Bereich, und als ich mit Eurer Tochter ins Gespräch kam, wußte ich, daß sie genau die Partnerin ist, nach der ich schon immer gesucht habe.«
»Ja, Vater. Ein Leben auf der Bühne. Wieviel besser ist das, als in einer armseligen Burg herumzusitzen und darauf zu warten, daß man von einem linkischen jungen Mann befreit wird.«
Linkisch? Meine Welt zerbrach in Scherben. Der Wunsch, nicht befreit zu werden, war, wenn man die besondere Situation in Rechnung stellte, irgendwie verständlich. Aber mich linkisch zu nennen? Ich senkte meinen Stab und begab mich in Richtung Tür.
»Warte!« rief meine geheime Geliebte mir hinterher. Ich fuhr herum. Vielleicht hatte sie ihre harten Worte überdacht. Unsere langen gemeinsamen Nachmittage bedeuteten ihr also doch etwas!
»Du hast unsere Show noch nicht gesehen!« rief sie aus. »Leg den Takt vor, Drache!«
Sie begann hin und her zu tanzen, während der Drache mit seinem Schwanz den Takt dazu schlug. Dann sangen sie im Duett:

Wir machen Reklame
Für Drache und Dame,
Das beste Duo weit und breit.
Uns're Fans werden rasen,
Sie klatschen sich Blasen
Für ein Reptil und seine süße Maid!

Der Drache blies Rauchringe am Ende jeder Zeile und kleinere Feuerstöße am Ende jeder Strophe. Sechs weitere Strophen folgten, die im Inhalt der ersten nicht unähnlich waren. Dann beendeten sie den gesanglichen Teil ihres

Vortrags und gingen dazu über, zu zweit über das Parkett zu schieben.

Ihr Gespräch war dem Rhythmus angepaßt.

»Hey, Drache! Es tut gut, wieder ein Publikum zu haben.«

»Wie Ihr sagt, Fräulein. Ich bin schon ganz heiß!«

Sie hielten inne.

»Wie schön ist es in Burg Gurnish! Was könntet Ihr Euch mehr wünschen, mein Fräulein, als diesen sonnigen Tag!«

»Ich weiß nicht, Drache. Mit einem strahlenden Ritter wäre mir wahrscheinlich schon gedient.«

Sie machten eine zweite Pause.

»Liebe zwischen Reptilien kann ein ziemliches Problem werden.«

»Warum, Drache?«

»Wenn ich eine hübsche Drächin sehe, bringt das meine Schuppen total durcheinander!«

Und wieder begannen sie zu singen.

Wir machen Reklame
Für Drache und Dame –

»Ich halte es nicht mehr aus!« schrie der Herzog. »Schlabberjahn! Grimmzahn! Freßt sie alle auf, Trolle!«

Eine Geheimtür öffnete sich in einer Ecke des Fußbodens. Die Trolle betraten die Szene.

»Schnell, Wunt!« rief Ebenezum. »Aus dem Weg!« Doch bevor er auch nur mit dem Zauberspruch beginnen konnte, wurde er von einem unwiderstehlichen Niesanfall heimgesucht.

Die Trolle torkelten auf uns zu. Ich hieb einem den Stab über den Schädel. Der Stab brach entzwei.

»Sabber!« äußerte sich der Troll lautstark.

»Brrüüüll!« kam es aus der anderen Ecke der Halle. Der Drache stand, soweit die Ausmaße der Großen Halle das zuließen, aufrecht. Mit ausgesuchter Sorgfalt richtete er einen Flammenstoß auf jedes Trollhinterteil.

»Kein Sabber! Kein Schlabber!« befanden die Trolle und entschwanden durch die Geheimtür.

»Danke«, sagte Ebenezum, nachdem er sich die Nase geputzt hatte. »Das war sehr aufmerksam von dir.«

»Nicht der Rede wert«, erwiderte der Drache höflich. »Ich opfere niemals mein Publikum.«

»Und schließlich brachte ich unseren guten Herzog dazu, auf die Stimme der Vernunft zu hören«, erzählte mein Meister auf dem Rückweg zu unserer Behausung. »Als ich die Möglichkeit zur Sprache brachte, daß ich in Kürze den Palast besuchen und über die Region hier plaudern könnte, kam der Herzog zu dem lobenswerten Entschluß, mir einen Beratervertrag anzubieten.« Ebenezum nahm einen klimpernden Beutel von seinem Gürtel ab. »Der Herzog wird wohl bald die Genehmigung für seine Zollstationen erhalten. Schade nur, daß er für ihren Bau nun kein Geld mehr hat.«

»Und was ist mit seiner Tochter und dem Drachen?« fragte ich.

»Hubert fliegt mit den Mädchen nach Vushta. Ich habe ihnen ein Empfehlungsschreiben für gewisse Bekannte von mir mitgegeben; sie sollten ein geneigtes Publikum vorfinden.«

»Glaubt Ihr denn, daß sie gut sind?«

Ebenezum schüttelte sein Haupt mit Nachdruck. »Sie sind gräßlich, aber Klamauk ist gefragt. Ich glaube, daß Vushta ganz verrückt nach ihnen sein wird.«

»Doch genug davon.« Der Magier nahm einen zweiten, kleineren Beutel von seinem Gürtel. »Hubert war so nett, mir einige Meerdracheneier zu überlassen. Es scheint ein beliebtes Heilmittel bei seiner Rasse zu sein und verschafft schnelle, vorübergehende Erleichterung. In all meinen vielen Büchern habe ich nie etwas über diese spezielle Wirkungsweise gefunden, doch ich habe ja schon alles andere ausprobiert. Was habe ich noch zu verlieren?«

Er vermischte den Inhalt des Beutels mit einem Pulver und schüttete es in einen Flakon mit Wein.

»Das hier könnte uns sogar eine Reise nach Vushta ersparen.« Er hielt sich die Nase zu und setzte das Gebräu an seine Lippen. Meine Hoffnung sank, während er das Zeug trank. Nun, da Alea fort war, war Vushta das einzige gewesen, auf das ich mich noch hatte freuen können.

Der Zauberer öffnete ein magisches Buch und atmete tief durch. Ein Lächeln erstrahlte auf seinem Gesicht.

»Es funktioniert! Kein Niesen mehr!«

Sein Magen grummelte.

»Das darf nicht wahr sein!« Ein merkwürdiger Ausdruck huschte über sein Gesicht. Er rülpste.

»Es ist wahr! Kein Wunder, daß ich das Gebräu in keinem meiner Bücher finden konnte. Ich hätte den *Niederhöllen-Index* durchgehen sollen! Es ist sehr gesund für Drachen, aber für Menschen ...« Er unterbrach sich, um ein Buch vom Regal zu nehmen und es hastig zu überfliegen. Wieder rülpste er. Er machte keinen sonderlich glücklichen Eindruck.

»Neebekenezers Syndrom der universalen Blähungen!« flüsterte er. Ein hoher winselnder Ton entschlüpfte aus seiner Robe.

»Schnell, Wunt!« schrie er. »Bring dich in Sicherheit, wenn dir Leben und Gesundheit lieb sind!«

Ich tat wie geheißen. Von meinem Lager, das ich kurzfristig im Wald aufgeschlagen hatte, konnte ich die ganze Nacht über das Pfeifen und Donnern und die unterdrückten Explosionen hören.

Kapitel Drei

Jeder Magieausübende sollte soviel wie möglich von der Welt kennenlernen, denn Reisen wirken bewußtseinserweiternd. Darüber hinaus gibt es gewisse Umstände, wie wenn ein größerer Spruch danebengegangen ist oder ein einflußreicher Kunde sich über die Höhe der zu entrichtenden Gebühr erbost, unter denen Reisen womöglich noch bewußtseinserweiternder wirken.

– aus den LEHREN DES EBENEZUM, Band V

Und so wurden wir schließlich gezwungen, unsere Behausung zu verlassen und fremde Hilfe zu suchen. Mein Meister mußte sich mit der Tatsache abfinden, daß er nicht selbst in der Lage war, seine Behinderung zu beheben – es war, wie ich vermute, das erste Mal, daß er sich mit einer solchen Situation konfrontiert sah. So machten wir uns auf die Reise, um einen zweiten Magier von Ebenezums Format zu finden, obwohl wir vermutlich zu diesem Zweck bis ins ferne Vushta reisen mußten, der Stadt der tausend verbotenen Lüste.

Der Zauberer schritt neben mir auf einem Untergrund, der in dieser dichtbewachsenen Gegend dem, was man gemeinhin unter einem Pfad zu verstehen pflegt, am nächsten kam. Alle paar Schritte machte er eine Pause, so daß ich, von dem schweren Reisesack mit den geheimen und schweren Utensilien niedergedrückt, mit seinem zauberischen Schrittempo mithalten konnte. Natürlich trug *er* nichts.

Etwas aber stimmte mit meinem Meister nicht. Ich konnte es an seinem Gang sehen. Ihm fehlte die ruhige Gewißheit desjenigen, der sich absolut sicher ist, alle Eventualitäten mit magischer Brillanz zu meistern. Doch nun wanderte er mit einer gewissen Hast, um eine Aufgabe hinter sich zu bringen, die, wie ich mir vorstellen konnte, die schwerste für ihn war: einen anderen Magier um Hilfe zu bitten. Das schien ihn fast mehr zu plagen, als die Nieserei. Zum ersten Mal war ich um meinen Meister ernsthaft in Sorge.

Der Magier hielt mitten auf dem Weg an, um den dichten Pflanzenwuchs um uns herum zu betrachten. »Ich muß zugeben, daß ich besorgt bin, Wunt.« Er kratzte sich das dichte weiße Haar unter dem Zaubererhut. »Meine Landkarten und Reiseführer sprachen von dieser Region als einem belebten Landstrich mit viel Handelsverkehr und freundlichen Gasthöfen. Darum auch habe ich diese Route gewählt, denn wenn wir auch durch unseren letzten Auftrag zu etwas Geld gekommen sind – ein bißchen mehr kann auch nicht schaden.«

Der Zauberer starrte in den undurchdringlichen Wald, seine Stirn in Sorgenfalten. »Im Ernst, ich fürchte allmählich für die Wirksamkeit von gewissen anderen Vorbereitungen, die ich für unsere kleine Reise getroffen habe. Auf so einer Reise weiß man nie, was einem so alles begegnet.«

Auf der einen Seite unseres Trampelpfades war ein lautes Krachen im Unterholz zu vernehmen. Äste wurden beiseite gedrückt, Blätter raschelten und wurden abgerissen, die kleinen Waldtiere kreischten vor Furcht.

»Verdammnis!« tönte es aus dem Dickicht. Etwas Großes prallte zwischen meinem Meister und mir auf den Boden. Ebenezum nieste. Magie lag in der Luft!

»Verdammnis!« erklang die Stimme wieder, und der dunkle, braune Gegenstand, der zwischen uns gefallen war, erhob sich wieder. Ich erkannte nun, daß es sich um eine gewaltige Keule handeln mußte, denn das Ende, das sich am nächsten zu dem Dickicht befand, lag in einer kräftigen Hand, die wiederum an einem Arm hing, der in dem dichten Grünzeug verschwand. Ebenezum stürzte ein paar Schritte auf dem Weg zurück und schneuzte sich die Nase an seinem zauberischen Ärmel; ungeachtet seiner Behinderung machte er sich für eine Beschwörung bereit.

Die Keule hob und senkte sich wiederholt und krachte durch das Unterholz. Ein Mann tauchte vor uns auf. Er war beeindruckend groß, mehr als sechs Fuß, und trug einen schweren Bronzehelm, der von Flügelverzierungen bekrönt wurde und den Mann noch größer erscheinen ließ. Er selbst war fast ebenso breit wie groß, seinen Bauch bedeckte eine Rüstung von derselben stumpfen Bronze.

Er trat vor, um uns den Weg zu versperren. »Verdammnis!« setzte seine tiefe Stimme zum dritten Male an. Ebenezum nieste.

Es führte kein Weg daran vorbei. Ich ließ den Reisesack fallen und umfaßte mit sicherem Griff meinen stabilen Holzstab. Der Bewaffnete machte einen Schritt auf den hilflos in seinem Niesanfall gefangenen Magier zu.

»Zurück, Bösewicht!« gebot ich mit einer Stimme, die höher ausfiel, als ich es mir gewünscht hätte. Mit über dem Kopf geschwungenem Stab attackierte ich den Feind.

»Verdammnis!« intonierte der Krieger zum wiederholten Male. Seine mit Widerhaken gespickte Keule traf mitten in der Luft auf meinen Stab und halbierte ihn.

»Verdammnis!« Der Feind holte zum zweiten Male aus. Ich duckte mich, um dem Hieb auszuweichen, und glitt auf einem Haufen von Blättern und Weinreben aus. Ich stürzte gegen eine Rüstung.

»Verdam-fff!« brüllte der Krieger im Fallen. Sein Helm schlug gegen einen Baumstumpf, und das Schreien erstarb.

»Schnell, Wunt!« keuchte Ebenezum. »Die Keule!«

Er warf mir einen Umhang über die Schulter. Ich plagte mich vor der am Boden liegenden Gestalt auf und umwikkelte die schwere Waffe mit dem Tuch. Der Magier seufzte und schneuzte sich.

»Verzaubert.«

Also war es die Keule und nicht der Krieger, die den Niesanfall bei meinem Meister ausgelöst hatte. Was war nur aus Ebenezum, dem größten Zauberer im ganzen Waldland, durch diese magische Heimsuchung geworden! Er lehnte sich gegen einen Baum, sein Atem ging schwer und stoßweise, als hätte ihn das Niesen seiner gesamten Atemluft beraubt. Ich sah dezent beiseite und betrachtete, bis er sich wieder gefaßt hatte, eingehend den Blätterhaufen, über den ich gefallen war.

Der Krieger stöhnte auf.

»Schnell, Wunt!« befahl Ebenezum. »Hör mit der Trödelei auf und fessele den Kerl. Ich habe das Gefühl, daß wir eine ganze Menge von unserem Angreifer erfahren können.«

Der Dicke schlug seine Augen auf, als ich den letzten Knoten an seinen Handgelenken knüpfte. »Was? Ich lebe noch? Warum habt Ihr mich nicht getötet und aufgefressen, wie ihr Dämonen das sonst immer tut?«

»In der Tat?« Ebenezum fixierte unseren Gefangenen mit zauberischem Zorn in seinen Augen. »Und wir sehen also wie Dämonen aus?«

Der große Kämpfer schwieg einen Moment. »Nun, da Ihr es erwähnt, eigentlich nicht besonders. Doch ihr müßt Dämonen sein! Es ist mein Fluch, immer und überall Dämonen zu begegnen, mein unentrinnbares Schicksal, sie zu bekämpfen, damit ich nicht selbst in die Niederhöllen hinabfahren muß!« Ein seltsames Licht schien in die Augen des Mannes zu steigen, aber vielleicht war es auch nur das Zittern seiner vollen Wangen. »Ihr könntet verkleidete Dämonen sein! Vielleicht wollt Ihr mich foltern – langsam und mit jener Grausamkeit, die nur den Niederhöllen eigen ist! Nun gut, bringen wir es hinter uns!«

Ebenezum betrachtete den zitternden Mann ausgiebig, seine Finger strichen nachdenklich durch den prächtigen weißen Bart. »Ich glaube, daß die ausgesuchteste Folter die wäre, Euch selbst reden zu lassen. Wunt, würdest du wohl wieder den Sack nehmen?«

»Wartet!« rief der untersetzte Mann. »Vielleicht war ich voreilig. Ihr benehmt Euch wirklich nicht wie Dämonen. Und wie Ihr mich gefällt habt! Ein zufälliger Schlag in den Magen. Ihr müßt menschlich sein. Kein Dämon wäre so ungeschickt! Gute Leute, ich entschuldige mich.« Er versuchte, seine Hände zu bewegen. »Doch irgend jemand hat mich gefesselt!«

Ich versicherte ihm, daß es sich lediglich um eine Vorsichtsmaßnahme handele. Wir hätten ihn für ein gefährliches Subjekt gehalten.

»Subjekt? Gefährlich?« Dieser gewisse Blick kam wieder in seine Augen, aber möglicherweise war es auch nur auf die Tatsache zurückzuführen, daß der Helm ihm über die Augenbrauen rutschte. »Natürlich bin ich gefährlich! Ich bin der furchtbare Hendrek von Melifox!«

Er legte eine erwartungsvolle Pause ein.

»Ihr habt noch nicht von mir gehört?« fragte er auf unser einmütiges Schweigen hin. »Hendrek, der dem Dämonen Brax die verzauberte Kriegskeule Schädelbrecher entrang, mit dem Versprechen, daß sie ihm auf ewig angehören möge? Den verfluchten Schädelbrecher, der gierig der Menschen Erinnerungen trinkt? Er hat mir große Macht gegeben, ist nun ein Teil von mir. Ich brauche diese Keule, auch wenn sie ein schreckliches Geheimnis birgt.«

Seine gesenkten Augen wanderten zu dem Umhang, in den die Waffe eingewickelt war. »Der Dämon hatte mich nicht über das Kleingedruckte informiert!« Der Krieger begann wieder zu zittern. »Keinem Menschen ist es jemals vergönnt, Schädelbrecher zu besitzen. Man kann ihn sich nur ausleihen. Zweimal pro Woche und öfter sehe ich mich Dämonen gegenüber, die Bedingungen stellen. Ich muß sie erschlagen oder ihrem gräßlichen Begehren willfahren! Denn als ich die Keule gewann, verschwieg Brax mir, daß es sich nur um Ratenkauf handelte!« An diesem Teil seiner Rede angelangt, wurde Hendrek von Zitterkrämpfen geschüttelt, so daß seine Rüstung gegen seinen fülligen Körper rasselte.

»Ratenzahlung?« fragte Ebenezum interessiert nach. »Ich hätte die Niederhöllen-Buchhalter nicht für so clever gehalten.«

»Sie sind cleverer als clever. Ich armer Krieger stand kurz vor dem Verzweifeln, doch dann hörte ich das Lied eines fahrenden Sängers über die Taten eines großen Magiers, Ebenezer mit Namen.«

»Ebenezum«, verbesserte ihn mein Meister.

»Ihr habt von ihm gehört?« Ein dunkler Schleier schien von Hendreks Augen zu fallen. »Wo kann ich ihn finden? Ich bin arm wie eine Bettelmaus, am Rande des Wahnsinns! Er ist meine letzte Hoffnung!«

Ich linste zu dem Magier herüber. Dämmerte dem Krieger denn nichts?

»Aber er ist ...«

Ebenezum brachte mich mit dem Finger auf den Lippen zum Schweigen. »Arm wie eine Bettelmaus, sagtet Ihr? Ihr werdet Euch hoffentlich darüber im klaren sein, daß ein Zauberer von seinem Format ziemlich hohe Gebühren nehmen wird? Natürlich kann man manche Dinge auch auf dem Tauschwege bereinigen ...«

»Aber selbstverständlich!« stimmte ihm Hendrek eifrig zu. »Ihr seid doch auch Magier. Vielleicht könntet Ihr mir helfen, ihn zu finden. Ich bitte nicht nur für mich, sondern auch für eine gerechte Sache – ein Fluch, der vom Schatz von Melifox ausgeht, bedroht das gesamte Königreich!«

»Schatz?« Ebenezum verharrte einen Augenblick regungslos, dann breitete sich, zum ersten Mal, seit wir unsere Reise angetreten hatten, jenes gewisse Lächeln auf seinem Gesicht aus. »Beendet Eure Queste, guter Hendrek, denn ich selbst bin Ebenezum, den Ihr sucht. Kommt, wir werden Euren Schatz von dem Fluch befreien!«

»Und mein persönlicher Fluch?«

Mein Meister machte eine leichte Handbewegung. »Aber natürlich. Wunt, binde den Herrn los!«

Nachdem ich ihn befreit hatte, richtete Hendrek sich auf und trottete auf seine Keule zu.

»Bitte laßt sie eingewickelt, ja?« bedeutete ihm Ebenezum. »Nur eine kleine magische Vorsichtsmaßnahme.«

Hendrek nickte verständnisvoll und befestigte den Umhang an seinem Gürtel.

Ich schulterte erneut meinen Sack und ging zu meinem

Meister hinüber. Er schien die Situation im Griff zu haben. Vielleicht war meine Besorgnis fehl am Platze.

»Was fürchtet Ihr noch?« wollte ich ihn beruhigen. »Die Barden singen immer noch Euer Lob!«

»Ja«, flüsterte Ebenezum, »die Barden singen jedermanns Lob, der gut genug zahlt!«

Hendrek der Krieger führte uns durch das undurchdringliche Dickicht, das mit jedem Schritt noch undurchdringlicher wurde. Die späte Nachmittagssonne warf lange Schatten. Wir konnten kaum erkennen, was vor unseren Füßen lag, so daß wir noch langsamer vorankamen.

Während wir uns durch den düsteren Wald kämpften, gab Hendrek die Geschichte des Fluches von Krenk, der Hauptstadt des Königreichs Melifox, zum besten: daß Dämonen in die Stadt eingefallen waren und sie für Menschen beinahe unbewohnbar gemacht hatten, daß das Land um die Hauptstadt immer wilder und gefährlicher geworden war, ganz so wie die Wälder, mit denen wir augenblicklich das Vergnügen hatten; daß Krenk zwei niedergelassene Zauberer besaß, von denen keiner in der Lage gewesen war, den Fluch zu brechen, so daß schließlich Hendrek als letzten Versuch einen Handel für eine magische Waffe eingegangen war, wobei er versäumt hatte, das höllisch klein gedruckte Kleingedruckte zu lesen. Doch dann vernahm ihr Herrscher, der weise und gute König Urfoo der Kühne ein Heldenlied von einem fahrenden Barden, das einen großen Zauberer aus dem Waldland pries. Hendrek hatte man ausgeschickt, um, koste es was es wolle, diesen Zauberer ausfindig zu machen.

»Was es wolle?« wiederholte Ebenezum die bei weitem interessanteste Passage Hendreks kleiner Erzählung. Seine Schritte hatten jene Würde wiedergewonnen, die ich an ihm gewohnt war; selbst in dem Dornengestrüpp, das wir jetzt durchquerten, schritt er zielsicher voraus.

»Nun«, räumte Hendrek ein, »man weiß allgemein, daß Urfoo gelegentlich zu Übertreibungen neigt. Doch da Ihr die letzte Hoffnung des Reiches seid, bin ich sicher ...«

Hendrek verharrte und starrte vor seine Füße. Wir waren an eine solide Pflanzenwand gelangt, die zwölf Fuß hoch war und schier unüberwindlich.

»Das war vorher noch nicht da«, murmelte er vor sich ihn. Mit einer Hand reichte er in die dichte grüne Wand hinein. Eine Ranke schlängelte sich heraus und umschlang sein Handgelenk.

Ebenezum nieste.

»Verdammnis!« brüllte Hendrek los und riß Schädelbrecher aus dem Umhang.

Ebenezum erlitt einen neuerlichen Niesanfall.

Hendreks Keule schlug in die Ranken, doch das Grünzeug gab unter dem Schlag nach. Die ganze Wand war nun zu Leben erwacht, ein Dutzend Ranken und Luftwurzeln peitschten die Luft. Sie zielten auf Hendreks massive Gestalt. Seine kreisende Keule hielt sie in Schach. Ebenezum barg den Kopf in seiner geräumigen Robe; aus dem Gewand drang ersticktes Niesen.

Etwas krabbelte an meinem Knöchel hoch: Eine braune Ranke, noch dicker als die, mit denen Hendrek sich abplagte, schlängelte sich an meinem Bein empor. Ich geriet in Panik und versuchte zu fliehen, mit dem Effekt, daß ich den Halt verlor. Die braune Ranke schleifte mich auf die widernatürliche Pflanzenwand zu.

Hendrek war schon vor mir dort. Er hieb wie ein Wilder in die Grünfront, doch seine Schläge waren schwächer geworden, und seine Kampfschreie waren auch verstummt. Ranken wanden sich rund um seine Gestalt; es war nur noch eine Frage weniger Minuten, bis er dem Blätterwerk zum Opfer gefallen sein würde.

Ich zerrte wieder mit aller Kraft an der Ranke, die mich gefangenhielt. Sie ließ mich zwar nicht los, aber ich konnte einen Blick auf meinen Meister werfen, während ich die letzten Fuß auf die Wand zugezogen wurde.

Die Ranken umzüngelten auch den Magier, doch sie schienen nur seine Gewänder zu greifen, als wenn diese belebte Vegetation spüren könnte, daß Ebenezum eine größere Bedrohung für sie darstellte als Hendrek und ich zusammen. Ein zusammengerollter Pflanzententakel schlängelte sich auf den Ärmel des Magiers zu, um seine ausgestreckte Hand zu umwinden.

Ebenezum warf die Robe aus seinem Gesicht, vollführte drei komplexe Bewegungsabläufe in der Luft und sprach ein Dutzend Silben, bevor er wieder zu niesen begann. Der pflanzliche Tentakel um sein Handgelenk wurde braun und verwelkte.

Mein Bein war frei! Ich stieß die tote Ranke beiseite und stellte mich auf. Ebenezum schneuzte sich herzhaft in seinen Ärmel.

Hendrek war in dem Gewirr zusammengebrochen, das einst die Pflanzenwand gewesen war. Vertrocknete Blätter raschelten unter ihm, als er nach Luft rang.

»Verdammnis!« stöhnte Hendrek, während ich ihm auf die Füße half. »Das ist Dämonenwerk, vollbracht, um sich an mir für die Nichteinhaltung meines Vertrages zu rächen!«

Ebenezum schüttelte sein Haupt. »Unsinn. Nichts als Magie war das. Ein simpler Vegetationsspruch, wahrscheinlich aus Krenk, wie ich vermute.« Er machte sich wieder auf dem nunmehr freien Pfad auf. »Zeit zu gehen, Jungens. Wie es aussieht, erwartet man uns.«

Ich sammelte so schnell wie möglich mein Zeug zusammen und trottete hinter Ebenezum her. Hendrek spielte die Nachhut, wobei er noch düsterer als zuvor vor sich ihn murmelte. Vor uns tauchte am Horizont auf einem noch weit entfernten Berg die Silhouette einer Stadt auf, deren hohe Mauern sich scharf gegen den Sonnenuntergang abhoben.

Kurz nachdem die Nacht hereingebrochen war, erreichten wir die Stadt. Hendrek klopfte gegen das Stadttor. Keine Antwort.

»Sie haben Angst vor Dämonen«, erklärte uns Hendrek leise. Dann rief er laut vernehmlich: »Ho! Laßt uns rein! Wichtige Besucher für die Stadt Krenk!«

»Wer behauptet das?« Ein Kopf mit einem verzierten Silberhelm tauchte auf den Mauerzinnen auf.

»Hendrek!« rief der Krieger herauf.

»Wer?«

»Der furchtbare Hendrek, berühmt in Lied und Epos!«

»Der furchtbare wer?«

Die Hand des Kämpfers schloß sich krampfhaft um den Umhang mit der Keule. »Hendrek, berühmt in Lied und Epos, der den verfluchten Schädelbrecher von den ...«

»Ach, Hendrek!« erwiderte der Kopf auf der Mauer. »Der Dicke, den König Urfoo der Kühne neulich mit einem Auftrag losgeschickt hat?«

»Genau der. Also öffne die Tore! Erkennst du mich denn nicht?«

»Eine flüchtige Ähnlichkeit ist nicht zu bestreiten. Aber heutzutage kann man nicht vorsichtig genug sein. Du siehst zwar wie Hendrek aus, aber es könnten auch zwei oder drei Dämonen sein, die sich unter einem Umhang versteckt haben!«

»Verdammnis!« schrie Hendrek. »Ich muß in die Stadt, um den Zauberer Ebenezum und seinen Assistenten zu König Urfoo zu geleiten!«

»Ebenedum?« die Stimme auf der Mauer rutschte vor Erstaunen ein paar Oktaven höher. »Der, über den die Barden singen?«

»Ebene*zum*«, stellte mein Meister richtig.

»Ja!« brüllte Hendrek zurück. »Und jetzt laß uns rein! Hier draußen gibt es Dämonen!«

»Das ist eben das Problem«, antwortete der Kopf. »Die beiden anderen könnten Dämonen sein. Mit den drei, die sich unter dem Umhang als Hendrek verkleidet haben, wären das dann schon fünf Dämonen, die ich in die Stadt lassen würde. Wißt ihr, heutzutage muß man höllisch aufpassen.«

Hendrek warf wütend seinen Helm auf die Erde. »Sollen wir vielleicht die ganze Nacht hier draußen herumstehen?«

»Nicht zwingenderweise. Ihr könntet morgen früh

zurückko...« Der Mann wirkte plötzlich kopflos – wohl weil er zur Gänze von einem großen grünen Etwas verschluckt wurde, das in der Dunkelheit phosphorisierte.

»Dämonen!« brüllte Hendrek. Er zog Schädelbrecher hervor. Ebenezum nieste heftigst. Mittlerweile leistete ein zweites Wesen dem ersten auf den Zinnen Gesellschaft. Es glühte in einem schreienden Pink vor sich hin.

Etwas, das, wie sich nun herausstellte, ein Auge an dem phosphorisierenden grünen Wesen war, wandte sich dem pinkfarbenen zu, während eine vergleichbare Einrichtung an dem pinkfarbenen das grüne ansah. Ein Ausläufer der grünen Masse fiel zu Boden und wand sich in unsere Richtung, doch ein ähnliches Tentakel des pinkfarbenen Dinges schnappte sich den grünen Tentakel und schob ihn wieder die Mauer herauf. Beide Kugeln glühten immer stärker und gaben einen immer höher werdenden Pfeiflaut von sich, bis sie beide mit Blitz und Donner verschwanden.

Die Stadttore öffneten sich lautlos vor uns.

Der Magier wandte sich von Hendrek ab und putzte sich die Nase.

»Eine interessante Stadt«, bemerkte er, während er uns durch ihre Straßen führte.

Etwas erwartete uns schon. Es war etwa viereinhalb Fuß groß, und seine Haut hatte einen ungesunden gelblichen Teint. Sein Gewand bestand merkwürdigerweise aus abwechselnd blauen und grünen Rechtecken, als hätte jemand ein Schachbrett übergemalt. Ein roter Schal lag um seinen Nacken. Und dann hatte es noch Hörner auf dem Kopf und ein Lächeln auf seinem Gesicht.

»Hendrek!« rief das Wesen erfreut aus. »Wie schön, dich wiederzusehen!«

»Verdammnis!« erwiderte der Krieger, während er seine Keule hervorzog. Ebenezum trat dezent beiseite und bedeckte die Nase mit seinen Roben.

»Ich sehe nur nach meiner neuesten Investition, Hennie. Wie gefällt dir deine neue Kriegskeule?«

»Gezücht der Niederhöllen! Nie wieder wird Schädelbrecher dein sein!«

»Wer hat davon gesprochen, daß wir ihn wiederhaben wollen? Schädelbrecher gehört dir – für ein paar kleine Erledigungen. Nichts Größeres, nur einige Seelen von unbedeutenden Prinzen, der Untergang eines kleinen Königreichs, ein oder zwei ein wenig magische Juwelen. Dann gehört diese wundervolle Waffe dir voll und ganz!«

Geschickt wich das Geschöpf der kreisenden Schlachtkeule aus. An den Stellen, an denen sie den Boden berührte, flogen die Kieselsteine nur so zur Seite.

»Und was für eine Waffe!« fuhr der Dämon fort. »Die beste Schlachtkeule, die wir je im Sortiment hatten. Sagte ich ›gebraucht‹? Kaum der Rede wert! Dieses Prachtexemplar von Waffe lag in der Waffenkammer eines betagten Herrschers, der sie nur an Sonntagen benutzte, um die Köpfe von verurteilten Verbrechern damit einzuschlagen. Von daher wird ihr blumiger Name und ihr einwandfreier Zustand erst so richtig verständlich. Nimm sie aus meinen Händen entgegen, aus den Händen von Brax dem Lächler« – der Dämon ließ sich auf die Erde fallen, weil Schädelbrecher über seinem Kopf rotierte – »es gibt keine bessere Gebrauchtkeule auf dem Markt. Wie ich schon neulich zu meiner zauberhaften – urk...« Der Dämon verharrte, denn ich hatte ihm einen Schlag auf den Kopf versetzt. Während die Kreatur vor sich hin schwätzte, war es mir gelungen, mich in ihren Rücken zu schleichen und ihr mit einem Stein einen solchen Schlag zu versetzen, daß sie in ihre blaugrün karierten Knie ging.

»Supergünstige Konditionen!« keuchte das Wesen noch.

Hendrek schloß sich mir spontan mit einem Hieb von Schädelbrecher an. Der Dämon duckte sich zwar, doch hatte der erste Schlag ihn schon so weit betäubt, daß die Keule seine Schulter traf.

»Supereinfache Ratenzahlung!« wisperte Brax.

Hendreks Keule traf mit voller Wucht auf den kränklich gelben Kopf. Die Miene des Dämonen verdüsterte sich. »Dieses Angebot gilt nur heute!« flüsterte das Wesen ein letztes Mal und verschwand.

Hendrek entfernte die gelbe Flüßigkeit mit einem alten Lappen von Schädelbrecher. »Das ist mein Fluch«, flüsterte er heiser, »auf ewig von Brax dem Lächler verfolgt zu werden, seine ewigen Forderungen wegen Schädelbrecher zu hören, Schädelbrecher, den niemand besitzen kann, der sich nur ausleihen läßt!« Dieser merkwürdige Glanz erstrahlte wieder in seinen Augen, doch vielleicht war es auch nur der Widerschein des Mondes.

Ebenezum trat aus dem Schatten heraus. »Es scheint nicht so schlimm zu sein wie diese ganze ... uh, würdet Ihr wohl die Güte haben, Eure Keule wieder in den Umhang zu wickeln?« Er schneuzte sich. »Ihr beide habt den Dämon sauber erledigt.«

Nachdenklich strich sich mein Meister den Bart. »Meiner Ansicht nach hängt die Wirkungsweise eines Fluches davon ab, wie der Verfluchte die Angelegenheit sieht. Wenn ich die Vorgänge mit meinem erfahrenen Magierauge einer eingehenden Betrachtung unterziehe, komme ich zu dem grundsätzlichen und unumstößlichen Ergebnis, daß wir nur den Schatz entfluchen müssen, und schon wird es auch Euch wieder gutgehen.«

Hendrek schien eine Last von den Schultern zu fallen. »Wirklich?« hauchte er.

»Ihr könnt Euch drauf verlassen.« Ebenezum strich seine Gewänder glatt. »Nebenbei bemerkt, hält der gute König Urfoo uns tatsächlich für die letzte Hoffnung für seinen Schatz?«

Hendrek versicherte uns wiederum der kapitalen Wichtigkeit unserer Queste und leitete uns durch die verwinkelten Gassen von Krenk zu König Urfoos Palast. Ich war im Herzogtum Gurnish in der Gegend um den Zaubererwald aufgewachsen, so daß Krenk die größte Stadt war, die ich je gesehen hatte, eine Stadt mit Wällen und Toren, an die fünfhundert Gebäuden und sogar gepflasterten Straßen! Aber das war auch schon alles, was ich sah. Wo waren die Tavernen, wo man eine Rast einlegen und freundlich mit den Einheimischen plaudern konnte? Wo waren die schönen jungen Frauen der Stadt? Wie sollte ich denn Erfahrungen für Vushta, die Stadt der tausend verbotenen Lüste, sammeln, wenn jede Stadt auf dem Weg so tot war wie diese?

Ein Schrei erscholl durch die Nacht. Hendrek gefror zu Eis, doch dem Schrei folgte Frauengelächter, das ihn wieder auftaute. Zumindest hatten andere ihren Spaß, wie ich vermutete. Befand sich denn die ganze Stadt im Dämonenfieber?

Wir kamen zu einem Platz, auf dem ein Gebäude lag, das doppelt so vornehm und fünfmal so groß war wie die anderen Bauten. Eine Wache stand vor der riesigen Palasttür, der erste Mensch, dem wir seit unserer Ankunft in Krenk begegneten.

»Halt!« befahl die Wache, als wir durch den Hof schritten. »Gebt euch zu erkennen!«

Hendrek ließ sich nicht aufhalten. »Auf wichtiger Mission für König Urfoo!«

Der Wachmann zog sein Schwert blank. »Bei Todesstrafe, identifiziert euch!«

»Verdammnis!« brummte der mächtige Kämpfer. »Erkennst du Hendrek nicht, der von einer wichtigen Mission für König Urfoo zurück ist?«

Die Wache blinzelte in der Dunkelheit. »Kenne ich dich nicht? Ich habe deinen Namen nicht ganz mitbekommen!«

»Der furchtbare Hendrek mit dem Zauberer Ebenezum.«

»Ebenezus? Der, über den sie alle singen?« Der Soldat verbeugte sich in Richtung meines Meisters. »Ich bin geehrt, Herr, einem Magier Eures Ranges zu begegnen.«

Er wandte sich zu Hendrek um, der mittlerweile bei der Tür war. »Nun, wie war dein Name doch gleich? Ich kann schließlich nicht jeden durch diese Tür lassen. Weißt du, heutzutage muß man höllisch aufpassen.«

»Verdammnis!« entfuhr es Hendrek; mit einer Geschwindigkeit, die für einen Mann seiner Statur erstaunlich war, zog er Schädelbrecher hervor und hieb ihn der Wache über den Kopf.

»Urk«, sagte der Soldat. »Wer bist du? Wer bin ich? Egal, wen interessiert das schon.« Er fiel auf sein Gesicht.

»Schädelbrecher, die Keule, die die Erinnerungen der Sterblichen trinkt. Er wird sich bald erholen, sich jedoch an nichts und niemand mehr erinnern.« Hendrek steckte die Keule wieder weg. »Kommt! Wir müssen uns mal mit Urfoo unterhalten.« Er trat die Tür auf und stürmte den Palast.

Ich blickte zu meinem Meister. Er strich sich kurz über den Bart, nickte und sagte: »Der Schatz.« Wir folgten Hendrek ins Innere.

Wir schritten durch eine lange Halle. Flackernde Fackeln ließen unsere Schatten auf den Wandbehängen tanzen. Ein Luftzug fuhr in meinen Mantel und ließ mich erschaudern. Dies, so schloß ich geistesgegenwärtig, war das schauderhafte Schloß.

Zwei Wachen warteten vor einer Tür am anderen Ende der Halle. Hendrek schlug sie beide nieder, bevor sie ein Wort sagen konnten.

Auch diese Tür wurde von Hendrek aufgetreten.

»Wer da?« brüllte eine Stimme aus dem hohen Stuhl, der im Zentrum des Raums stand.

»Hendrek«, lautete die Antwort des Kriegers.

»Wer ist das?« Ein Kopf mit Krone lugte über die Armlehne des großen Stuhls. »O richtig, dieser gewichtige Mensch, den wir letzte Woche losgeschickt haben. Was für Neuigkeiten, hm?«

»Ich bringe Ebenezum.«

Es gab ein ziemliches Geraschel, als alle Leute aus ihren Verstecken herauskrochen. »Nenebeezum?« sagte irgend jemand hinter einem Stuhl. »Ebenezix?« kam eine Stimme hinter der Säule hervor.

»Ebenezum«, erwiderte mein Meister.

»Ebenezum!« echote ein Stimmengewirr, als gut zwei Dutzend Leute hinter marmornen Säulen, Wandbehängen und Rüstungen hervorkamen und meinen Meister anstarrten.

»*Der* Ebenezum? Der, über den alle Welt Lieder singt?« König Urfoo nahm eine aufrechte Haltung in seinem Thron an und zauberte ein Lächeln auf sein Gesicht. »Hendrek, Ihr werdet Eurer gerechten Belohnung nicht entgehen!« Das Lächeln floh aus seinem Gesicht. »Natürlich erst, wenn wir den Fluch von unserem Schatz genommen haben.«

»Verdammnis«, sagte Hendrek.

König Urfoo forderte uns auf, auf gepolsterten Sitzen vor ihm Platz zu nehmen; dann hielt er inne und unterzog die dunklen Raumecken einer eingehenden Untersuchung. Nichts regte sich. Der Herrscher räusperte sich und sprach: »Reden wir am besten gleich vom Geschäft. Heutzutage muß man höllisch aufpassen.«

»Meine Worte, guter König, meine Worte.« Ebenezum erhob sich und trat vor den König hin. »Ich verstehe doch richtig, daß es sich um einen verfluchten Schatz handelt? Wir dürfen keine Zeit verlieren.«

»Genau!« Urfoo schielte nervös auf die Dachsparren über ihm. »Es geht auch um mein Geld. Teures Geld. Keine Zeit verlieren, hm. Am besten stelle ich Euch nun meine beiden Zaubererräte vor.«

Ebenezum zog die Augenbrauen zusammen. »Räte?«

»Ja, die beiden Hofzauberer. Sie können Euch mit den Details des Fluches bekannt machen.« Urfoo zog an einer Kordel an seiner Seite.

»Ich pflege allein zu arbeiten.« Mein Meister zupfte an seinem Bart. »Doch da es um einen verfluchten Schatz geht, nehme ich an, daß man Kompromisse schließen muß.«

Eine Tür hinter dem Thron öffnete sich und entließ zwei in Roben gekleidete Gestalten, eine männliche und eine weibliche. »Keine Zeit verlieren!« rief der König. »Darf ich Euch Eure Kollegen vorstellen, Granach und Vizolea?«

Die Räte stellten sich ratlos zu beiden Seiten des Throns auf, und eine Zeitlang betrachteten sich die drei Magier schweigend. Dann lächelte Vizolea und verbeugte sich gegen meinen Meister. Sie war eine gutaussehende Frau in mittleren Jahren, fast so groß wie ich, mit roten, schon von einzelnen grauen Strähnen durchzogenen Haaren, grünen Augen und weißen Zähnen.

Ebenezum erwiderte ihre Geste seinerseits mit einer gekünstelten Verbeugung.

Granach, ein älterer Mann in Grau, nickte meinem Meister nun auch zu, auf seinem Gesicht prankte eine Mischung zwischen Lächeln und Grimasse.

»Das Problem dabei«, erläuterte König Urfoo, »sind natürlich die Dämonen.« Bei dem Wort ›Dämonen‹ zuckte er ängstlich zusammen, als erwarte er, auf die bloße Erwähnung ihres Namens hin vom Erdboden verschluckt zu werden. »Wir sind mit ihnen geplagt. Sie sind überall! Aber hauptsächlich ...« er deutete mit zitternder Hand auf die Decke, »hauptsächlich sind sie im Schatzturm.«

Er ließ seine Hand sinken und holte tief Atem.

»Verdammnis«, warf Hendrek ein.

»Doch wahrscheinlich«, fuhr der König fort, »können meine Hofzauberer dir die magischen Feinheiten besser erläutern.« Er warf einen schnellen Blick auf seine Räte.

»Sicher, Mylord«, stieß Granach eifrig hinter seiner Grimasse hervor. »Obwohl das alles nicht nötig gewesen wäre, wenn wir den Zauberspruch des Goldsterns eingesetzt hätten.«

Urfoo schnellte empor. »Nein! Dieser Spruch würde mich die Hälfte meiner finanziellen Rücklagen kosten! Es muß einen besseren Weg geben. Es gibt doch einen?«

Ebenezum fingerte an seinem Schnurrbart. »Mit großer Wahrscheinlichkeit. Sollten die beiden Hofmagier bereit sein, die Situation mit mir zu besprechen, bin ich mir sicher, daß wir eine Lösung finden werden.«

»Es gibt nichts Besseres als den Goldstern!« zischte Granach.

»Die Hälfte meines Goldes!« protestierte der König. Flüsternd fügte er hinzu: »Vielleicht solltet Ihr alle gemeinsam den, äh – Turm besichtigen?«

Granach und Vizolea tauschten Blicke aus.

»Sehr gut, Mylord«, antwortete Vizolea. »Wünscht Ihr uns zu begleiten?«

»Euch begleiten?« Urfoos Gesicht verlor Farbe und Fassung. »Ist das denn unbedingt notwendig?«

Vizolea nickte, mit einem todtraurigen Lächeln im Gesicht. »Zum hundertsten Male, ja. Es steht explizit in der Zauberer-Charta, daß bei einem Besuch des Schatzes immer ein Mitglied der königlichen Familie anwesend sein muß.«

»Von Euch unterschrieben«, ergänzte Granach. »Unten auf der Seite mit Eurem Blut signiert.«

Urfoo schob seine Krone zurück, um sich die Stirn zu kratzen. »O Gott, wie konnte das geschehen?«

»Bitte entschuldigt, Mylord«, gab Vizolea mit demütig gesenkten Augen von sich, »aber Ihr habt eigenhändig die Vertragsbedingungen entworfen.«

Der König schluckte. »Wir dürfen keine Zeit verlieren. Ich muß Euch begleiten?«

Granach und Vizolea nickten. »Nur der Goldstern könnte Euch von dieser Pflicht entbinden«, setzte Granach noch hinzu.

»Und deshalb müßt Ihr wohl mitkommen!« erscholl die Stimme meines Meisters. »Morgen früh werden wir den Schatz in Augenschein nehmen.«

Urfoo, der allmählich immer tiefer in die Polster seines Thrones gesunken war, richtete sich wieder auf und lächelte. »Morgen?«

Ebenezum nickte. »Mein Lehrling und ich haben gerade eine beschwerliche Reise hinter uns. Es ist besser, sich dem Fluch im Tageslicht und mit einem klaren Kopf zu stellen.«

»Morgen!« erklärte Urfoo der Kühne. Er lächelte den Hofmagiern zu. »Ihr könnt Euch bis zum Frühstück zurückziehen, was? Ebenezum, ich muß gestehen, daß Ihr ein Zauberer von seltener Auffassungsgabe seid. Ich werde die Dienstmädchen anhalten, Euch ein Abendessen zu servieren und die Betten zu machen. Und am nächsten Morgen werdet Ihr den Fluch brechen!«

Auch ich setzte mich auf. Dienstmädchen? Vielleicht hielt die Stadt Krenk ja doch noch einige Nettigkeiten bereit.

»Wir brauchen einen Plan, Wunt«, sagte mein Meister, als wir endlich allein waren. »Wir haben nur bis morgen früh Zeit.«

Ich unterbrach meine Tätigkeit, aus einem Stoß von Kissen und Fellen mein Bett zu bauen. Mein Meister saß auf dem breiten Bett, das man ihm zur Verfügung gestellt hatte, den Kopf in den Händen.

»Ich hatte nicht mit anderen Zauberern gerechnet.« Dann warf er seinen Hut auf das Bett und stand auf. »Aber der tüchtige Magier muß auf alle Eventualitäten eingestellt sein. Zunächst ist es von vordringlicher Wichtigkeit – vor allem in Hinsicht auf die zu erhebende Gebühr –, daß niemand von meiner unglücklichen Krankheit erfährt.«

Der Magier schritt durch den Raum. »Ich werde dich mit einigen Gegenständen vertraut machen, die sich in unseren Reiseutensilien befinden. Wir müssen den Schein wahren. Diese Geschichte mit der verfluchten Kriegskeule hat mich da auf eine Idee gebracht. Wir werden diesen Schnupfen schon noch austricksen!«

Es klopfte an der Tür.

»Das habe ich erwartet«, sagte Ebenezum. »Sieh nach, welcher von den beiden es ist.«

Ich öffnete die Tür und stand Granach gegenüber. Er schlüpfte in das Zimmer, auf seinem Gesicht klebte immer noch jenes grimassenhafte Lächeln.

»Entschuldigt, daß ich noch zu so später Stunde störe«, begann der graugekleidete Magier, »doch ich habe das Gefühl, daß ich vorher noch keine Gelegenheit hatte, Euch richtig willkommen zu heißen.«

»In der Tat«, bemerkte Ebenezum mit hochgewölbter Augenbraue.

»Und fernerhin denke ich, daß Ihr über bestimmte Dinge informiert werden solltet. *Bevor* wir den Turm besichtigen.«

»In der Tat?« Diesmal fuhren beide Augenbrauen gleichzeitig hoch.

»Ja. Zuerst ein paar Worte über unseren Arbeitgeber, König Urfoo den Kühnen. Glücklicherweise haben die Krenker die Sitte, sich schon sehr früh im Leben ihrer Herrscher auf einen Beinamen zu einigen, denn nachdem Urfoo im Alter von sechzehn Jahren den schönen Sport des Kluftspringens aufgab, hat er seine ganze Zeit goldzählenderweise im Turm verbracht. Bitte beachtet meine genaue Wortwahl: zählen, nicht ausgeben. Solltet Ihr eine hohe Belohnung für Eure Dienste erwarten, würde ich an Eurer Stelle sofort abreisen. Unser Herrscher hieße weitaus treffender König Urfoo der Geizige. Der Lohn wird das Risiko nicht wert sein.«

»In der Tat.« Ebenezum strich wieder über seinen Bart.

Granach hüstelte. »Da Ihr ja nun Bescheid wißt, werdet Ihr wohl schleunigst abreisen.«

Mein Meister war sorgfältig mit dem Glätten seiner Ärmelfalten beschäftigt. »Leider nein. Ein fahrender Magier ist unglücklicherweise nicht in der Position, sich seine Kunden so genau wie ein residierender Stadtmagier auszusuchen. Er muß die Aufträge annehmen, die sich ihm anbieten, und muß hoffen, daß die kleine Gebühr, die er sich auf diese Weise erarbeitet, ihn ein Stückchen weiter auf seiner beschwerlichen Reise bringt.«

Das falsche Lächeln erlosch auf Granachs Gesicht. »Ihr seid gewarnt«, preßte er zwischen den Zähnen hervor.

Ebenezum lächelte und geleitete den Magierkollegen zur Tür. »In der Tat«, sagte er, während er sie öffnete. »Wir sehen uns beim Frühstück?«

Granach glitt hinaus. Ebenezum schloß die Tür hinter ihm. »Jetzt bin ich überzeugt, daß hier Geld zu holen ist«, bemerkte er. »Aber wieder zu uns. Ich werde dir nun das richtige Buch und die genaue Seitenzahl für drei einfache Exorzismen angeben. Wahrscheinlich werden wir sie noch nicht einmal benötigen.«

Er zog eines der Notizbücher, in die er dauernd schrieb,

aus seiner Tasche und begann, ein paar Seiten herauszureißen. »Inzwischen werde ich mir ein Mittelchen für kurzfristige Linderung zubereiten.«

»Die Idee lieferte mir Hendreks verfluchte Keule.« Er zerriß die Seiten zu Streifen. »Wenn sie offen getragen wurde, mußte ich niesen, doch wenn sie von Tuch bedeckt war, wurde meine Nase nicht beeinträchtigt. Sie kann dann das magische Aroma der Keule nicht mehr erriechen. Daraus folgt, daß ich meine nasale Sensibilität für Magie verringern muß, um nicht mehr zu niesen!« Er rollte einen Streifen zu einem festgewickelten Zylinder zusammen. »Doch wie soll ich das erreichen, wenn ich mich nicht in den Regen stellen will, bis ich mir eine Erkältung hole?«

Er hielt den Zylinder hoch, so daß ich ihn sehen konnte, und stopfte ihn sich in die Nase.

Es klopfte wieder.

»Das wurde auch Zeit«, sagte Ebenezum und zog den Zylinder wieder heraus. »Sieh nach, wer es diesmal ist, Wunt.«

Es war Vizolea. Sie hatte ihre förmlichen Hofroben gegen ein weich fließendes, schwarzes Gewand mit tief ausgeschnittenem Rücken getauscht. Ihre tiefgrünen Augen sahen in die meinen; sie lächelte.

»Wuntvor, nicht wahr?«

»Ja«, flüsterte ich.

»Ich würde gerne mit deinem Meister Ebenezum reden.«

Ich trat zurück, um sie eintreten zu lassen.

»Ich habe mir immer gewünscht, einem Zauberer von Eurem Format zu begegnen!«

»In der Tat?« erwiderte mein Meister.

Sie wandte sich zu mir um und berührte meine Schulter mit ihrer schmalgliedrigen Hand. »Wuntvor? Glaubst du wohl, daß du deinen Meister und mich eine Zeitlang allein lassen könntest?«

Ich äugte zu dem Magier herüber. Er nickte heftig.

»Laßt mich Euch über den Goldstern erzählen«, sagte Vizolea, als ich die Tür hinter mir schloß.

Perplex stand ich einen Moment draußen im Gang. Irgend etwas in Vizoleas Benehmen gab mir das Gefühl, daß sie mehr als nur reden wollte. Mit meinem Meister? Ich für mein Teil hatte in meinem Geburtsort einen gewissen Ruf in bezug auf Frauen und Mädchen gehabt, aber irgendwie hatte ich immer gedacht, daß mein Meister über diesen Dingen stehen würde.

Ich war eben nur ein kleiner Lehrling, der noch nicht mit allen Nuancen im Leben eines richtigen Zauberers vertraut war. Ich ließ mich schwer auf den Boden fallen und fragte mich, wie ich wohl auf dem kalten Steinfußboden des Ganges schlafen sollte. Und dann überkam mich die unsinnige Hoffnung, daß ein Dienstmädchen ganz für mich allein vorbeikommen und meine Situation etwas angenehmer gestalten würde.

Sie wollte mich verlassen.

Warte! rief ich. Ich bin ein Zaubererlehrling. Wann wirst du je die Chance bekommen, mit jemandem zu flirten, der auch nur halb so interessant ist wie ich?

Sie wollte nicht zuhören. Weiter und weiter entfernte sie sich. Ich rannte hinter ihr her. Es hatte keinen Sinn. Sie ignorierte mich. Ich griff nach ihrem weitausgeschnittenen Kleid, nahm ihr das Tablett aus den Händen, flehte um ein einziges Wort.

»Verdammnis«, sprach sie mit viel zu tiefer Stimme.

Ich wachte auf und sah in Hendreks vom Fackelschein erhelltes Gesicht.

»Hüte dich, Wuntvor! Es ist gefahrlich, in diesen Hallen zu schlafen. Zur Geisterstunde werden sie von Dämonen heimgesucht!« Er beugte sich zu mir herunter; seine fleischigen Wangen bebten, als er mir zuflüsterte: »Du hast so im Schlaf gestöhnt, daß ich zuerst dachte, du wärst auch ein Dämon!«

Erst da sah ich, daß er Schädelbrecher in der Hand hielt. »Manche Nächte kann ich nicht schlafen, weil ich die

Dämonen so fürchte. Es ist schon merkwürdig, denn heute nacht habe ich gar keinen zu Gesicht bekommen. Halt dich an meiner Keule fest!« Er zog mich auf die Füße. »Was bringt dich dazu, nachts in den Gängen herumzustöhnen?«

Ich erzählte ihm von meinen Dienstmädchenträumen.

»Ja«, erwiderte Hendrek, »dieser Ort kennt viele Alpträume. Dieser fluchbeladene Palast wurde von Urfoos vom Schicksal verfolgten Großvater gebaut – manche nannten ihn Vorterk den Vorlauten, andere Mingo den Maroden. Wieder andere nannten ihn Eldrag den Eitlen, ganz zu schweigen von denen, für die er Greeshbar der Gierige war. Doch das sind andere Geschichten. Ich erzähle dir nun von den verfluchten Korridoren, die Vorterk baute. Die Geräusche sind hier über lange Entfernungen zu hören und scheinen oft aus der entgegengesetzten Richtung ihrer ursprünglichen Herkunft zu kommen. Still jetzt!«

Ich verkniff mir eine Bemerkung über die Tatsache, daß er schließlich die Unterhaltung allein bestritten hatte, denn in der Tat erklang von irgendwoher ein Geräusch; ich horchte intensiv.

Das Geschrei hörte sich an wie »Tod Ebenezum! Tod Ebenezum! Tod Ebenezum!«

»Verdammnis!« grollte Hendrek. Ich wollte erst schreien, machte dann einen Schritt auf die Schreie zu. Hendrek packte mich mit seiner riesigen Faust am Umhang und zog mich in entgegengesetzter Richtung durch das Labyrinth der Gänge. Er verharrte kurz an jeder Kreuzung, damit ihm die Schreie die Richtung wiesen. Manchmal schienen wir uns auf die Schreie zuzubewegen, manchmal von ihnen weg. Ich war bald völlig verwirrt.

Die Stimmen waren nun deutlicher zu hören. Es waren zwei Stimmen, und eine schrie auch nicht mehr, obwohl sie beide sehr erregt waren.

»Das halte ich nicht für richtig.«

»Aber wir müssen!«

»Du übereilst alles!«

»Und du willst überhaupt nicht handeln. Wir werden noch Jahre warten müssen, bevor wir den Schatz bekommen!«

»Wenn ich es dir überlasse, wird uns der Schatz erst recht durch die Lappen gehen. Wir sollten Ebenezum einweihen!«

»Nein! Wir können ihm nicht trauen. Ebenezum muß sterben!«

»Vielleicht sollte ich mich mit Ebenezum zusammentun und dich aus dem Weg schaffen!«

Hendrek blieb plötzlich stehen, so daß ich in ihn hineinprallte. Seine Rüstung schlug gegen mein Knie.

»Da vorne!«

Genau vor unserer Nase schwang eine Tür auf. Ich erstarrte und wartete darauf, daß die zu den Stimmen gehörenden Personen auftauchen würden.

Es kam jedoch etwas vollkommen anderes heraus.

»Verdammnis«, stammelte Hendrek, als er es in unsere Richtung kriechen sah. Es sah aus wie eine Spinne, abgesehen von der Tatsache, daß es von meiner Größe war und nicht acht, sondern zwölf Beine hatte. Und daß es von leuchtendem Rot war.

Hendrek ließ die Keule über seinem Kopf kreisen. Schädelbrecher wirkte bedeutend kleiner auf mich als zuvor.

Das Geschöpf zischelte und sprang durch die Halle. Etwas folgte ihm aus dem Raum. Der riesige, grüne Neuankömmling sah aus wie eine überdimensional aufgeblähte Kröte mit Fangzähnen. Er hüpfte zu dem spinnigen Etwas und murrte uns an.

»Verdammnis, Verdammnis«, keuchte Hendrek. Ich zog einen Spurt in Betracht, mußte jedoch einsehen, daß Hendreks massige Gestalt meinen Fluchtweg blockierte.

Die Bläh-Kröte hüpfte vor die Fast-Spinne. Dann lief das rote vielbeinige Wesen über die Kröte hinweg auf uns zu. Die Kröte grunzte und schob die Dutzend Beine beiseite, doch vier davon hatten sich bereits um ihren Leib geschlungen und warfen sie um. Die Fast-Spinne ging in Kampfstellung.

Dann sprang die Bläh-Kröte mitten auf den Rückenpanzer des vielbeinigen roten Wesens. Die Fast-Spinne zischte, die Bläh-Kröte grunzte. Die Beine verwirrten sich, sie rollten ineinander verschlungen umher. Bald konnten wir nur noch zuckende Füße und geifernde Fänge sehen.

Beide verschwanden in einer Wolke braunen, übelriechenden Qualms.

»Verdammnis«, murmelte Hendrek.

Eine weitere Tür in unserem Rücken ging auf.

»Glaubt ihr nicht, daß es Zeit zum Schlafen ist?«

Es war Ebenezum.

Ich wollte ihm die Geschehnisse erklären, doch er winkte ab und bedeutete mir zu schweigen. »Du brauchst deinen Schlaf. Morgen ist ein wichtiger Tag für uns.« Er nickte Hendrek zu. »Wir sehen uns morgen.«

Der Krieger ließ seinen Blick noch einmal zu dem Fleck schweifen, wo die beiden Kreaturen verschwunden waren. »Verdammnis«, kommentierte er und verschwand durch die Halle.

»Nicht, wenn ich es verhindern kann«, sagte Ebenezum, als er die Tür schloß.

Kapitel Vier

›Traue niemals einem anderen Zauberer‹ ist ein Sprichwort, das unter Magieausübenden leider nur zu oft verwendet wird. In Wirklichkeit gibt es jedoch zahlreiche Beispiele für ein vertrauensvolles Verhältnis von Magieausübenden untereinander, so wenn es nicht um Geld geht oder wenn der andere Magier in einer solchen Entfernung operiert, daß seine Sprüche einen nicht erreichen können.

– aus den LEHREN DES EBENEZUM, Band XIV

Niemand aß etwas, als wir uns zum Frühstück versammelten. Ich saß schweigend dort und sagte in Gedanken immer wieder die drei kurzen Sprüche vor mich hin, die ich auswendig gelernt hatte. Mein Meister war auch stiller als üblich, war er doch damit beschäftigt, die dünnen Papierröllchen nicht aus seinen Nasenflügeln zu verlieren. Vizolea und Granach starrten sich über den Tisch hinweg an, während Hendrek vor sich hin murmelte und der König zitterte.

Ebenezum räusperte sich und begann zu sprechen: »Wir müssen uns nun den Turm ansehen!« Seine Stimme klang seltsam hohl.

»Den Turm?« wisperte Urfoo. »O ja, hm, wir dürfen keine Zeit verlieren.« Er schluckte. »Der Turm.«

Ebenezum erhob sich, und die anderen folgten seinem Beispiel. »Hendrek«, befahl mein Meister, »zeig uns den Weg!«

Der Magier ging zu dem König hinüber. »Da wir nun mit unserer Inspektion beginnen, Eure Majestät, wäre es mir lieb, wir könnten vorab die Honorarfrage klären.«

»Honorar?« Urfoo zitterte stärker. »Aber wir dürfen keine Zeit verlieren. Der Schatz ist mit einem Fluch beladen!«

Vizolea stellte sich neben meinen Meister. »Seid Ihr sicher, daß Ihr wirklich den Turm besichtigen wollt? Es könnte dort Dinge geben, die Ihr nicht gerne sehen würdet!« Ihre Hand fuhr über seine Schulter. »Erinnert Ihr Euch an unsere Unterhaltung letzte Nacht?«

»In der Tat.« Ebenezum strich bedeutungsvoll über seinen Schnurrbart. »Ich habe das Gefühl, daß es in dieser Schatzkammer Dinge geben könnte, die uns alle überraschen würden.«

»Verdammnis!« schallte es von der Spitze der Inspektionskolonne.

»Muß ich denn wirklich mit?« kam es vom rückwärtigen Ende.

»Die Charta!« erwiderte Granach.

»Vielleicht sind wir ein wenig voreilig, glaubt Ihr nicht?« Der König wischte sich mit einem mit Spitzen verzierten Ärmel über die Stirn. »Sollten wir die Sache nicht besser verschieben, um unsere Möglichkeiten noch einmal überdenken zu können?«

»Verschieben?« Granach und Vizolea sahen sich an. »Nun gut, wenn es unbedingt sein muß.«

Sie drehten sich um und machten Anstalten, in die Große Halle zurückzukehren.

»Wenn wir es nun aufschieben«, sagte Ebenezum, nachdem er den Blick des Königs auf sich gelenkt hatte, »wird König Urfoo wahrscheinlich sein Geld nie wiedersehen.«

»Nie?« Den König ergriff ein richtiger Schüttelfrost. »Geld? Nie? Niegeld?« Er holte tief Luft. »Keine Zeit zu verlieren, hä? Zum Turm!«

Wir kletterten einen engen Treppenaufgang zu einem geräumigen Treppenabsatz und einer weiteren dicken Eichentür hinauf.

»Der Schatz«, sagte Hendrek überraschenderweise.

»Eure Majestät, wenn es beliebt, bitte die Beschwörungsformel!« sagte Granach.

Urfoo schloß die Augen fest und schrie:

Geb mir ein O! O!
Geb mir zwei F! F!
Geb mir ein E! E!
Geb mir ein N! N!
Wie lautet der Spruch?
Offen! Offen! Offen!

Die Tür gab einen kleinen Knall von sich und tat, um was sie gebeten worden war. Kein Laut drang aus dem Inneren.

»Geht schon vor«, erlaubte Urfoo großzügig. »Ich warte hier draußen.«

Ebenezum schritt in die Schatzkammer.

Der Raum war nicht groß, es wäre jedoch auch nicht korrekt zu behaupten, daß er besonders klein gewesen wäre.

Und er war angefüllt mit Schatztruhen und Goldbarren, mit phantastischem Schmuck und mit mehreren nicht weiter gekennzeichneten Säcken, die an den Wänden gestapelt waren.

Wir begaben uns in die Mitte von all diesem Reichtum.

»Verdammnis«, murmelte Hendrek. »Doch wo sind die Dämonen?«

Ein unirdischer Schrei erscholl von draußen. Urfoo kam in den Raum, gefolgt von der Spinne.

»Die Spinne von Spudora!« rief mein Meister aus. Er hielt seine Nase fest.

»Granach!« rief Vizolea. »Das war nicht abgemacht!«

»Eure Majestät!« rief Granach. »Es gibt nur noch einen Ausweg! Den Goldstern, von mir beschworen!«

»Nein, das wirst du nicht tun!« Vizolea rezitierte schnell ein paar Worte. »Wenn hier irgend jemand den Goldstern beschwört, dann werde ich das sein!«

Die Bläh-Kröte hüpfte herein.

»Die Kröte von Kogoth!« sagte mein Meister.

»Schnell, Urfoo!« rief Granach. »Gebt mir die Erlaubnis für den Spruch, bevor es zu spät ist!«

Eine rote Zange zwängte sich aus einem Sack mit Juwelen.

»Die Krabbe von Krunz!« hielt mich mein Meister auf dem laufenden.

»Nicht die Krabbe!« kreischte Vizolea. »Diesmal bist du zu weit gegangen, Granach. Es erscheine die Laus von Liftania!«

Granach trat beiseite, um den keuchenden Urfoo vorbeizulassen, der von der Fast-Spinne, der Bläh-Kröte und dem grinsenden Krustentier verfolgt wurde.

»O nein, das wirst du bleibenlassen!« erboste sich Granach. »Erscheint denn ihr, ihr furchtbaren Kühe von Kuddotha!«

Mein Meister schwenkte seine Hände durch die Luft. »Hört sofort auf damit! Ihr werdet eine Magie-Überlastung produzieren!«

Die Luft flimmerte und füllte sich mit einem Chor aus spektralem Muhen. Eine eklig gelbe Gestalt bildete sich vor unseren Augen.

»Hallo, guter Hendrek!« rief Brax der Lächler freudig bewegt aus. »Wie schön dich wiederzusehen! Wir von der dämonischen Überzeugungsgesellschaft suchen uns bevorzugt Gebiete mit erhöhter magischer Aktivität aus; nur mal nachsehen, ob ein kleines Geschäft zu machen ist. Junge, was für ein Geschäft! Vielleicht will jemand von euch ein oder zwei magische Schwerter erwerben, bevor der Rest meiner Zunft ankommt?«

»Verdammnis«, grummelte Hendrek.

Urfoo rannte an uns vorbei. »In Ordnung! Ich denke über den Goldstern nach!« Eine blaue Kuh mit blutunterlaufenen Augen galoppierte hinter ihm her.

»Der Löwe von Lygthorpedia!«

»Die Gans von Grimola!«

»Aufhören! Aufhören! Es nimmt überhand!« Ebenezum krempelte seine Ärmel zurück, bereit zum zauberischen Einsatz.

»Was ist mit dir, Bursche?« wandte sich Brax an mich. »Ich hab' hier diesen schicken verzauberten Dolch, trifft immer ins Herz. Macht sich auch bestens als Brieföffner. Ich verschenke ihn beinahe. Brauchst nur hier unten zu unterschreiben.«

»Tabattens Tiger!«

»Tamboulens Thunfisch!«

»Zu viel!« rief Ebenezum und nieste den gewaltigsten Nieser, den ich je gesehen hatte. Papierfetzen regneten auf den frisch aus den Niederhöllen angekommenen Teufels-Thunfisch, und Ebenezum wurde von der Kraft des Rückstoßes gegen einen Sack mit Juwelen geschleudert.

Er bewegte sich nicht mehr. Er war ohnmächtig geworden.

»Verdammnis«, gab Hendrek von sich.

»Auf ein Neues«, sagte Brax nach einem Blick durch den Raum. »Vielleicht sollte ich dir besser eine Axt verkaufen.«

»Die Antilope von Arasaporta!«

Irgend jemand mußte das hier beenden! Also war wieder ich an der Reihe! Ich mußte die drei Exorzismen benutzen.

»Sneebly Gravich Etoa Shrudu …«, hub ich an.

»Der Elefant von Erasia!«

Warte einen Moment. Hieß es ›Sneebly Gravich Etoa‹ oder ›Etoa Gravich Sneebly‹? Ich entschied mich dafür, die andere Möglichkeit auch zu versuchen.

»Nun gut! Du forderst es ja förmlich heraus! Der Wal von Wakkanor!«

Mitten im Raum gab es eine Explosion. Anstelle eines materialisierten Wales befand sich dort ein lichtloses Loch.

Ebenezum rührte sich auf seinem Juwelenbett.

Brax sah sich über die Schulter, als die schwarze Leere größer wurde. »Teufel auch! Das muß gerade jetzt passieren, kurz vor einem Vertragsabschluß. Auf bald in den Niederhöllen!« Der Dämon verschwand.

Es war plötzlich sehr still in dem Raum. Die beiden anderen Zauberer hatten mit den Beschwörungen aufgehört, und alle dämonischen Kreaturen, Krabben und Kühe, Tiger und Thunfische, beobachteten gebannt das expandierende Loch.

Ebenezum schlug die Augen auf. »Ein Vortex!« schie er. »Eile tut not! Wir können es noch schließen, wenn wir zusammenarbeiten!«

Ein Windstoß kam auf und wurde in die Leere gesaugt. Die Geschöpfe der Niederhöllen, Hähne und Schwäne, Mäuse und Läuse, wurden in die Dunkelheit gezogen.

Granach und Vizolea gestikulierten wild auf das Schwarze Loch zu.

»Zusammen!« brüllte Ebenezum. »Wir müssen zusammenarbeiten!« Dann begann er zu niesen. Er zog seine Gewänder vors Gesicht und zog sich von dem Vortex zurück. Es hatte keinen Zweck. Er krümmte sich zusammen, ein Opfer seiner heimtückischen Krankheit.

Die Dunkelheit verschluckte nun die Juwelen und die Goldsäcke. Und auch ich konnte fühlen, wie sie an mir zog. Granach schrie auf und wurde hereingezogen. Vizolea kreischte und war verschwunden. Die Schwärze kam auf Hendrek und den König, mich und meinen Meister zu.

Ebenezum warf seine Roben zurück und schrie ein paar Worte gegen den wachsenden Sturm. Ein Goldbarren schlitterte an mir vorbei und wurde verschluckt. Ebenezum vollführte eine magische Geste, und das Vortex schrumpfte zusammen. Er gestikulierte weiter, und es war nicht mehr größer als ein einzelner Mann.

Dann nieste Ebenezum erneut.

»Verdammnis!« schrie Hendrek. König Urfoo, die Augen weit aufgerissen in namenloser Furcht, rutschte in Richtung Vortex über den Boden.

Der Krieger und ich stemmten uns gegen den Wind, um ihm zu helfen. Juwelen klickerten an unseren Füßen vorbei und waren auf immer verloren. Ich schob eine Kiste über das gähnende Loch in der Hoffnung, es so abzudecken, doch sie wurde ebenfalls eingesaugt.

»Mein Gold!« jammerte Urfoo, während er auf das Loch zurollte. Ich erwischte einen Fuß, Hendrek den anderen. Ich bemühte mich, auf den in Richtung Leere kullernden Juwelen einen festen Stand zu erlangen, rutschte jedoch aus und fiel in den Krieger.

»Verdamm-fff!« brüllte er, als er die Balance verlor. Er fiel nach hinten in das Loch.

Der Wind legte sich. Hendrek bewegte sich nicht mehr, halb war er hier und halb irgendwoanders. Er hing im Loch fest.

Ebenezum schneuzte sich. »So ist's besser.« Er rezitierte einige Zaubersprüche, schneuzte sich noch einmal, und als wir Hendrek herauszogen, schloß sich das Vortex.

Mein Meister gab dem König, der mit glasigen Augen auf dem nun ausgeräumten Boden seines Schatzhauses saß, einige Erklärungen ab: Wie seine Hofmagier versucht hatten, ihn um die Hälfte seines Schatzes zu betrügen; wie sie einen Fluch erfunden hatten, weil sie keine andere Möglichkeit mehr sahen, an sein Geld zu kommen, denn die königliche Charta hatte ja dafür gesorgt, daß ein Mitglied des königlichen Hauses die Tür öffnen mußte. Wie Ebenezum dieses Komplott aufgedeckt hatte und nun erwartete, reich dafür belohnt zu werden, daß er das Gold des Königs gerettet hatte.

»Gold?« König Urfoo der Kühne winselte, als er sich in seiner Schatzkammer umsah. Ein paar Dutzend Juwelen und Goldbarren lagen da, wo noch vor kurzem ein ganzer Raum voll gewesen war. »Gold! Ihr habt mir mein Gold gestohlen! Wachen! Bringt sie um! Sie haben mein Gold genommen! Urk!«

Hendrek hieb ihm über den Kopf.

»Sie haben – was? Wo bin ich? Oh, hallo!« Der König verlor das Bewußtsein.

»Verdammnis«, murmelte Hendrek. »Schon wieder tut Schädelbrecher sein höllisches Werk!«

Mein Meister machte den Vorschlag, daß es Zeit für eine kleine Reise sei.

Wir mußten ein paar Stunden im strömenden Regen warten, bevor wir eine Fahrgelegenheit aus Krenk bekamen. Ebenezum hatte es für den Fall einer Verfolgung vorgezogen, seine Zauberergewänder mit einem neutraleren braunen Umhang zu bedecken, doch die vorbeifahrenden Wagen zeigten sich nicht gewillt, so merkwürdige Figuren wie uns drei mitzunehmen, besonders bei Hendreks massiver Gestalt.

»Vielleicht«, schlug Ebenezum vor, »hätten wir getrennt bessere Chancen.«

»Verdammnis!« Hendrek zitterte und klammerte sich an das Stück Stoff mit Schädelbrecher darin. »Und was ist mit meinem Fluch?«

»Hendrek.« Der Zauberer legte dem großen Krieger kameradschaftlich eine Hand auf die Schulter. »Ich kann Euch garantieren, daß Ihr Brax ziemlich lange nicht wiedersehen werdet. Die magischen Entladungen von diesem Vortex waren so mächtig, daß sie zumindest durch drei der

Ebenen der Niederhöllen durchgeschlagen sind. Laßt es Euch von einem Experten sagen: Ihre Transportkanäle werden auf Monate hinaus nicht mehr geöffnet werden können.«

»Dann bin ich also von Brax und seinen Artgenossen befreit?« grummelte Hendrek.

»Fürs erste. Eine vorübergehende Erleichterung, fürchte ich. Ich habe da eine gewisse Behinderung ...« Er legte eine Pause ein und sah Hendrek direkt in die Augen. »Auch nur vorübergehend, glaubt mir, die mich jedoch davon abhält, Eure endgültige Heilung zu gewährleisten. Doch ich werde Euch die Namen von magischen Experten in Vushta geben, die in der Lage sein sollten, Euch sofort zu helfen.« Mein Meister schrieb drei Namen auf eine Seite seines Notizbuches und gab sie dem Krieger.

Hendrek legte das Pergamentstückchen zu Schädelbrecher in die Hülle und verbeugte sich tief vor meinem Meister. »Danke, großer Zauberer. Auf nach Vushta also!« Seine Gesichtszüge schienen sich in mächtigen Gefühlsaufwallungen zu verzerren, aber vielleicht war es auch nur der Regen, der auf seinen Helm trommelte.

»Zufällig fahren wir auch nach Vushta«, ergänzte ich. »Vielleicht sehen wir uns dort wieder.«

»Wer kennt das Schicksal?« beschied uns Hendrek im Weggehen. »Verdammnis.«

Bald war er in dem heftigen Sturzregen unseren Blicken entschwunden.

Als der Krieger fort war, sah ich wieder meinen Meister an. Aufrecht stand er im Regen, trotz seiner Verkleidung jeder Zoll ein Zauberer. Sollte Ebenezum bei unserer Ankunft in Krenk noch Selbstzweifel gehegt haben, so hatten seine Taten während der darauffolgenden Ereignisse diese Zweifel wohl gründlich ausgeräumt. Er war Ebenezum, der beste Magier im ganzen Waldland. Und in Krenk auch!

Schließlich konnte ich es nicht länger aushalten. Ich fragte meinen Meister, was er über das Komplott gegen König Urfoo wüßte.

»Es ist ganz einfach«, erwiderte Ebenezum. »Urfoo hatte den Reichtum, den die beiden Zauberer sich wünschten, konnte jedoch wegen dem Fluch auf der Tür nicht zu seinem Gold vordringen. So erfanden sie den Spruch des Goldsterns, für den Urfoo – nach der Definition der Hofmagier – die Hälfte seines Goldes würde opfern müssen. Ich mache ihnen in gewisser Weise keinen Vorwurf. Laut Vizolea hatte der König sie noch nicht ein einziges Mal für ihre Dienste während all der Jahre bezahlt. Unglücklicherweise wurden sie zu habgierig und arbeiteten nicht mehr zusammen – du hast ja gesehen, was daraus entstanden ist. Sie zogen sogar in Erwägung, den Goldsternspruch auf drei Arten zu vollziehen. Und zum Schluß schlug Vizolea sogar vor ... obwohl« – mein Meister hüstelte dezent – »ich normalerweise nicht an solchen Aktivitäten teilnehme.«

Er sah die verlassene Straße hinauf und wieder zurück, um dann in seinen feuchten Umhang zu greifen und einen Goldbarren herauszuziehen. »Gut. Ich dachte schon, ich hätte ihn auf unserer Flucht verloren. Ich habe so viele Schichten Stoff über mir, daß ich ihn nicht mehr spüren konnte.«

Ich starrte ihn an, während er den Barren wieder versteckte. »Wie habt Ihr ihn bekommen? Der Boden der Schatzkammer war doch vollkommen leergesaugt!«

»Der Boden, ja.« Der Zauberer nickte. »Das Innenfutter meiner Robe, nein. Ein Magier muß im voraus planen, Wunt. Und von Zauberern erwartet jedermann, daß sie einen gewissen Lebensstandard pflegen.«

Ich schüttelte meinen Kopf. Ich hätte besser nie an meinem Meister gezweifelt.

Ebenezum starrte durch den nicht enden wollenden Regen. »Die Dinge sind im Fluß, Wuntvor«, sagte er nach einem Moment des Nachdenkens. »Ich hatte nicht erwartet, daß wir so früh auf eine solche Ansammlung von magischer Aktivität stoßen würden.«

»Wir hatten also Glück?« fragte ich.

»Vielleicht. Wir hatten auch in den letzten Monaten in unserer Hütte Glück. Ein halbes Dutzend hochbezahlte Aufträge, die alle irgendwie mit den Niederhöllen zusammenhingen. Das alles hat uns schneller auf unseren Weg nach Vushta befördert, als ich angenommen hatte.«

Der Magier blickte zum Himmel. Das Regenwasser spritzte von seinen Wangenknochen ab und rann in Bächlein seinen Bart herunter. »Oh, wenn ich nur einen Wetterspruch riskieren könnte! Aber für heute habe ich die Nase voll. Noch einen Nieser, und meine Nase wird wahrscheinlich explodieren.«

Mein Meister machte zwar schon Scherze über seine Behinderung, aber ich hätte schwören können, daß sie ihn immer noch bekümmerte. Ich tat mein Bestes, um das Thema zu wechseln.

»Erzählt mir von Vushta«, bat ich ihn.

»Ah, Vushta, du Stadt der tausend verbotenen Lüste!« Die Stimmung des Zauberers schien sich plötzlich zu heben. »Wenn ein Mann keine Vorsicht walten läßt, kann die Stadt ihn im Handumdrehen verändern.«

Darauf hatte ich alle meine Hoffnungen gesetzt. Ich bat meinen Meister, mehr zu erzählen.

»Laß uns heute nacht nicht mehr über Magie und verzauberte Städte reden.« Mehr wollte er nicht sagen. »Unser Glück wird uns nicht verlassen. Mich dünkt, ein trefflicher Handelsmann ist schon zu unserer Rettung erschienen.«

Tatsächlich hatte ein geschlossenes Gefährt am Rande der Straße angehalten. Möglicherweise wartete doch eine trockene und angenehme Nacht auf uns.

»Braucht ihr eine Mitfahrgelegenheit?« rief der Fahrer. Wir kletterten auf das Gefährt.

»Eine scheußliche Nacht«, fuhr der Fahrer fort. »Ich werde euch ein Liedchen vorsingen, um eure Stimmung zu heben. Ich bin nämlich ein fahrender Sänger.«

Ebenezum sah alarmiert aus seiner Kapuze hervor und drehte dann sein Gesicht ab, so daß es sich im Schatten verlor.

»Was wäre wohl passend?« Der Barde zog an den Zügeln seines Maultiers. »Ah! Etwas geradewegs aus der ewigen Nacht der Niederhöllen! Ich werde euch ein Lied über den tapfersten Zauberer in der ganzen Welt singen, ein Typ aus dem Waldland, der Gegend um Gurnish. Hm ... Neebednuzum heißt er, glaube ich. Nun, die Geschichte ist ziemlich lang, aber ich denke mir, daß ihr von der Tapferkeit des Helden ganz ergriffen sein werdet.«

Bei der dritten Strophe war Ebenezum eingeschlafen.

Kapitel Fünf

Der Durchschnittsgeist ist ein bei weitem vielschichtigeres und interessanteres Individuum, als man gemeinhin annimmt. Nur weil jemand Ketten hinter sich herschleppt oder weil sein Haupt dauernd in Flammen steht, muß er nicht notwendigerweise ein niedrigeres Wesen sein. Viele Geister, besonders solche, deren Köpfe nicht abgetrennt sind und die Münder zum Sprechen besitzen, sind sogar recht gute Gesprächspartner und verfügen meistens über einen netten Vorrat an andersweltlichen Geschichten. Darüberhinaus pflegen Geister durchweg die glückliche Angewohnheit zu haben, bei Tagesanbruch zu verschwinden, eine Angewohnheit, die manchen lebenden Bekannten und Verwandten nur zu trefflich zu Gesicht stünde.

– aus den LEHREN DES EBENEZUM,
Band VI (Appendix B)

Nach unserem betrüblichen Erlebnis mit König Urfoo in Krenk erwarteten sowohl Ebenezum als auch ich, daß sich unser Blatt nun zum Besseren wenden würde. Vielleicht könnten wir ja noch vor Vushta einen Magier finden, der mächtig genug war, um Ebenezums Krankheit heilen zu können.

Doch die Stadt der tausend verbotenen Lüste wurde mit jedem verstreichenden Tag zu mehr als nur einer wagen Möglichkeit. Denn da wir aus dem einen Königreich vertrieben worden und auch in den nächsten beiden nicht gerade willkommen waren, hatten wir keine Chance, irgendwelche Zauberer zu treffen. Darüberhinaus waren da noch die Kopfgeldjäger, die Urfoo uns auf den Hals geschickt hatte, die sieben Tage anhaltenden Regens und der Zwischenfall mit den Riesensumpfratten, an den ich lieber gar nicht denke.

Und immer noch schritt mein Meister voran, stolz und erhaben auf seinem Weg ins ferne, verbotene Vushta. Ich würde ihm dorthin und überallhin folgen, denn selbst mit seiner Behinderung war Ebenezum der größte Magier, den ich kannte!

Gerade als ich meiner Verehrung für ihn irgendwie Ausdruck verleihen wollte, stolperte ich, rutschte den Hang hinunter und kollidierte mit meinem Meister.

Unser gemeinsamer Fall endete in einem Busch am Fuße des Hügels. Ohne mich eines Blickes zu würdigen, erhob der Zauberer sich mit einem Grollen, das der Vorbote eines aufziehenden Gewitters sein mochte. Betont langsam drehte er sich um, um mir ins Gesicht zu sehen. Ich beobachtete die Augen unter den buschigen Brauen und erwartete das Unvermeidbare.

»Wuntvor«, sagte der Magier; seine Stimme hatte die Durchschlagskraft eines Erdbebens, das ein Gebirge zerteilt. »Wenn du unfähig bist, auf deine Füße …«

Mein Meister brach mitten im Satz ab und starrte über meinen Kopf hinweg. Ich stammelte eine Entschuldigung, doch der Zauberer gebot mir mit einer Geste zu schweigen.

»Was hörst du, Lehrling?« fragte er mich statt dessen.

Ich horchte angestrengt, entdeckte jedoch nichts. Was ich ihm mitteilte.

»Eben«, erwiderte er. »Absolut nichts. Wir haben Spätsommer, befinden uns mitten im Wald, und doch sehe ich keinen einzigen Vogel und höre kein einziges Insekt. Obwohl ich gestehen muß, daß das Fehlen letzterer mich nicht gerade mit Trauer erfüllt.« Der Magier kratzte sich an einer rötlichen Erhebung neben seinem langen weißen Bart. Während der sieben Tage Dauerregen hatten wir umfangreiche Erfahrungen mit Moskitos und Stechmücken sammeln können.

»Mich dünkt, Wunt, als fehle etwas.«

Ich horchte noch einmal. Der Wald lag in absoluter Stille; die einzigen Geräusche waren unsere eigenen Atemzüge. Nie außer vielleicht an den kältesten Wintertagen hatte ich eine solche Stille gehört. Ein kalter Schauder schlich mir die Wirbelsäule herauf – äußerst erstaunlich in dieser spätsommerlichen Hitze.

Mein Meister entstaubte seine Roben. »Wir scheinen zu einer Lichtung gekommen zu sein.« Er wies mit dem Kopf in Richtung Tal. »Vielleicht finden wir eine Behausung oder sogar jemanden, der uns nähere Informationen über diese Gegend geben kann. Inzwischen können wir uns in der Abwesenheit von jedweden Insekten die Sonne auf den Pelz brennen lassen.« Während er den Hügel hinunterging, kratzte er sich geistesabwesend den Nacken. »Man muß immer die positiven Seiten einer Sache betrachten, Wunt.«

Eilig sammelte ich die Vorräte, Bücher und Zauberutensilien wieder ein, die während unseres Abstieges aus dem Reisesack gefallen waren, und folgte meinem Meister. Ich kletterte hinter ihm her über unebenen Boden, wobei ich das Unterholz möglichst vermied. Doch der Bewuchs dünnte immer mehr aus, bis wir uns auf einer großen Lichtung aus blanker Erde wiederfanden, in deren Zentrum ein Ring aus sieben massigen Monolithen stand.

»Jetzt haben wir noch nicht einmal mehr Gras«, brummte Ebenezum. »Komm, Wunt, wir werden diese Sache einmal genauer inspizieren.« Als er mit ausgreifenden Schritten über die nackte Erde ging, erhoben sich dichte Staubwolken. Ich folgte ihm auf den Fersen und versuchte krampfhaft, nicht zu husten.

Als wir den ersten Monolithen erreichten, sprang etwas aus seinem Schatten hervor.

»Buuuh!« machte es. Ich ließ meinen Reisesack fallen, doch Ebenezum blieb einfach stehen und sah sich die Erscheinung an.

»In der Tat«, sagte er nach einem Moment.

»Buuuh! Buuh! Buh!« kreischte das Wesen, das auf uns losgegangen war. Bei näherer Betrachtung konnte ich es einwandfrei als menschlich identifizieren, mit langen grauen Haaren, die ins Gesicht fielen, und braunen Lumpen, die den Körper einhüllten. Die Gestalt hob knochige Hände und kam auf zittrigen Beinen auf uns zu.

Keiner von uns bewegte sich. Außer Atem machte unser Angreifer eine Pause. »Funktioniert wohl nicht, wie?« krächzte sie schließlich. Es war eine alte Frau; ihre Stimme klang hoch und gebrochen.

Ebenezum strich über seinen Schnurrbart. »Was funktioniert nicht?«

»Hab' euch anscheinend nicht zu Tode erschreckt.« Sie teilte den Vorhang von Haaren vor ihrem Gesicht und lugte in den Himmel hinaus. »Ist wahrscheinlich auch sowieso zu spät für euch, um noch wegzukommen. Könnt euch genausogut hinsetzen und warten.« Sie sah sich nach einem geeigneten Stein um und ließ sich darauf nieder.

»In der Tat«, bemerkte Ebenezum. »Warten auf was?«

»Das wißt Ihr nicht?« Die Augen der Alten weiteten sich vor Erstaunen. »Sir, Ihr seid im schrecklichen Tal von Vral!«

»In der Tat«, gab Ebenezum höflich zur Antwort, als deutlich wurde, daß die Alte nichts mehr zu sagen beabsichtigte.

»Jetzt sagt mir nicht, daß Ihr noch nie etwas davon gehört habt. Was, dann kommt Ihr also aus den unwissenden Westlichen Königreichen?« Die Frau lachte höhnisch. »Jeder kennt das schreckliche Tal von Vral und den ebenso schrecklichen Fluch, der es alle einhundertsiebenunddreißig Jahre einmal trifft. Nicht, daß dieses Plätzchen sonst besonders freundlich wäre« – sie spuckte auf die ausgedörrtc Erde –, »doch alle einhundersiebenunddreißig Jahre ist hier die Hölle los. Das ist eine Nacht, wo keiner, der dann noch im Tal ist, mit dem Leben davonkommt.«

Ich mochte die Richtung, die unser Gespräch annahm, ganz und gar nicht. Ich schluckte schwer und räusperte mich. »Meine Dame, hättet Ihr die Freundlichkeit uns mitzuteilen, wann genau diese Nacht ist?«

»Habe ich das nicht gesagt?« Die Vettel lachte erneut. »Heute ist die verfluchte Nacht im Tal von Vral. Sie beginnt, wenn die Sonne hinter diesem Hügel versunken ist.« Sie wies hinter mich.

Ich folgte der Bewegung ihres Armes und schaute auf die Sonne, die bereits die Spitze des westlichen Hügels erreicht hatte, dann blickte ich Ebenezum an. Er stierte durch mich hindurch, seinen Gedanken hingegeben. Unser Glück schien uns nicht zu verlassen.

»Wenn wir alle sterben müssen«, erwiderte Ebenezum endlich, »was macht Ihr dann hier?«

Die Alte sah von uns weg. »Ich habe meine Gründe, die sicherlich niemand außer mir interessieren dürften. Nur soviel, daß dies Land hier einst grün und lieblich war und von einer Prinzessin, so lieblich wie das Land selbst, regiert wurde. Doch dunkle Zeiten fielen über das Land, und der Himmel regnete Kröten, und die Prinzessin verfiel in Furcht. Doch ihr Gefolgsmann, der schöne ...«

»Ihr habt zweifelsohne recht«, unterbrach sie Ebenezum. »Niemand würde sich für all das interessieren. Ihr habt also beschlossen zu sterben, weil es Kröten regnete?«

Die Frau seufzte und betrachtete die Sonne, die hinter der Hügelkuppe versank. »Nicht ganz. Mein Körper ist alt und krank. Ich muß sterben. Ich dachte nur, der alten Maggie einen stilvollen Abgang zu verschaffen.«

»Maggie?« Ebenezum kratzte nachdenklich an seinem Insektenstich. »Die Kurzform von Magredel?« Er starrte in ihr zerfurchtes Gesicht.

»Oh, ich habe diesen Namen schon seit Jahren nicht mehr benutzt. Nicht seit ich diese stumpfsinnigen Westlichen Königreiche verlassen habe. Ich habe dort eine Zeitlang als Hexe gearbeitet, wahrscheinlich habt Ihr da von mir gehört. Habe mich allerdings nicht spezialisiert, war mehr so etwas wie eine Hexe fürs Allgemeine.«

»Maggie?« wiederholte Ebenezum. »Wie Tante Maggie?«

Jetzt blinzelte Maggie mit den Augen. »Sagt, kenne ich Euch nicht?«

Direkt hinter mir gab es eine Explosion. Wir fuhren alle drei herum und erblickten eine große bleiche Erscheinung auf dem größten der sieben Monolithen.

»Willkommen, meine Damen und Herren!« rief die Erscheinung mit einem Wirbeln ihrer Robe. »Willkommen zur verfluchten Nacht!«

»Gleichfalls willkommen, Tod!« erwiderte Maggie. »Ich hoffe doch sehr, daß du heute nacht nicht unter deinem Niveau bleiben wirst!«

Tod lachte; es war ein hoher, widerhallender Ton, der mich fast zu Tode ängstigte. Als ich Ebenezum später davon erzählte, klärte er mich darüber auf, daß das ohne Zweifel die angestrebte Reaktion gewesen sei.

Die Erscheinung verschand wieder.

»Das war die Eröffnung für uns«, bemerkte Maggie. »Bald geht der Spaß richtig los.«

Ich war entsetzt. »S-spaß?« stammelte ich. »Wie könnt Ihr wissen, was als nächstes passiert?«

»Ganz einfach.« Die Vettel bedachte mich mit einem zahnlosen Grinsen. »Ich habe diese Nacht schon einmal durchgemacht.«

Jetzt, wo Tod verschwunden war, herrschte wieder vollkommene Stille. Mein Meister räusperte sich.

»Ebenezum!« rief die alte Frau aus. »Natürlich! Dieses nervöse Hüsteln erkenne ich überall wieder! Armer kleiner Ebbie, hatte immer etwas zu hüsteln und zu kratzen und zu zupfen. Er konnte nie stillsitzen.« Sie zwinkerte mir zu. »Weißt du, das ganze erste Jahr, in dem er unter meiner

Anleitung studierte, hat er keinen einzigen Spruch anständig rausgebracht. Du hättest die Sachen sehen sollen, die dabei in unserer Küche auftauchten!« Sie lachte herzlich.

Mein Meister blickte besorgt zu dem Stein herüber, hinter dem Tod verschwunden war. »Bitte, Tante Maggie. Ich denke nicht, daß jetzt der richtige Zeitpunkt ist, um meine ...«

»Kannst ruhig deinen Hut aufbehalten!« Die Alte klopfte Ebenezum jovial auf die Schulter. »Wir haben noch ein bißchen Zeit. Es dauert immer ein Weilchen, bis sie sich organisiert haben. Wenn man nur alle einhundertsiebenunddreißg Jahre eine Vorstellung gibt, rostet man ein wenig ein.«

»Aber was passiert überhaupt?« wollte ich wissen. Ich bemerkte, daß meine Hand von dem verkrampften Griff um den Wanderstab schmerzte.

»Geister, Geister und nochmals Geister.« Die alte Frau spie auf den Boden. »Tod mag Spielchen. Mit jedem lebenden Wesen spielt er ein kleines Spielchen, das er nebenbei bemerkt immer gewinnt. Manche liebt er besonders, und diese großen Kampfspiele bringt er hierher, damit sie immer wieder im Tal von Vral aufgeführt werden.«

»Die Geister spielen also nur ihre Spielchen?« fragte ich; das klang ja nicht so schlimm.

»Das ganze Leben ist ein Spiel, vergiß das nicht. Tod führt hier seine populärsten Spiele auf, von ›Nation im Krieg‹ bis zu ›Die zwei Liebenden‹.«

Sie hüpfte und kreischte auf.

»Kille, kille«, ertönte eine hohe Stimme aus dem Nichts.

»Poltergeister! Buh! Buh! Weg hier!« Maggie wedelte wüst mit ihren Armen. »Immer mehr Geister werden heute nacht auftauchen, und Tod wird versuchen, euch trickreich in seine Spielchen zu verwickeln. Hütet euch davor, denn er gewinnt immer!« Sie kreischte und hüpfte erneut.

»Buh! Buh! Buh!« echote die Stimme aus dem Nichts. »Das ist passé, meine Verehrteste. Heutzutage sind lange, gefühlvolle Seufzer der letzte Schrei in der Geisterwelt.«

»Es geht los. Tut mir leid, Ebbie, daß du hier reingeraten mußtest!« Sie kreischte und fegte im Steinkreis herum, verfolgt von »Kille, kille« Rufen.

Ebenezum schnupfte einmal und wischte sich die Nase an dem mit Silber verzierten Ärmel ab. »Nur ein fünftklassiger Geist; beeinträchtigt mich überhaupt nicht.«

Mir wurde bewußt, daß dies tatsächlich das erste Mal seit unserem Eintritt in dieses verfluchte Tal gewesen war, daß Ebenezum geniest hatte. Vielleicht bewirkte der Ernst unserer Lage eine rapide Besserung.

Mein Meister schüttelte sein Haupt, als ich ihm meine Theorie darlegte. »Warum sollte ich auch niesen? Tod ist das Natürlichste der Welt!« Er zupfte an seinem Bart. »Und ich fürchte, daß, sollte uns nicht bald ein Plan einfallen, Tod uns beiden nur allzu vertraut werden wird.«

Ein mächtiger Windstoß erhob sich. Ebenezum mußte brüllen, um sich verständlich zu machen. »Bleib bei mir! Wenn wir getrennt werden ...«

Der Zauberer bekam einen Niesanfall, als drei Geister auf einem Schlitten ihn packten und hoch durch die Luft wirbelten. Geister, Schlitten und der niesende Magier verschwanden hinter den Steinen.

Es war Nacht geworden, und ich war allein.

Doch plötzlich befand ich mich mitten in einer Geistermenge; sie saßen wie in einem Amphitheater auf langen umlaufenden Sitzreihen. Die Menge brüllte, und ich sah, daß sie einer Gruppe von uniformierten Männern auf einem grünen Rasen zuschauten, von denen einige rannten und wieder andere, die in der Mehrzahl waren, einfach herumstanden.

Ein Mann, der einen silbernen Kasten vor sich durch die Reihen schleppte, näherte sich mir. »Heiße Würstchen!« rief er. »Heiße Würstchen!«

Es gab ihn ja gar nicht, ermahnte ich mich. Dieser ganze Ort ging eindeutig über mein Begriffsvermögen. Ich ging beiseite, um ihn vorbeizulassen, doch er trat neben mich.

»Heiße Würstchen, mein Herr?«

Nur mit großer Anstrengung brachte ich es fertig, nicht zu zittern. Sollte dieser Würstchenverkäufer mir etwas wollen, würde ich ihm den Stab überbraten. Aber nach allem, was ich über Geister gehört hatte, hätte ich genausogut durch ihn hindurchschlagen können.

Mit einer gewissen Verzagtheit fragte ich: »Wo bin ich hier?«

»Dachte mir's schon« – der Geist nickte weise mit dem Kopf – »du kommst nicht von hier. Ist wohl dein erstes Baseballspiel? Na, jedenfalls hast du dir ein gutes ausgesucht, Junge.«

Ich betrachtete den Rasen. »Baseballspiel«, murmelte ich, ohne zu begreifen, vor mich hin.

»Klar«, erwiderte die Erscheinung. »*Das* Baseballspiel. Die Leute hatten die Red Sox schon abgeschrieben, aber sie haben sich durchgeboxt. Und jetzt wird Torrez die Yankees in Grund und Boden stampfen! Siebenundachtzig wird unser Jahr werden. Es muß einfach!«

Ich betrachtete den Geist eingehend in der Hoffnung, eine Geste oder eine zufällige Bemerkung möge mir den Sinn seiner dunklen Worte enthüllen. Doch ich sah nur diesen gehetzten Ausdruck in seinen Augen.

»Es *muß*?« fragte ich.

»Nun ja«, er schwieg einen Augenblick. »Ich meine, die Sox müssen gewinnen, sonst ...« Er schauderte. »Hast du eine Ahnung, wie es sein würde, die ganze Ewigkeit lang heiße Würstchen zu verkaufen?«

Er wartete meine Antwort erst gar nicht ab, sondern begab sich zu den Sitzreihen über mir. Ich wandte meine Aufmerksamkeit dem ›Baseballspiel‹ auf dem Rasen zu. Ich wollte das Spiel so weit verstehen, daß ich begreifen konnte, was den Würstchen-Geist so heiß gemacht hatte. So betrachtete ich das verwirrende Hin und Her auf dem grünen Rasen; früher oder später mußte hier ein großes Geheimnis enthüllt werden, eine frohe Botschaft, die meinem ganzen Leben neuen Sinn verleihen würde!

Doch etwas in meinem Hinterkopf riet mir, mich lieber

abzuwenden. Ich erinnerte Tante Maggies Warnung betreffs Tod und Spiele.

Das Baseballspiel verschwand. Statt dessen erschien Tod.

»Da bist du ja«, gab das Wesen in seiner sonoren Stimme von sich. »Ich habe dich schon überall gesucht. Diese Fluchnächte sind manchmal so endlos langweilig, daß ich mich des Zeitvertreibs wegen in ein paar Spielchen stürze. Sag, kannst du ›Rotlicht, Grünlicht‹?«

Tod stand mir nun viel näher als zuvor. Ich starrte auf die pergamentene Hautschicht, die über seinen Schädel gespannt war, und auf die Schattenlöcher dort, wo die Augen hätten sein sollen. Sein Lächeln wirkte einschmeichelnd. Wie einem guten Gebrauchttierhändler auf dem Markt hätte man ihm eigentlich gerne geglaubt.

»Nun?« hakte Tod nach.

»N-nein«, stotterte ich. »Ich kenne die Regeln nicht!«

»Wenn es weiter nichts ist«, Tod griff nach meinem Arm. »Ich erkläre sie dir; ich kenne mich gut mit Regeln aus.«

»Nein! Ich muß meinen Meister finden!« Blindlings rannte ich davon.

Plötzlich gähnte eine Grube vor mir. Eine Grube, die mit geschärften Dornen und einem großen, brüllenden Monster gefüllt war, das nur aus Maul, Zähnen und Klauen zu bestehen schien. Ich versuchte verzweifelt zu stoppen, doch ich kippte über den Rand der Grube und fiel und fiel.

Irgend jemand bellte hinter mir einen Befehl; die Stimme meines Meisters. Ich kam wieder zu mir, ich stand auf festem Boden, direkt neben Ebenezum. Alle Geister waren verschwunden.

Ebenezum schniefte zu wiederholten Malen.

»Ein vorübergehender Exorzismus«, erklärte er. »Das Beste, was ich zur Zeit auf Lager habe.«

Ich vollführte einen kleinen Freudentanz auf der trockenen Erde, während mein Meister zu Atem zu kommen versuchte. Ebenezum hatte sich von den Schlitten-Geistern befreien können! Wieder erfüllte Hoffnung mein Herz. Ich fragte ihn, wie er seine Flucht bewerkstelligt habe.

Der Zauberer zuckte mit den Schultern. »Ich habe mir den Weg freigeniest. Die Geister waren auf Magie, aber nicht auf extreme nasale Aktivitäten vorbereitet. Unter dem geballten Angriff meiner Nase lösten sie sich buchstäblich in Luft auf.«

»Das ist ja wundervoll!« frohlockte ich. »Wir werden im Handumdrehen dieses verfluchte Tal hinter uns haben!«

Ebenezum schüttelte den Kopf. »Tod macht denselben Fehler nicht zweimal. Die nächsten Erscheinungen werden auf meine Krankheit vorbereitet sein.«

Tante Maggie kam hinter einem der sieben Monolithen hervor. Sie taumelte vor Ebenezums Füße und brach zusammen.

Sie stöhnte und sah meinen Meister an. »Er ist weg! Der Poltergeist ist weg!«

Der Magier nickte feierlich. »Exorzismus.«

Maggie seufzte vor Erleichterung. »Er hat mich die ganze Zeit verfolgt und wollte, daß ich ihn zurückkitzelte! Aber auf so etwas kann man sich schließlich nicht einlassen!« Sie blickte auf Ebenezum. »Exorzismus? Das muß bedeuten, daß du dann doch deiner Berufung gefolgt und Magier geworden bist! Ich wollte dich erst gar nicht fragen. Damals warst du ja sehr entschlossen, doch deine Eignung war leider ...«

Ebenezum räusperte sich. »Ist nur ein vorübergehender Spruch. Die Macht von Tod ist größer als normale Magie, und die Geister müssen jeden Augenblick wieder hier sein. Wir müssen eine dauerhaftere Lösung ins Auge fassen.«

Maggie lachte. »Ich habe mich schon einmal mit der Hilfe von Magie durch diese Fluchnacht bugsiert. Vielleicht gelingt uns das noch einmal. Und vielleicht bekomme ich auch im Laufe der Ereignisse mein Königreich zurück!« Sie klopfte meinem Meister auf die Schulter. »Also hat einer meiner Studenten es doch zu etwas gebracht! Laß sehen, was du kannst! Nichts Ausgefallenes, nur ein Vögelchen aus der Luft oder Wasser in Wein, irgendeine Kleinigkeit, um die Phantasie einer alten Frau anzuregen!«

Ebenezum bannte sie mit einem echten Zaubererblick. »Wir befinden uns in Lebensgefahr. Ich muß mich konzentrieren.« Er schritt würdevoll von dannen und verschwand in dem Steinkreis.

Maggie schüttelte den Kopf und lächelte. »Er hat ein beeindruckendes Zauberergehabe. Muß in seinem Geschäft sehr angesehen sein.« Sie seufzte. »Ich wünschte, ich könnte noch so zaubern wie einst. Doch nach einer gewissen Zeit versagt der Körper einem den Dienst. Kann nur hin und wieder einen kleinen Spruch herausbringen, wenn ich mich gerade mal wieder etwas munterer fühle. Doch die großen Sprüche liegen nun jenseits meiner Kraft.«

Ich zögerte ihr mitzuteilen, daß die Behinderung meines Meisters dazu führte, daß jene Sprüche, die uns aus unserer bedrängten Lage hätten retten können, ebenfalls jenseits seiner Kraft lagen. Am besten würde man sie jedoch nicht unnötig aufregen. Ich war aufgeregt genug für uns beide.

»Aber laß mich dir meine Geschichte erzählen, und du wirst verstehen, warum ich hier bin«, begann sie. »Du weißt bereits über das wundervolle Königreich und über die schöne Prinzessin Bescheid, und daß es Kröten geregnet hat, wirst du auch nicht vergessen haben. Aber habe ich schon von dem gutaussehenden Gefolgsmann der Prinzessin erzählt, von Unwin, der an ihrem Hochzeitstag getötet wurde? Nein? Nun, dann werde ich damit anfangen, dir ...«

»Kille, kille«, pfiff die körperlose Stimme. Offensichtlich war der Exorzismus abgelaufen.

Ein kühler Hauch streifte mein Ohr. »Hallo, großer Junge«, wisperte eine Frauenstimme. »Warum hat ein Mann wie du heute nacht noch keine Verabredung?«

Ich blickte hinter mich und starrte auf die atemberaubendste Erscheinung, die ich je gesehen hatte. Ich war sprachlos. Sie war schlank und bleich, mit langen silbernen Haaren. Kleidung trug sie nicht – weder geisterhafte noch sonstwie geartete. Je nach Blickwinkel konnte ich durch sie förmlich hindurchsehen, dann wieder war sie mehr, als meine armen Augen ertragen konnten.

»Oh, mehr der schweigsame Typ«, hauchte sie und ergriff meine Hand; ihre Finger verflochten sich mit meinen, und ihre Berührung war wie Eis, das Schauer meinen Arm hinauf bis in die Schulter sandte. Sie lehnte sich an mich; ihr Atem glich einer Herbstbrise, ihre Lippen, dicht an den meinen, öffneten sich. Mehr als nach dem Leben verlangte es mich nach diesen Lippen.

»Ich kenne ein nettes Spielchen, das wir spielen können«, klang es von diesen vollen, kühlen Lippen. »Man nennt es Flaschendrehen.«

Ja, ja! Alles, was sie wollte! Ja! Keins der Mädchen, die ich in den Westlichen Königreichen gekannt hatte, auch Alea, meine *belle d'après-midi* nicht, bedeutete mir jetzt noch etwas.

Doch meine Geliebte wurde von mir gerissen; sie wirbelte durch die Luft, und ihr Ektoplasma floß in alle Himmelsrichtungen auseinander.

»Den einen oder anderen Spruch kann ich schon noch«, grinste Maggie. »Hüte dich vor Succubi. Sind deiner Gesundheit abträglich.«

»Hexe!« Tod stand vor uns. »Was weißt du schon von der Liebe? Dein Körper ist doch schon seit hundert Jahren vertrocknet und gedörrt!«

Tod winkte mit seinen Knochenhänden, und ein junger Mann materialisierte sich neben ihm.

»Unwin?« Die Stimme der alten Frau war kaum mehr als ein Wispern. »Bist du es, Unwin?«

»Magradel!« schrie der junge Mann. »Was ist mit dir passiert?«

»Nicht mit mir, Unwin. *Du* bist fortgewesen. Ich habe dich ja so lange nicht gesehen!«

Die alte Frau weinte.

»Überleg es dir, Frau«, fuhr Tod fort. »Komm mit mir, und ihr werdet auf immer vereint sein.«

Aber Maggie richtete sich nun auf, und Zorn trat an die Stelle ihres Kummers. »Nein! Seit Jahren schon besitzt du unrechtmäßigerweise mein Königreich! Ich werde noch früh genug bei Unwin sein. Ich muß das befreien, was mir geraubt wurde!«

»Was für harte Worte.« Tod betrachtete eingehend seine Skeletthand. »Ich brauche diesen Fleck. Schließlich müssen meine Geister einen Platz zum Proben haben!« Er sah mich an, und ich verfiel auf der Stelle ins Zittern. »Komm, Wuntvor, lassen wir die beiden Verliebten sich allein bereden. Ich werde dir eine kostenlose Führung angedeihen lassen.«

Ohne nachzudenken folgte ich ihm. Tod lächelte. »Simon sagt: Alle Hände hoch!«

Ich benötigte meine ganze Willenskraft, um meine Hände unten zu behalten.

»Werden schon noch ein Spiel finden.« Tods Hände waren plötzlich voll von kleinen Rechtecken, die er in einem Fächer vor sich ausbreitete. »Was ist mit Siebzehn-und-vier?«

Ich merkte, daß ich gebannt auf die kleinen Rechtecke stierte und sah in eine andere Richtung.

»Mein Königreich«, kündigte Tod an.

Überall waren Erscheinungen, kämpfende Armeen, lachende Frauen, Leute in bekannten und unbekannten Kostümen, Leute, die über den Boden krochen, auf Bäume kletterten, in seltsamen Maschinen durch die Luft flogen.

»Erstaunlich«, sagte ich widerwillig.

Tod nickte. »Schon die reine Büroarbeit ist immens. Und trotzdem reißen wir es alle hundertsiebenunddreißg Jahre wieder ab. Es ist eine Schande, daß unser Publikum notgedrungen zahlenmäßig so begrenzt sein muß. Das Tal von Vral ist allerdings mein Meisterstück. Hier spielen wir die erhebendsten Augenblicke der Menschheitsgeschichte aus Vergangenheit, Gegenwart und Zukunft nach, alles von Männern beim Krieg bis zu Männern beim Spiel, von Liebes- zu Glücksspielen. Eine wahre Schande. Vielleicht sollte ich mehr Reklame machen.«

Tod hüstelte leise. »Sag, Wuntvor, wer ist der größte Zauberer in den Westlichen Königreichen?«

Wollte er mich etwa reinlegen? Trotzdem würde ich fest zu meinen Überzeugungen stehen. »Ebenezum natürlich!«

»Richtig!« schrie Tod, und dicht neben uns erklang ein Gong. »Wuntvor, du hast gerade zusätzliche fünf Lebensjahre gewonnen!«

Grelles Licht umhüllte uns. Die Geister hatten alle in einem geräumigen Amphitheater um uns herum Platz genommen, sie pfiffen und johlten. Der Succubus, den ich fast geküßt hätte, stand auf der linken Seite vor einer großen Tafel, auf der eine ›5‹ aufleuchtete. Sie trug ein mit Pailetten besetztes Kleid, daß irgendwie noch aufreizender als ihre vorherige Nacktheit wirkte.

»Okay!« Tod grinste breit. »Und nun, Wunt, die Zehn-Jahres-Frage! Sag uns, wer der Herrscher von Melifox ist!«

Die Menge pfiff und stampfte mit den Füßen. Mitreißende Musik erscholl von irgendwoher. Der Succubus lächelte sein umwerfendes Lächeln.

»Hm – König Urfoo der Kühne!« platzte ich heraus.

»Auch richtig! Und noch zehn Jahre mehr.«

Die Menge raste. Die Glamourschöne legte ein paar Karten über der Tafel um, bis die mit der ›15‹ erschien.

»Okay, okay!« Tod bat um Ruhe. »Und jetzt kommt die Frage, auf die wir alle gewartet haben. Risiko: Doppelt oder nichts.«

Die Menge applaudierte.

»Nun, Wunt, bist du bereit, um deine Lebensspanne zu verdoppeln?«

»Ja! Ja!« brüllten die Zuschauer. Ich nickte. Warum nicht? War doch gar nicht so schwer.

»Also, Wunt, die große Frage! Wie hieß der berühmte Kanzler der Östlichen Königreiche vor dreihundert Jahren, der immer ›demnächst, demnächst‹ vor sich hin zu murmeln pflegte?«

»Was?« fragte ich. Wie sollte ich so etwas wissen?

»Schnell, Wuntvor! Meine Assistentin hat die Quiz-Uhr

gestellt. Du hast fünfzehn Sekunden, um die Frage zu beantworten, und das Pfand ist dein Leben!«

Was? Was sollte ich tun? Ich wußte nichts über die Östlichen Königreiche. Die aufpeitschende Musik spielte wieder, lauter als je zuvor. Die Menge tobte. Ich konnte nicht mehr denken. Warum hatte ich nicht auf Maggie gehört und mich vor diesen Spielen gehütet?

»Zehn!« schrie die Menge. »Neun! Acht! Sieben! Sechs! Fünf!«

»Platz da! Platz! Buh! Buh! Buh!« Die ganze Zuschauerschar richtete ihre Blicke auf Tante Maggie, die sich auf den Schultern von Ebenezum zu uns auf die Bühne durchschlug und dabei die Nase des Magiers zuhielt.

»Batwom Ignatius, Wuntvor!« rief mein Meister. »Batwom Ignatius!«

»Batwom Ignatius?« antwortete ich.

»Richtig!« rief Tod aus. »Du hast deine Lebensspanne verdoppelt. Ausgeschlossen Krankheit und Unfall natürlich.«

Die Menge begann zu rasen, doch Maggie rezitierte ein paar Silben, und Ebenezum wedelte mit seinen Händen. Der Lärm driftete in den Hintergrund.

Ebenezum nieste einmal laut, als Tante Maggie von seinen Schultern herunterkletterte. Ich fragte ihn, wie er von Ignatius wissen konnte.

»Ich mußte es für mein Zauberer-Abschlußexamen lernen«, antwortete er. »Es ist enorm, mit was für unnützem Zeug sie dich deinen Kopf vollstopfen lassen.«

»Was für ein armseliger Spruch«, merkte Tod an. »Sie werden bald wieder da sein.«

»Ich wollte mit dir allein reden«, gab Ebenezum zur Antwort.

»Und deine Behinderung wird auch wieder da sein, wenn sie zurückkommen. Hast du davor Angst? Komm mit mir, Ebenezum, und du mußt nie wieder niesen!«

»Vielleicht werde ich das.« Ebenezum zupfte an seinen Ärmeln. »Ich habe gehört, Tod, daß du Spiele liebst. Möchtest du eins mit mir spielen?«

Tod schnaubte. »Du machst dich lustig über mich! Niemand macht sich über Tod lustig! Sag schon, was ist es? Parcheesi? Bridge? Zweiundfünzig-heb-auf?«

Der Magier bearbeitete eine Zeitlang seinen Bart, dann deklamierte er feierlich:

»Armdrücken.«

Tod zuckte die Schulter. »Wenn du darauf bestehst.« Er schnippte mit den Fingern, und ein Tisch und zwei Stühle materialisierten sich zwischen ihnen.

»Nun zu den Spielregeln.« Ebenezum sah Tod fest in die Augenhöhlen. »Wenn ich gewinne, sind wir drei frei, und Maggie bekommt ihr Königreich zurück. Wenn ich verliere, gehöre ich dir.«

Tod lächelte. »Für einen von deiner Bedeutung gehe ich jede Bedingung ein. Ich heiße jederzeit mit Vergnügen einen Mann willkommen, über den die Barden singen. Nach dir.« Er wies auf einen der Stühle.

Ebenezum ließ sich nieder. Mir schien es, als seien die Geräusche der Geistermenge schon wieder näher. Ebenezum würde sich beeilen müssen, oder seine Nase würde ihn im Stich lassen.

Tod raffte seine schneeweiße Robe zusammen und setzte sich meinem Meister gegenüber hin. Sein Lächeln war womöglich noch breiter als vorher.

»Sollen wir beginnen, liebster Zauberer?«

Ebenezum setzte seinen Ellbogen auf den Tisch auf. Tod tat es ihm nach. Ihre Hände klatschten gegeneinander.

Die Geistermenge kam nun hörbar näher. Über der Lichtung konnte ich blasses Schimmern wahrnehmen.

»Jetzt!« sagte Tod, und Ebenezums ganzer Körper straffte sich. Außer dem Zittern der beiden gegeneinandergepreßten Hände war keinerlei Bewegung zu sehen.

Und dann tauchten plötzlich alle Geister wieder um uns herum auf; sie lachten und schrien und redeten durcheinander: »Ich bin getroffen!«, »Du bist draußen!«, »Hab dich!«, »Heiße Würstchen!« und »Kille, kille!«

»Du schummelst, Tod!« kreischte Maggie. »Mit deinen Geisterkumpanen ist das kein ehrlicher Wettkampf mehr!«

Tod lachte, und Maggie erwiderte etwas, das ich nicht genau mitbekam.

Ebenezum nieste.

Und was für ein Nieser! Die Geister wirbelten davon. Tod stemmte sich gegen den Sog, wurde jedoch mit Tisch und Stuhl in die Böe hereingezogen.

Es wurde still um uns. Im Osten sah ich das erste Dämmerlicht.

»Werden sie noch mal zurückkommen?« fragte ich; meine Stimme war nicht lauter als ein Windhauch.

»Leider, Wuntvor«, sagte der Magier, »leider befürchte ich, daß sie nicht die leiseste Chance dazu haben!« Dann putzte er sich die Nase.

Ebenezum und Maggie gingen zu einem der großen Steine herüber, den Ebenezums Nieser umgeworfen hatte, während ich voller Erstaunen entdeckte, daß man selbst diesen öden Ort mit einem Niesanfall hatte verwüsten können. Ebenezum war Maggie dabei behilflich, sich auf dem umgekippten Monolithen niederzulassen und tat es ihr dann nach.

»Wie?« war meine einzige Frage.

»Ebbie konnte noch nie ein Geheimnis vor mir verbergen«, gackerte Maggie los. »Doch seine Abneigung gegen Zauberei bereitete uns ein kleines Problem, vorausgesetzt, wir wollten die Nacht überleben.«

Mein Meister zog an seinem Bart. »Ich habe dich von Unwin befreit, denk dran!«

»Ich mußte mich nur dazu entschließen, nicht mit ihm, sondern mit dir zu reden. Unwin war schon immer unerträglich eifersüchtig. Er flog beleidigt in einer ektoplasmatischen Wolke davon. Die dich ungefähr fünfmal niesen machte.«

Ebenezum versuchte, eine Bemerkung anzubringen, doch Maggies ungebrochener Redefluß ließ ihm keine Chance. »Und da bekam ich eine Idee. Wenn er schon in Gegenwart des Übernatürlichen dauernd niesen mußte, dann sollte er wenigstens einmal richtig niesen! Wir konnten sein kleines Problem nicht beseitigen, also haben wir beide einen Spruch entwickelt, der das kleine Problem verhundertfachen würde!«

»In der Tat«, sagte Ebenezum und rieb seine Nase, die vom vielen Schneuzen schon ganz rot geworden war.

»Doch jetzt sind wir in Sicherheit, und das Königreich ist befreit. Oder etwa nicht?« Maggie spie auf den Boden. »Tod ist ein Betrüger. Als Unwin starb, hatte ich solche Angst vor ihm, daß ich nachgab und ihm gegen eine fünffache Lebensspanne für mich eine ›zeitweise Benutzung meines Reiches‹ zugestand. Was er mir nicht erzählte, war die Tatsache, daß zwischen seinen ›Benutzungen‹ niemand mehr in dem Reich leben konnte.« Sie sah sich um. »Hält er Wort? Wenn es nur ein kleines Zeichen gäbe!«

Sie tätschelte Ebenezums Schulter. »Aber du kennst ja noch gar nicht meine vollständige Geschichte!«

Ebenezum blickte über die Bergeshöhen. »Unglücklicherweise, verehrte Lehrmeisterin, haben wir noch einen langen Weg vor uns. Schultere dein Gepäck, Wuntvor! Wir setzen uns besser in Bewegung, bevor die Sonne zu hoch gestiegen ist.«

»Ihr werdet euch hinsetzen und zuhören!« befahl Maggie. »Ebbie hatte noch nie Manieren. Von Anfang an. Es war einmal ein wundervolles Königreich und eine schöne Prinzessin. Doch herrschte nicht eitel Sonnenschein, denn eines Tages kam der gefürchtete Kröten...«

»Au!« gellte ich auf. Etwas hatte mich in den Arm gebissen.

Ebenezum fuhr hoch. »Stechmücken! Sie haben uns umzingelt!«

Maggie warf ihre Hände zum Himmel empor: »Mein Reich ist gerettet!«

»Gib uns Nachricht, sobald es sich ein bißchen weiter entwickelt hat!« rief der Magier ihr über die Schulter hinweg zu.

Und wieder waren wir auf der Reise, sogar noch ein wenig eiliger als sonst, und hielten uns in Richtung Vushta.

Kapitel Sechs

Ein Zauberer ist nicht allmächtig; die meisten Zauberer geben das ungern zu, vor allem wenn sie sich gerade mit reichen Kunden in einer Verhandlung befinden. Wie dem auch sei, es bleibt die Tatsache, daß es, aus welchen Gründen auch immer, gewisse Personen und Gegenstände gibt, die vollständig immun gegen Magie sind. Für diese Gruppe von Wesen sollte der Magier sich in dem Gebrauch indirekter Sprüche üben. Auch das Mitführen von großen Keulen schadet in solchen Fällen nicht.

– aus den LEHREN DES EBENEZUM, Band VIII

Schließlich nieste mein Meister. Ich hatte es eigentlich schon früher erwartet. Seit wir, drei Tagereisen von unseren gräßlichen Erlebnissen im Tal von Vral entfernt, unseren Abstieg in dieses neue Tal begonnen hatten, mußte ich erneut gewisse Verwüstungen in der Umgegend feststellen: hier und dort ein entwurzelter Baum, die eine oder andere zersplitterte Scheune, ganze Feldregionen, deren Scholle abgetragen war. Alles in allem machte die Gegend keinen sonderlich gepflegten Eindruck.

Ich glaube, daß damals weder mein Meister noch ich selbst besonders durch diese Entwicklung überrascht waren. Magie verfolgte uns während unseres ganzen Weges nach Vushta. Und doch waren wir inmitten all dieser Magie gar nicht mal so schlecht gefahren. Tatsächlich hatten wir bei unseren letzten zauberischen Aufträgen immerhin einiges verdient. Es stand zu erwarten, daß, sollte der Strom der Ereignisse wie bisher weiterfließen, wir als reiche Männer in Vushta ankommen würden.

»Auch das sogenannte Glück muß man immer vorsichtig von mehreren Seiten betrachten«, hatte Ebenezum seine Ausführungen beschlossen, als er sich am Abend zuvor zum Schlafen legte. »Traue nie einem Runenspruch, der dir Geschenke verspricht!«

In der Ferne gab es einen markerschütternden Krach. Das Geschniefe des Magiers unterlegte das Chaos kongenial.

Irgend jemand rief uns. Eine junge Frau von ungefähr meinem Alter. Ihr langes, dunkles Haar flog in einer Wolke hinter ihr her, während sie auf uns zueilte.

»Verbergt Euch!« rief sie. »Schnell, bevor Uxtal herausfindet ...« Ein paar Schritte vor uns blieb sie stehen, einen Ausdruck der Verwunderung auf ihrem schönen Antlitz. »Ihr seid ein Magier!«

Ebenezum strich sich den Bart und furchte die buschigen Augenbrauen. »Sehr scharfsinnig. Wie können wir Euch behilflich sein, meine Liebe?« Sein Niesanfall schien seine professionelle Ausstrahlung nicht beeinträchtigt zu haben.

»Ihr müßt so schnell wie möglich diese Roben ausziehen!« Ihre tiefgrünen Augen jagten hin und her, so daß ihnen kein Winkel des Tals entging. »Vielleicht können wir ein paar alte Sachen finden, die Euch als Bauern verkleiden. Geht die Silberstickerei bis auf die andere Stoffseite durch? Wenn Ihr die Robe nämlich umdreht, könntet Ihr möglicherweise als Mönch durchgehen.«

»Junge Dame!« In den Augen meines Meisters glomm höchstzauberliche Indignation auf. »Ihr wollt, daß ich mein Zauberertum verstecke?«

»Nein, nein«, sagte das Mädchen ungeduldig, »wenn Ihr einfache Bauern wärt, würdet Ihr Euch am besten verkleiden. Als Zauberer würdet Ihr am besten das Tal schleunigst verlassen.«

Und dann sah ich den Riesen.

Er war riesig, sein Kopf reichte über die größten Bäume hinweg, er grölte, und seine ebenfalls riesigen Füße befanden sich auf den beiden Ufern eines breiten, reißenden Flusses. Sein Haar und der lange Bart waren ungepflegt, und als er knurrte, entblößte er eine Reihe schiefer, gelber Zähne. Sie waren so groß, daß sie mühelos einen Mann in zwei Hälften zerteilen konnten.

»Fo fo fum fei«, grummelte er, »mag nicht diese drei.« Daraufhin schleuderte er einen größeren Felsbrocken, den er zufällig in unsere Richtung gehalten hatte.

Ebenezum versuchte, seine Hände aus den Roben zu befreien, doch die Gegenwart des Riesen warf ihn augenblicklich in einen solchen Anfall, daß er noch nicht einmal seine Ellbogen gerade bekam. Ich näherte mich der jungen Dame, da ich sie aus der Richtung des sich rapide nähernden Felsbrockens zu manövrieren hoffte. Sie jedoch stieß mich beiseite.

Und vollführte ihrerseits einen Zauberspruch.

Der Fels flog zu dem Riesen zurück.

»Fei fo fum fohl«, kreischte er, »schnell sag' ich euch Lebewohl!« Der Riese walzte sich durch das Tal und war bald unseren Blicken entschwunden.

Ich starrte die junge Frau an. Merkte, daß mein Mund offenstand. Schloß ihn. So schön und so begabt! Ich fragte mich, wie es wohl wäre, innerhalb meines Berufsstandes zu heiraten.

»Ich habe es gesehen!« Ein kleiner Mann wieselte hinter einer zusammengebrochenen Steinwand hervor. Ebenezum schneuzte sich mächtig.

Der kleine Mann hüpfte über das steinige Feld. Er trug eine Art von Uniform, die in grellen Farben abwechselnd gelb und grün gehalten war, eine Farbkomposition, die durch die lebhafte Röte seines Gesichtes wirkungsvoll ergänzt wurde.

»Du weißt genau, daß Magie strikt verboten ist«, kreischte er. »Magieausübung wird mit dem Tode bestraft!«

Die junge Frau sah ostentativ in die Richtung, aus der der Felsbrocken gekommen war. »Ich wäre tot, wenn ich keine Magie benutzt hätte.«

»Ausflüchte!« schrillte der kleine Mann. »Sie werden dich nicht vor der Schlinge des Henkers retten!« Seine Augen schossen zu meinem Meister hinüber. »Du! Du trägst Zaubererroben!«

»In der Tat. Alle Bewohner dieses Tales scheinen ausgesprochen scharfsinnig zu sein.« Mein Meister schniefte.

»Nun«, der Mann unterbrach sich und stocherte mit der Zunge in seinem Zahnfleisch herum, »du hast ja wirklich noch nicht gezaubert. Mit ein bißchen Glück kommst du mit zwanzig Jahren Zwangsarbeit davon.«

»Aber sie sind doch gerade erst in das Tal gekommen!« protestierte die Frau. »Wie können sie ...«

»Unkenntnis der Gesetze ist keine Entschuldigung!« Der Mann nahm eine silberne Pfeife, die um seinen Hals baumelte, und blies kräftig hinein. »Ich habe meine Gefolgsleute gerufen, damit sie euch abführen!«

Die Gefolgsleute tauchten hinter eben der Steinwand auf, die auch den Regierungsvertreter ausgespuckt hatte. Sie hatten ungefähr dieselbe Größe wie der kleine Mann, waren jedoch von deutlich unterschiedlicher Herkunft: schmutzig-braune Hautfarbe, mit Widerhaken versehene Schwänze, lange in Krallen auslaufende Arme und kleine Köpfe, deren hervorstechendster Zug breit grinsende Mäuler waren. Sie summten unheilverkündend einheitlich vor sich hin.

»Bringt sie in den Kerker im Hügel!« Der Kleine brachte es fertig, gleichzeitig zu kreischen und zu lachen.

Das Dutzend Gefolgsleute verteilte sich vor uns. Ihr Gesumme wurde lauter und furchterregender, als sie sich näherten. Ebenezum konnte uns nicht helfen, man hörte ihn nur irgendwo tief in seinen Gewändern verborgen niesen.

Die junge Frau trat mutig vor und hob die Hände, um uns auf magische Art zu helfen. Aber konnte die schwache Hilfe, die sie auf der Stelle herbeirufen konnte, uns gegen eine Rotte Dämonen helfen? Es mußte etwas getan werden!

Ich trat an ihre Seite und hob meinen dicken Eichenstab.

»Aha!« rief der Uniformierte aus. »Der alte Mann hat sich ergeben, aber ihr beide wollt noch Widerstand leisten. Kommt mir nur nicht in die Quere!« Auch er hob die Hände in eine Standard-Beschwörungsposition vor seiner

Brust. »Ich werde euch meine Macht zeigen! Ich warne euch, ich habe geübt!«

Seine Hände vollführten ein kompliziertes Muster, während er vor sich hin sang und lachte: »Seht zu, wie ihr hiermit fertig werdet!«

Er zeigte mit beiden Händen auf uns, doch zunächst ereignete sich nichts. Dann entfloh ein Paar weißer Vögel seinen Ärmeln. *»Ich wollte keine Vögel!«* Die Uniform des Mannes flatterte im Wind, als er auf und ab hüpfte. »Gefolgsleute! Ergreift sie!«

Die schmutzigen Dämonen kamen wieder näher. Ihr Gesumme erfüllte die Luft. Sowohl ich als auch die junge Frau machten unwillkürlich einen Schritt rückwärts und prallten gegeneinander. Ich wandte mich um, um eine Entschuldigung zu stammeln, und die Dämonen waren über uns.

»Yanna!« schrie sie. »Nothalatno! Fort!«

Ich schlug mit meinem Eichenstab zu. Mein Meister fiel bei dem Versuch, uns zu Hilfe zu kommen, gegen meinen Fuß. Aus dem Augenwinkel konnte ich sehen, daß ein Dämon die junge Frau an den Haaren gepackt hatte.

»Paß auf!« schrie ich und schwang dem Dämonen ohne nachzudenken den Stab über. Aber die Wucht des Schlages war zu groß für mich. Meine Füße stolperten über den immer noch niesenden Magier, als der Stab mit einem lauten *twack* von dem Dämonenkopf abprallte und weiter auf die Schulter der Frau abgelenkt wurde. Sie schrie erstaunt auf und fiel gegen mich, so daß ich restlos meine Balance verlor und über dem Magier niederstürzte. Bevor ich mich wieder befreien konnte, rollten wir drei in einem Knäuel den Hügel hinunter.

Ebenezum rief etwas, während wir rollten. Als wir den Talboden erreichten, fühlte ich mich wie ein lebendes Polster. Mein Meister hatte wieder einen Spruch zustande gebracht. Zumindest dachte ich, daß es mein Meister gewesen sei.

»Bewundernswert schnelle Auffassungsgabe!« sagte die

Frau. »Meine Sprüche wären wirklich nutzlos gewesen. Nur brutale Aktion, wie du es vorgeführt hast, konnte uns noch retten!«

»Nicht der Rede wert«, sagte ich und studierte mit größter Bescheidenheit den steinigen Untergrund, auf dem wir gelandet waren. »Jeder Zaubererlehrling hätte dasselbe getan.«

Die junge Frau erinnerte uns daran, daß wir einander noch nicht vorgestellt worden waren. Sie hieß Norei.

»Ebenezum«, sagte mein Meister, bevor ich etwas sagen konnte. Er entstaubte und glättete seine Roben. »Magier des Westens. Mein Lehrling hier heißt Wuntvor.«

Ich verbeugte mich elegant, wobei ich fast umfiel. Mir war wohl doch noch ein wenig schwindelig von unserem Sturz. Ich sah auf, und Norei lächelte.

»Es war gut, daß ihr gekommen seid. Wir brauchen noch zwei Köpfe, die sich mit Magie auskennen. Meine Mutter Solima wird dankbar für jede Verstärkung sein. Wie ihr seht, geschieht in diesem Tal Schreckliches, das nicht nur die Gemeinschaft« – sie senkte ihre Stimme zu einem Flüstern – »sondern auch die Realität selbst zu zerstören droht.«

Was konnte so gräßlich sein, daß es die Realität zerstören konnte? Ich blickte zu meinem Meister hinüber, doch der starrte auf die Hügelkette hinter uns.

»Solima«, flüsterte er.

Norei führte uns in die Wälder des Tales. Ich folgte ihr auf den Fersen, während Ebenezum sich in größerer Entfernung hielt. Sie führte uns einen windungsreichen Pfad entlang, der teilweise gut markiert, teilweise jedoch von Gestrüpp und Dornen überwuchert war, bis wir, tief im Wald, auf eine kleine Lichtung trafen. Ein hübsches kleines Häuschen stand dort.

»Mein Heim«, erklärte Norei, als sie uns durch die offene Tür führte.

»Solima!« rief mein Meister.

Eine Frau in mittlerem Alter blickte von einem Topf auf,

in dem sie gerührt hatte, und musterte meinen Meister. Sie wischte sich die Hände an ihrer grauen Robe ab. »Ebenezum? Bist du es wirklich?«

»In der Tat.« Mein Meister nahm schwungvoll seinen Hut ab. »Direkt aus den Westlichen Königreichen! Ich hatte gehört, daß du in diesem Gebiet praktizierst, hatte jedoch nur geringe Hoffnung, dich auch wirklich anzutreffen.«

Solima bedachte meinen Meister mit einem traurigen Lächeln. »Es ist gut, dich wiederzusehen, Eb. Dieser weiße Bart steht dir gut; er läßt dich weniger schuftig aussehen. Leider haben in diesem Tal Entwicklungen stattgefunden, die es wohl verhindern werden, daß ich jemals wieder zaubern werde.«

»Wir haben Tork auf dem Weg hierher getroffen, Mutter.«

»Ihr habt also den Prinzen kennengelernt!« Solima zog eine Pfeife aus ihrem Ärmel und klopfte sie kurz gegen den langen Tisch, der die Mitte des Raumes ausfüllte. »Hat er sich den Fremden gegenüber als gastfreundlich erwiesen?«

»Er wollte uns festnehmen!« antwortete ihr Norei.

»Für Tork ist das Gastfreundschaft.« Sie schnippte mit den Fingern, und schon kräuselte sich ein Rauchfähnchen von ihrem Pfeifenkopf empor. »Hast du ihnen schon unsere bedrängte Lage geschildert, Tochter?«

»Ich war zu sehr in Sorge, daß Tork uns wiederfinden könnte!«

»Gut so. Also laßt mich über unseren Lehnsherrn berichten!«

»Solima.« Ebenezum machte einen Schritt auf die Frau zu. »Laß mich dir erst etwas über deine Augen sagen!«

»Ebenezum! Es ist Jahre her!« Sie sah Ebenezum mit eben jenen grünen Augen an, die sie offensichtlich auch ihrer Tochter vererbt hatte. »Nebenbei bemerkt, du hast das Thema gewechselt. Prinz Tork sollte man nicht auf die leichte Schulter nehmen!«

Mein Meister seufzte und zuckte die Schulter. »In der Tat. Tork ist der Magier, dem wir begegnet sind?«

»Nun, zumindest hält er sich für einen Magier. Er hat

noch nie einen Spruch anständig herausgebracht, und deshalb verfolgt er jeden, der richtig zaubern kann, mit seiner Eifersucht und hat jede Magieausübung außer der eigenen im Tal verboten.«

»Bei ihm verkehrt sich alles!« ergänzte Norei. »Seine bösen Sprüche haben gute Effekte und umgekehrt.«

»Zum Glück fur uns«, fuhr Solima fort, »ist Torks Charakter so geartet, daß er selten bis nie einen guten Spruch ins Auge faßt. Und doch ist es ihm gelungen, die verschiedensten Geschöpfe aus den Niederhöllen zu beschwören, unter anderem einen Riesen mit ziemlich schlechter Laune.«

Ebenezum kratzte sich am Bart. »Das klingt bedenklich. Aber wenn er so unfähig ist, könntest du dann nicht leicht einen Spruch landen, der ihn unschädlich macht oder verschwinden läßt?«

Solima seufzte. »Wenn wir uns frühzeitig über alles klar gewesen wären, wäre das in der Tat ein Kinderspiel gewesen. Aber Tork ist so ein Schwachkopf, daß wir ihn einfach ignoriert haben, bis er eines Tages mit einer Armee von Dämonen vor unserer Tür stand und meine beiden Schwestern gefangennahm.«

»Von einem unfähigen Magier erpreßt...« Die Stirn meines Meisters legte sich in Falten. »Und es gibt keine Möglichkeit, seine Verbündeten aus den Niederhöllen zu überwältigen?«

»Keine, von der ich wüßte. Du bist mit der Art und Weise, wie meine Familie Magie auszuüben pflegt, vertraut, Ebenezum. Es ist ein gemeinschaftlicher Prozeß, an dem jede Frau teilnimmt. Dann erst ist unsere Magie wirklich mächtig. Da meine beiden Schwestern fort sind, hat sich unsere Macht sehr vermindert. Natürlich sind immer noch Norei und Großmutter übrig ...«

»Großmutter?« Anzeichen von Furcht schwangen in der Stimme des Zauberers mit. »Sie lebt noch?«

Solima nickte. »Sie wohnt in der Dachkammer.«

»Würde sie sich an mich erinnern?«

»Großmutter erinnert sich an alles!«

»Vielleicht«, sagte Ebenezum, »sollten mein Lehrling und ich uns ein wenig ausruhen. Vielleicht in einer Scheune oder auf einem Feld weiter draußen.«

»Keine Angst. Sie kommt selten nach unten.« Solima klopfte erneut ihre Pfeife gegen die Tischkante. »Übrigens haben wir noch nicht über den schlimmsten Aspekt von Torks Zauberei geredet.«

Ebenezum warf schräge Blicke auf die Leiter, die nach oben führte. »Vielleicht könnten wir darüber bei einem kleinen Spaziergang draußen weiterreden? Ich könnte ein wenig Bewegung gut brauchen!«

»Unsinn. Hör mir jetzt zu. Jedesmal, wenn ihm wieder ein Spruch danebengeht, wird Tork ein klein wenig frustrierter. Und mit jeder neuen Frustration denkt er, daß er sich selbst mit einem wahrhaft schwierigen Spruch beweisen muß. Diese psychische Zwickmühle hat sich für ihn so lange gedreht, daß er, wahrscheinlich noch diese Nacht, *Fisbies Großen Forxnagel* versuchen wird!«

Was an Blut noch in Ebenezums Wangen pulste, verschwand nun vollständig. »Den Forxnagel? Aber wenn der nicht gelingt ...«

»Genau. Ich kann mir vorstellen, daß dieses Tal dann zur achten Ebene der Niederhöllen wird. Wer weiß? Vielleicht würde bald die ganze Welt folgen.«

Lange dauerte das Schweigen, dann sprach Norei: »Wahrscheinlich ist der Vorschlag des Magiers gar nicht so schlecht. Wir sollten den beiden ein wenig Ruhe gönnen. Und dann, wenn der Forxnagel beginnt, können sie mit frischen Kräften zu uns stoßen, und wir fünf können ihn bekämpfen.«

Solima zog einen Augenblick schweigend an ihrer Pfeife, dann nickte sie zustimmend. Norei führte uns aus dem kleinen Häuschen zu einem noch kleineren Verschlag im Hinterhof. Ebenezum folgte schweigend.

Er sprach erst, als Norei fort war. »Sie hat die schönsten grünen Augen, Wunt! Wir hatten eine wunderbare Zeit zusammen, damals, als ich nicht älter war als du jetzt. Aber ihre Großmutter!« Er schüttelte sich.

So hatte ich meinen Meister noch nie erlebt. Um nur irgend etwas zu sagen, fragte ich ihn nach dem Forxnagel.

»Mm?« Die Frage schien ihn aus seinen Gedanken aufzuschrecken. »Oh, das ist der Große Spruch, der dir die Welt zu Füßen legen wird. Natürlich ist er ganz spekulative Magistik, man hat ihn noch nie in der Praxis ausprobiert. Ach, diese grünen Augen! Ich habe diesen Weg nach Vushta gewählt, um zu erfahren, ob Solima immer noch hier lebt. Sie ist eine mächtige Hexe und mir absolut ebenbürtig. Doch als ich ihre Augen sah, habe ich meine Krankheit vergessen, diese Krankheit, die, wie ich bis jetzt geglaubt habe, mich zu dieser Reise veranlaßt hat. Ach, wenn nur diese Alte nicht mehr am Leben wäre!«

Ich begann, mir ernsthafte Sorgen um meinen Meister zu machen. Seine übliche Professionalität schien mit einem Blick aus Solimas Augen verflogen zu sein. Er hatte schlicht vergessen, den Hexen mitzuteilen, daß ihn seine Behinderung davon abhielt, sich auch nur in der Nähe von Zauberei aufzuhalten, wohingegen ich wahrscheinlich der einzige Zaubererlehrling auf der Welt war, dem man nie etwas von Zauberei beigebracht hatte. Und doch erwartete man in ein paar Stunden von uns, daß wir mutig gegen den größten Spruch, der jemals gezaubert worden ist, antreten sollten.

Ein Erdbeben erschütterte unsere Hütte. Ein Riesenfuß tauchte draußen am Fenster auf.

»Fee fi fo fache! Süß ist Uxtals Rache!«

Der Magier hielt sich die Nase zu. »Nun hängt alles an uns. Hole schnell das rote Buch aus dem Reisesack und schlage es auf Seite sechsundvierzig auf!«

Ich wühlte mich so schnell es eben möglich war durch den Wust an Büchern und arkanischen Utensilien durch, bis ich endlich unter einem Kräuterbündel ein schmales rotes Büchlein fand. Ich zog es heraus und untersuchte es. *Magie Einfach Gemacht* war in großen Goldbuchstaben über die Deckseite gestanzt. Darunter stand in kleinerer Schrift: ›E-Z-Spruchbibliothek Band VI‹. In großer Eile schlug ich

Seite sechsundvierzig auf; mein Meister nieste munter drauflos.

›VERTREIBUNG VON RIESEN‹, stand in kühnen Großbuchstaben oben auf der Seite. Es folgte eine kurze Beschreibung der Riesentypen – nach dem wenigen zu urteilen, was ich überflog, schien Uxtal ein Blauer Nordling zu sein – und drei kurze Sprüche für ihre Vertreibung.

In dem Moment riß Uxtal das Dach der Hütte herunter. Ebenezums Hände wirbelten um seinen von Niesattacken geschüttelten Körper, und ich war auf einmal in grauen Rauch eingehüllt.

»Fee fi fum fin! Wo sind die beiden Menschen hin?«

Irgendwo über uns hörte ich Uxtal. Jemand griff nach meinem Ärmel und zog daran. Ich stolperte in seine Richtung.

Dann nieste der Magier erneut, und die Rauchwolke zerstob in alle Winde.

»Fi fo fum faus! Kommt aus eurem Winkel raus!«

Der Riese griff nach uns. Ich hielt immer noch das rote Buch in meinen Händen, verlor jedoch die aufgeschlagene Seite. Wie verrückt blätterte ich; ich hätte eine Menge darum gegeben, mich an die Seite erinnern zu können.

Dann hörte ich den Gesang. Er kam aus der Eingangstür der Hütte, wo Solima, Norei und eine weißhaarige alte Frau, die ich nicht kannte, standen. Es war ein seltsamer Gesang, der sich manchmal wie ein Chor zur Erde herabgestiegener Engel anhörte, dann jedoch wieder jenen hingeträllerten Liedchen ähnelte, die ich im Alter von drei Jahren bevorzugt hatte. Der Gesang war ein Zauberspruch, denn ein glühender orangefarbener Lichtball glomm über den Köpfen der drei Frauen, um dann blitzschnell in Richtung des Riesen zu zischen. Uxtal verließ uns so schnell, daß er die Unhöflichkeit beging, jegliche Abschiedsworte zu unterlassen.

Mein Meister schneuzte sich.

»Ihr seid in Sicherheit!« rief Norei zu uns herüber. »Könnten wir doch mit Tork so einfach wie mit Uxtal fertig werden!«

»Ist er das?« fragte die alte Frau und zeigte auf Ebenezum. »Ich erinnere mich an ihn. Sieht aus, als hätte er sich eine Erkältung gefangen. Er ist bestimmt ansteckend! Denkt an meine Worte: Es würde mich nicht überraschen, wenn er uns die Pest einschleppt!«

»Großmutter, bitte!« versuchte Solima sie zu beruhigen.

»Wahrscheinlich hat er noch keinen einzigen Tag in seinem Leben richtig gearbeitet! Und seht euch diesen Bart an! Norei, besorg mir ein Molchauge und ein wenig Froschzehe! Wir werden ihn schon lehren, sich hier herumzudrücken!«

»Großmutter ist ziemlich altmodisch!« flüsterte Norei mir ins Ohr, während sie sich dicht an mich lehnte. Mein Herz raste. »Sie konnte Zauberer noch nie ausstehen. Sie glaubt, daß sie böse Gerüchte über Hexen verbreiten!«

»Noch eine Sekunde, und ich werde euch einen Satz Blitze um die Ohren braten!« erklärte die alte Frau und rieb sich die Hände. »Und dann puste ich euch dahin zurück, woher ihr gekommen seid!«

»Großmutter!« Solimas Ton war leicht tadelnd. »Du weißt, daß wir Magie nur benutzen dürfen, wenn es absolut notwendig ist. Sonst wird Tork uns finden.«

»Es ist notwendig!« schrie die alte Frau, die sich immer noch die Hände rieb. Ich hörte es zwischen ihren Handflächen leise knistern.

»Großmutter, Ebenezum ist mein Freund. Ich werde es nicht zulassen, daß du ihn ›wegpustest‹!«

»Freund! Nach dem, was er mir angetan hat! Ich werde ihm zeigen, was ich von seinem Hühnchenfeder-Spruch halte!«

»Großmutter! Rauf in die Dachkammer!«

Die Alte grummelte ein wenig vor sich hin, dann trat sie den Rückzug über die Leiter an. Ebenezum schneuzte sich.

»Du hast diesmal große Nachsicht mit Großmutter gezeigt, Eb. Ich stimme jedoch mit ihr darin überein, daß der Spruch mit den Hühnchen zu weit ging, vor allem nach dem vielen toten Fisch! Mit deiner Erkältung lag sie aber richtig, nicht wahr?«

Ebenezum sah erst mich, dann Solima und dann Norei an. Sein Gesicht wirkte müde und verbraucht. »Ach! Es ist noch weit schlimmer!« Es folgte die Geschichte seiner Erkrankung.

»Du Armer!« sagte Solima mitfühlend, als er geendet hatte. »Du hast dich aber tapfer geschlagen. Ich wußte immer, daß du ein Mann mit Charakter bist, Eb.« Sie ging zu meinem Meister und legte ihm eine Hand auf die Schulter. »Gib mir eine Stunde, und ich werde meine Bücher durchgehen. Es gibt sicher ein paar Kräuter, die deine Lage zumindest kurzfristig erleichtern können, und wenn ich mich nicht irre, können wir Heilfeen herbeirufen, die deinen bedauernswerten Zustand beseitigen können. Gib's zu, Alterchen, du bist noch nicht geheilt, weil du noch keiner guten Hexe begegnet bist!«

Sie küßte ihn auf die Stirn. »Und jetzt möchte ich, daß ihr drei von hier verschwindet. Ich muß mich meinen Studien widmen!«

Der Magier nahm mich sofort beiseite, als wir die Hütte verlassen hatten. »Verletzlich sein, Wunt, ist als letzte Möglichkeit nicht zu verachten. Das weckt ihre Mutterinstinkte. Hast du das rote Buch noch?«

Ich zeigte meinem Meister, wo ich es unter mein Hemd gesteckt hatte. »Gut.« Er zwirbelte seinen Schnurrbart. »Wer weiß? Vielleicht kann ich es selbst bald wieder benutzen.«

Norei trat aus der Eingangstür heraus. »Wuntvor? Kann ich dich einen Augenblick sprechen?«

Ich sah meinen Meister fragend an, der nachdenklich seinen Bart bearbeitete.

»In der Tat«, stieß er nach einem Moment des Überlegens hervor, »auch ich muß noch einige Dinge erledigen.« Er ging zu den Überresten unseres Verschlages, und seine Schritte waren stolzer als je zuvor.

Dann wandte ich mich Norei zu. Meine Welt bestand nur noch aus Norei, aus ihrem von langem dunklen Haar gerahmten ovalen Gesicht. Und aus diesen großen grünen Augen. Augen, in denen man sich verlieren konnte.

»Wuntvor? Was ist los?« fragte sie anteilnehmend. »Habe ich einen Pickel auf der Nase? Du guckst so komisch!«

Ich räusperte mich und starrte mit der Versicherung, daß es nur die Erschöpfung sei, auf den Waldboden.

»Wenn du erschöpft bist, dann wirst du das schon überwinden müssen!« Sie faßte meinen Arm am Ellenbogen; ihr Gesicht war ganz nah an meinem. »Dein Meister ist krank, meine Mutter steht kurz vor einem Nervenzusammenbruch, und Großmutter will nicht helfen, was den Grund in einer schon lange zurückliegenden Angelegenheit hat, in der es unter anderem um Hühnchen und Fische gegangen sein muß! Also liegt jetzt die ganze Verantwortung auf unseren Schultern. Wir müssen das Zentrum des magischen Widerstandes gegen Torks Forxnagel sein!«

Ich nickte. Alles, was sie sagte, war ja so wahr! Ich würde alles für sie tun. Was machte es, daß ich in meinem Leben erst drei Sprüche ausprobiert hatte, von denen auch nicht ein einziger korrekt gewirkt hatte? Mit Norei als Führerin würde unsere Magie überwältigend sein!

Sie küßte mich schnell. Ich konnte hören, wie mein Hirn summte. Als sie schrie, merkte ich jedoch, daß es sich nicht um mein Gehirn, sondern um die Dämonen handelte. Sie umzingelten uns mit wildem Gesumme.

»Aha!« rief Tork aus der sicheren Deckung seiner Dämonenbrigade. »Habt wohl heute nachmittag ein bißchen mit Magie herumgespielt. Doch jetzt seid ihr dran!«

Ebenezum rannte aus dem Verschlag herbei, Solima aus ihrer Hütte. Ihr folgte eilig hüpfend die Großmutter.

»Hier steht dein Gegner, Schurke!« rief Ebenezum.

»Sei vorsichtig, Eb!« warnte Solima ihn leise. »Ich bin mir über das Ausmaß der Kräuterwirkung nicht ganz im klaren. Vielleicht sollten wir erst unsere Kollektivmagie weben, bevor die Wirkung nachläßt?«

»Er hört ja doch nie auf dich!« keifte die Großmutter los. »Laß den Gauner doch laufen! Gib mir ein wenig Fuchskraut und Entenwurzel, und ich werde es ihnen schon zeigen!«

In all dem Durcheinander begann Tork seine Beschwörung. Frösche purzelten aus seinen Ärmeln.

»Nein, nein!« kreischte er verzweifelt. »Aber gut! Ihr habt selbst euren Untergang besiegelt! Den Großen Spruch! *Forxnagel*!«

Die Erde bebte.

»Fee fi fo feden! Ich stampfe jetzt auf jeden!«

Uxtal war über uns. Norei rannte zu ihrer Familie herüber, und die drei begannen zu singen. Mit einem besorgten Blick hinter sich schloß Ebenezum sich ihnen an, während Tork eine Reihe höchst akrobatischer Stellungen vollführte.

»Fi fo fum fich! Keiner achtet mehr auf mich!« Der Riese brummte und hob seinen Riesenfuß.

Ich blickte panisch zwischen den beiden Kampfgruppen hin und her: der hüpfende und von Dämonen umrundete Tork und die Hexen und Ebenezum, die einen Teppich von Worten in die Luft woben. Ich kam zu dem Ergebnis, daß Uxtal zunächst die vier Sänger zerstampfen würde, die jedoch so beschäftigt waren, daß sie es erst zu spät bemerken würden.

In diesem kritischen Augenblick kam mir der rettende Gedanke an das Buch, das ich, vielleicht ein wenig zu hastig, aus meinem Hemd zog, so daß es meinen Händen entglitt und zu Boden segelte. Als ich es aufhob, stellte ich fest, daß es genau an der richtigen Stelle aufgesprungen war!

Da wußte ich, daß es meine Bestimmung war, den Riesen zu besiegen. Rasch fuhr mein Auge über die drei Sprüche am Fuße der Buchseite. Ich entschied mich für den einfachsten: ›Den Riesen verkleinern‹. Ein sechs Fuß großer Riese wäre kein Problem mehr!

Doch ich hatte die Dämonen außer acht gelassen. Sie waren plötzlich über mir, zerrten und zogen an meinen Kleidern, ihr widerliches Gesumme dröhnte in meinen Ohren. Ich sagte den Spruch auf, und das Buch sprang aus meinen Händen, sobald ich die letzte Silbe gesprochen hatte.

Die Dämonen ließen von mir ab. Ich sah zu dem Riesen hinauf. Er wurde kleiner!

Doch meine Begeisterung erwies sich als kurzlebig. In der ganzen Eile mußte ich die Silben durcheinandergebracht haben. Uxtal schrumpfte nicht, sondern ich wuchs!

Ich sah besorgt um mich, während ich zu Uxtals Größe und darüber hinaus wuchs, was mir eine ganz neue Aussicht über die Landschaft verschaffte.

Ich bemerkte weiterhin, daß mein kräftiger Eichenstab auch mit mir gewachsen war. Tief unter mir konnte ich Prinz Tork hüpfen sehen und vier Stimmen singen hören, die regelmäßig auf und ab stiegen, unterbrochen von schrillen Pfeiftönen und wilden Heulern. Niemand schien sich des über ihren Häuptern hängenden Riesenfußes bewußt zu sein.

»Fee fum fo fatt! Jetzt mach' ich euch alle platt!«

Ich hieb ihm mit meinem Stab auf den Fuß. Uxtal sah alarmiert auf.

»Hey!« sagte er leise. »Versuchst du, mir die Show zu stehlen?«

»Hinweg, Schurke!« bellte ich gnadenlos und war sehr erstaunt über die Kraft meiner eigenen Stimme.

»Hinweg, Schurke? Was ist denn das für ein Vers? Das reimt sich ja noch nicht einmal. Ich wollte die Leute doch nur erschrecken, das gehört zu meinem Arbeitsvertrag.«

»Ein Arbeitsvertrag mit Dämonen!« rief ich und stampfte auf Uxtal zu, während Verschiedenes unter meinen Schritten zu Bruch ging. Als ich hinuntersah, entdeckte ich, daß meine gigantischen Stiefel eine Spur der Verwüstung in dem Wald hinterlassen hatten.

»Sag«, wollte Uxtal wissen, seine Augen zu Schlitzen verengt, »bist du etwa nicht von der Union?«

Er versuchte offensichtlich, mich mit niederhöllischer Zwiesprach zu verwirren! Um nicht noch mehr zu zertrampeln, entschloß ich mich, stehenzubleiben und dem Bösewicht ordentlich meinen Stab überzuziehen, den ich mit einem Kriegsschrei schwang.

Doch Uxtal sprang davon; für einen Riesen war er ungeheuer wendig. Der Stab zischte ins Leere, und ich verlor meine Balance. Und dann stürzte ich, geradewegs auf Ebenezum und die Hexen zu.

Verzweifelt versuchte ich mich wegzudrehen. Schließlich krachte ich, nur ein paar Meter von den heulenden Sängerinnen entfernt, in die Hütte der Hexen.

Ich rollte mich aus der Hexenlichtung, wobei ich wohl noch ein paar Hektar Waldbestand vernichtete, und versuchte mich aufzurichten. Ich war verrückt vor Wut und knurrte Uxtal an.

»Du machst dich am besten aus dem Staub!«

Uxtal sah auf die anderen herunter. Ein großer Lichtball hatte sich über den Köpfen der Hexen gebildet, wohingegen Tork ein großes Areal von Dunkelheit über sich schweben hatte. Licht und Dunkelheit gingen einander an.

»Ich glaub', du hast recht.« Uxtal winkte mir zu und verschwand mit vier energischen Schritten aus dem Tal.

Dunkelheit und Licht trafen aufeinander.

Es wurde sehr kalt, und die Welt schien alle Farbe zu verlieren. Nichts war zu hören; man sah nur graue Schatten, die sich in der Stille bewegten. Ich bemerkte, daß die vier immer noch sangen und Tork immer noch zwischen seinen Dämonen herumhüpfte.

Aber mit Ebenezum war irgend etwas nicht in Ordnung! Er lag auf den Knien, und obwohl kein Geräusch zu hören war, hätte ich schwören können, daß er nieste.

Die Welt färbte sich dunkelgrau. Ebenezum versuchte sich aufzurichten, fiel jedoch wieder hilflos schniefend in sich zusammen. Ich wollte mich bewegen und meinem Meister helfen, war jedoch irgendwie an den Boden genagelt. Die Welt verdunkelte sich.

Einen Augenblick später wurde es heller. Die drei Hexen lagen bewußtlos auf dem Boden. Ebenezum hatte es geschafft, sich hinzustellen, und trat nun Tork und seinen Dämonengefolgsleuten entgegen, die triumphierend summten.

»Der Forxnagel ist mein!« schrie Tork. »Ich kann alles haben, was ich will. Die Macht dieser drei Hexen habe ich bereits gebrochen. Du hast deine Sprüche kurz vor dem Schlag angehalten und bist so seiner vollen Macht entgangen. Doch das, lieber Zauberer, ist nur vorübergehend! Bei der Macht des Forxnagel, ich beanspruche deine Magie und dein Wissen!«

Dunkle Blitze zischten aus Torks Fingern. Ebenezum streckte seine Hände vor, um sich magisch zu schützen, doch der Blitz warf ihn zurück.

Tork lachte und hob seine geballte Faust gegen den Himmel. »Macht! Mir gehört die ganze Magie!«

Dann begann er zu niesen.

Norei und ich küßten uns. Eine junge Hexe und ein junger Zaubererlehrling in einer Welt, die gerade neu für uns entstanden war!

Den Hexen war es in verhältnismäßig kurzer Zeit gelungen, das Tal wieder leidlich instand zu setzen. Solimas Schwestern wurden aus ihrer Gefangenschaft befreit, die Dämonen vertrieben, und der Wiederaufbau begann. Mein Meister und ich hätten schon vor einer Woche nach Vushta weiterreisen sollen, jener Stadt der tausend verbotenen Lüste und des einen Heilspruchs für meinen Meister. Doch wir blieben noch. Was, soweit es mich betraf, sehr angenehm war.

Ich küßte Norei. Süß waren ihre Lippen.

Was die Genesung meines Meisters anging, war es eine Schande. Als Tork den Forxnagel angebracht hatte, hatte er die Macht meines Meisters anzapfen wollen und statt dessen seine Krankheit erhalten. Solima hatte darum Angst, jene Heilfeen herbeizurufen, weil dann die Gefahr bestand, daß sie Prinz Tork ebenfalls heilen würden. Natürlich gab es noch die Kräuter, doch Solima warnte in dieser Hinsicht vor zu häufigem Genuß. Sie hatten auch schon ihren Zoll von Ebenezum gefordert; nach dem Kampf mit Prinz Tork hatte er einen ganzen Tag lang geschlafen. Solima machte uns weiterhin darauf aufmerksam, daß nach zwei- oder dreimaligem Einnehmen der Körper immun gegen die

Pflanzensäfte wurde und die Krankheit, möglicherweise schlimmer als zuvor, wiederkehren würde. Wir müßten also doch nach Vushta gehen.

Noreis kühle Hand strich mir die Haare aus der Stirn. »An was denkst du, Wunt?«

»An das Schicksal«, erwiderte ich. »Daran, wie wir uns getroffen, wie wir gelitten und wie wir schließlich triumphiert haben. Wie schön es ist, daß wir beide unser ganzes Leben noch vor uns haben, und wie meine ganze Zukunft dadurch geändert worden ist, daß ich dich getroffen habe.«

Noreis grüne Augen wanderten himmelwärts. »Manchmal redest du ganz schön komisches Zeug, Wuntvor. Wir haben uns doch gerade erst kennengelernt! Plane bitte unsere Leben nicht im voraus. Wer weiß, was mit uns geschehen wird?« Sie küßte mich auf die Wange.

»Wer weiß?« stimmte ich ihr zu. »Fürs erste scheint mein Meister zufrieden zu sein, hier zu bleiben.« Ich sah mich nach der wiederaufgebauten Hütte um, die sich hinter den Bäumen versteckte, die meinen Riesenauftritt überlebt hatten.

Plötzlich gab es einen lauten Knall.

»Haha! Wußte ich doch, daß die Entenwurzel wirken würde!« Es war Großmutters Stimme. »Ich werde dich lehren, um das Haus herumzulungern und mit meiner Tochter Süßholz zu raspeln!«

Ebenezum kam eiligen Fußes von der Hütte herübergerannt. Solima hielt ihre Großmutter davon ab, ihm zu folgen. Feuer sprenkelte von den Fingerspitzen der alten Frau.

»Es mag zwar ein bißchen länger dauern, aber die alte Art der Hexerei ist doch immer noch die beste!« rief sie. »Bleib stehen und laß dir dein Blut durchsieden!«

Mein Meister warf mir unser Reisegepäck zu. »Schnell, Wunt! Ab nach Vushta!« Er schniefte und wandte sich zu Solima um. »Ich werde wiederkommen, wenn ich geheilt bin!«

»Ich freue mich darauf«, erwiderte Solima, die die Alte immer noch festhielt.

»Wir werden dich alle sehnlichst erwarten!« Großmutter schüttelte ihm die feuersprühenden Fäuste hinterher.

Ich stand bereit, den Sack in der einen, meinen Stab in der anderen Hand. »Ich glaube, ich werde wohl auch nach Vushta gehen.«

»Oh, natürlich«, sagte Norei, »lebewohl.«

War das alles, was sie zu sagen hatte? Nach der ganzen Zeit, die wir zusammen verbracht hatten? »Norei«, flüsterte ich, »komm nach Vushta!«

Sie sah mich an und lächelte.

»Man nennt es die Stadt der tausend verbotenen Lüste!«

»Nun, vielleicht werde ich es wirklich eines Tages tun.« Sie erhob sich und küßte mich leicht auf die Wange.

»Jetzt puste ich dich weg, Gauner!« Großmutter hatte sich aus Solimas Griff befreit und näherte sich bedrohlich. Ihre Feuerfinger versengten das Unkraut zu ihren Füßen. »Ich werde dich lehren, den Ruf von guten, ehrlichen Hexen in den Schmutz zu ziehen! Fische und Hühnchen, wirklich!«

Ich war schon auf der Straße, meinem Meister hinterher.

»Egal, wie schön eine Situation auch sein mag«, belehrte er mich, als ich zu ihm aufgeholt hatte, »es gibt immer gute Gründe für einen Ortswechsel.«

Kapitel Sieben

Manch einer behauptet, die Magie gleiche den Gezeiten, gleite wie Ebbe und Flut über die Erdoberfläche, sammle sich hier und dort in Prielen und verschwinde wiederum an anderen Orten beinahe vollständig, ausgetrockneten Grund zurücklassend. Aber manch einer glaubt ja auch, daß man, wenn man einen Finger in die Nase steckt und sich schneuzt, schlauer wird.

– aus den LEHREN DES EBENEZUM, Band VII

Danach wurde es selbstverständlich nur noch schlimmer. Es waren nicht einmal die Attentäter, obwohl Urfoos Mietlinge immer häufiger aufzutauchen pflegten. Vermutlich waren es die verflixten Barden, die uns so einfach zu finden machten. Wenn eines Mannes Lob in jedem Dorf des Reiches gesungen wird, ist es schwierig, inkognito zu reisen.

Und dann begann das Erdbeben.

Zuerst spürte man nur ein leichtes Zittern der Erde unter den Füßen. Doch von Tag zu Tag wurden diese kleinen Stöße stärker. Ich befürchtete schon, daß Prinz Tork sich von seiner Krankheit erholt haben könnte und uns nun den Forxnagel hinterherschickte. Als ich meinem Meister davon berichtete, konnte er meine Befürchtungen zerstreuen, zumindest was Prinz Torks Unfähigkeit auf zauberischem Gebiet anging. Doch was den Zusammenhang zwischen den Erdbeben und dem Forxnagel betraf, nun … da könnte etwas Wahres dran sein. Aber er wollte das Thema nicht weiter erörtern, solange wir noch mit unserer augenblicklichen Reisebegleitung zusammen waren. Zum jetzigen Zeitpunkt kratzte er sich lediglich bedeutungsvoll das Haar unter dem Hut.

Unsere Unterhaltung wurde durch eine Bewegung in der Ferne unterbrochen.

Es mußten ihrer zwanzig sein, von denen jeder versuchte, lauter als seine Kameraden zu schreien; sie alle kamen auf dem schmutzigen Pfad, der in dieser ländlichen Gegend als Straße durchgehen mochte, auf uns zugerannt. Auf Anweisung meines Meisters traten wir beiseite und sahen zu, wie sie an uns vorbeiliefen.

»In der Tat«, hob Ebenezum an, nachdem die durch den Aufruhr aufgewirbelte Staubwolke sich wieder halbwegs gelegt hatte. Geistesabwesend strich seine eine Hand den Bart entlang, während er tief in der Kehle klickende Geräusche produzierte: ein sicheres Anzeichen zauberlicher Denkarbeit.

»Ich glaubte schon, sie würden uns über den Haufen rennen!« Die verwitwete Lady Sniggett zitterte am ganzen

Leib, ihre bleichen Hände flogen nervös an ihren schwarzen Gewändern auf und ab. »Sie können nicht von hier sein, so unzivilisiert wie sie waren!«

»Ganz ruhig, liebes Tantchen.« Die schöne Ferona ergriff fest die Hände der Älteren. In den zwei Tagen, die wir nun zusammen gereist waren, war ich immer wieder von ihrer Fähigkeit beeindruckt gewesen, in den schlimmsten Kalamitäten vollkommen beherrscht zu bleiben.

»Ich bin mir sicher, daß es eine logische Erklärung für ihr Benehmen gibt«, fuhr sie fort. »Vielleicht gehören sie einem religiösen Orden an, der eine eilige Pilgerreise zu einem heiligen Schrein unternimmt. Was auch immer ihre Absicht war, wir sollten uns darüber keine Gedanken machen. Nicht jetzt, wo wir den sicheren Mauern unseres Heims so nahe sind.«

Der Magier drehte sich zu den beiden Frauen um: »Sind wir schon da?«

Ferona lächelte, was ihr von Sommersprossen gesprenkeltes und von rotem Haar eingerahmtes Antlitz so erstrahlen ließ, daß, betrachtete man es zu lange, die Sonne ihren Glanz verlieren würde. »Ja, guter Herr. Nur noch ein paar kleine Hügel weiter die Straße hinunter. Komm, Nannie. Laß uns weitergehen, so daß wir uns bald zu Hause richtig ausruhen können!«

In diesem Augenblick nieste mein Meister. Einen törichten Moment lang hoffte ich, daß es nur der Straßenstaub gewesen war. Doch tief in meinem Inneren wußte ich, daß die Nase meines Meisters weit Schlimmeres als Straßenstaub ankündigte.

Wieder kam eine nasale Entladung. Ein einsamer Mann kam auf uns zugerannt, sein Schatten wurde von der tiefstehenden Nachmittagssonne auf groteske Weise in die Länge gezogen.

»Die Sonne sinkt!« rief uns der Neuankömmling zu; seine Stimme zitterte vor Erregung. »Die Sonne sinkt!«

»Wir danken Euch für diese Information«, erwiderte mein Meister, als es offensichtlich wurde, daß der Mann seiner Aussage nichts hinzuzufügen gedachte. »Möchtet Ihr uns sonst noch etwas mitteilen?«

»Aber ...!« Der Mann rückte noch näher, so daß ich die panische Furcht in seinen Augen sehen konnte. »Es ist die erste Nacht des Vollmondes!«

Der Zauberer kratzte sich das schneeweiße Haar unter seinem Zaubererhut. »Auch das ist unbestreitbar wahr.« Er warf den Damen einen Blick zu. »Solltet Ihr keine weitere wichtige Information mehr für uns haben, so sollten wir uns wohl auf den Weg machen.«

»Bork, du verbreitest Unsinn!« Lady Sniggett trat vor. »Verzeiht die Einmischung, gelehrter Herr, doch dieser Mann ist mir bekannt. Er ist einer meiner Gutsgehilfen. So, wie er sich benommen hat, habe ich ihn zuerst kaum wiedererkannt.« Sie rümpfte die Nase. »Sonst ist er doch so zivilisiert!«

»O Herrin!« Bork fiel auf seine Knie. »Ich hatte so Angst vor dem Ungeheuer, daß ich Euch gar nicht erkannt habe. Seit der Wandel über Greta kam, hat sich so viel ereignet.«

Die ältere Frau richtete sich auf, und ihre vorher so wäßrigen Augen sprühten plötzlich Feuer. »Greta ist etwas passiert?«

»Nein, eigentlich nichts«, winselte Bork. »Das heißt, nichts Ungewöh...« Er erblickte meinen Meister und mich, und seine Stimme verebbte.

Ferona sah Ebenezum an; ein Lächeln der Entschuldigung erhellte ihr Gesicht. Würde sie mich nur einmal so ansehen! »Greta ist die Zuchthenne meiner Tante.«

Mein Meister strich sich den Bart. »Also grassiert eine Seuche unter den Hühnchen?«

»Hühnchen?« Lady Sniggetts Stimme erreichte eine dröhnende Tiefe, die ich bei einer so zerbrechlichen Dame wie ihr nicht vermutet hätte. »Greta ist kein ...« Ihre Lippen vermochten das garstige Wort nicht zu formen. »Greta ist das Juwel des Östlichen Königreichs!«

»Herrin!« bat Ferona. »Eure Nerven!«

Lady Sniggett sah erstaunt auf ihre junge Begleiterin.

Dann atmete sie sanft aus und war mit einemmal wieder zu der zerbrechlichen älteren Dame geworden. »Vergebt mir, mein Herr«, flüsterte sie mit ersterbender Stimme zu meinem Meister. »Wenn ich höre, daß Greta in Gefahr ist, verläßt mich die Vernunft.«

»Kein Grund zur Beunruhigung, gute Dame«, sagte Ebenezum mit derselben besänftigenden Stimme und demselben warmen Lächeln, die schon Tausende von zahlenden Kunden gewonnen hatten. »Wir alle haben Dinge, an denen wir sehr hängen.«

Die Frau musterte ihn kurz und sah dann weg. Sie kicherte, was etwas unerwartet kam. »Wir können uns glücklich preisen«, sagte sie, »daß wir mit einem solchen Mann reisen, der den richtigen Blick für die Dinge hat.«

»Dieser Blick ist Zaubererpflicht. Mylady, wenn Ihr und Eure Gesellschafterin geruht, werden wir Euch nun in die Sicherheit Eures Heimes eskortieren.« Und mit diesen Worten führte Ebenezum uns wieder auf unseren Weg. Ich übernahm wie üblich die Nachhut, wobei mich der mit Utensilien vollgestopfte Reisesack wie üblich behinderte. Bork rappelte sich auf, als ich an ihm vorbeizog.

»Aber das Ungeheuer ...«, schrie er.

Irgendwo in der Ferne heulte ein Wolf.

Das Hämmern begann kurz nachdem sie meinen Meister und mich in die geräumige Halle des Anwesens gebracht hatten. Beizeiten wurde das heftige Hämmern von Schreien begleitet.

Lady Sniggett flatterte von Zeit zu Zeit durch die Halle; ihre fahrigen Bewegungen wurden von wirren Erklärungen begleitet. »Die Räume sind leider noch nicht ganz in Ordnung ... Ich persönlich mag es *gerade* so ... Es war ja um so vieles zivilisierter.« Ferona glitt dann hinter ihrer Tante durch die Halle, und immer hatte sie ein Lächeln für meinen Meister. Ich versuchte, auch ein Lächeln von ihr zu erhaschen, konnte jedoch nicht so recht ihre Aufmerksamkeit erlangen.

Keine der beiden würdigte das Hämmern und die Schreie einer Erwähnung.

Beide schienen sie immer gerade aus der entgegengesetzten Richtung der großen Eichentür zu kommen, die den Eingang zu dem Herrenhaus bildete, das das Heim der verwitweten Lady Sniggett und Feronas war. In einem ruhigen Moment fragte ich den Magier, was seiner Meinung nach der Grund für den ganzen Aufruhr sei. Mein Meister dachte einen Augenblick nach, dann erwiderte er leise: »Die Reichen haben oft ihre Marotten. Wahrscheinlich ist es ein verrückter Onkel, den sie in den Turm gesperrt haben. Tu einfach so, als würdest du nichts bemerken, zumindest bis sie ein Abendessen rausgerückt haben.«

Schließlich tauchte eine junge Frau auf, die uns mitteilte, daß wir nun in die Haupthalle kommen könnten und daß alles eine Erklärung finden würde. Sie stellte sich als Borka, die Schwester Borks, vor. Mein Meister beendete seine eingehende Betrachtung der ausgefeilten Holzschnitzereien, besonders derjenigen, die mit Gold überzogen waren, und ordnete die Falten seiner Roben. Ich schnappte mir den Reisesack und meinen stabilen Holzstab und folgte dem Zauberer in die Große Halle.

Unsere Blicke hefteten sich sofort auf die Dutzende von goldenen Hühnerkäfigen, die an der Wand des großen Raumes aufgereiht hingen.

»Willkommen in meinem kleinen Nest«, girrte die verwitwete Lady Sniggett.

Sie stand am Kopfende eines langen, aus dunklem Holz gefertigten Tisches, Ferona neben sich. Sie hatten die einfachen, doch nichtsdestoweniger eleganten Reisekleider gegen ausgesuchtere Abendkleidung eingetauscht; die Dame des Hauses trug schwarze Spitzen, ihre liebliche Gesellschafterin ein Gewand in den Farben des Frühlings. Diesmal bildete ich mir ein, daß Ferona uns beide anlächelte. Wieder stieg der Wunsch in mir auf, sie möge einmal nur für mich lächeln.

Mein Leben hatte sich von Grund auf geändert, seit wir durch Zufall in einem Gasthof an der Straße auf die beiden Frauen getroffen waren. Ich dankte dem Himmel für König Urfoos Assassinen, denn sie hatten es notwendig gemacht, daß wir uns nach Reisegefährten umgeschaut hatten. Und soweit hatte es ja auch funktioniert. Die letzten beiden Tage waren assassinenfrei verlaufen. Und doch war etwas weit Wichtigeres mit mir geschehen! Vorher war ich einfach Wuntvor gewesen, ein Zaubererlehrling, der zufrieden war, seinem Meister auf seiner Quest nach Heilung zu folgen. Doch an jenem Tag, als Lady Sniggett den Schutz meines Meisters erbeten hatte, war mein Leben gewachsen, denn nun umschloß es Ferona. Es hatte da ein paar andere Frauen gegeben, natürlich, aber die Erinnerungen an sie waren wie Rauchfahnen, weggebrannt von der strahlenden Sonne Ferona. Nun gut, manchmal spät nachts dachte ich an Norei und wie sie geküßt hatte. Aber sie führte jetzt ihr eigenes Leben! Das hatte sie mir unmißverständlich klargemacht. Und nach dem, was sie mir angetan hatte, war es erstaunlich, daß ich überhaupt noch an sie dachte. Doch jetzt gab es Ferona!

Ferona! Wie hatte ich leben können, ohne sie zu kennen? Ich hatte noch keinen Erfolg damit gehabt, sie zu ein paar mir geschenkten Worten zu bewegen, doch das war nur eine Nebensächlichkeit angesichts der Tatsache, daß wir uns begegnet waren. Nun erst hatte mein Leben einen Sinn.

Eine Henne gluckerte. Vermutlich eine Reaktion auf das ununterbrochene Hämmern und Schreien vor der Tür, das nun so laut geworden war, daß wir es sogar in diesem Raum im Inneren des Hauses deutlich hören konnten.

»Ruhig, Greta«, redete Lady Sniggett auf das Huhn ein, »ich möchte dir einen sehr bedeutenden Mann vorstellen.« Ihre wäßrigen Augen blinzelten meinen Meister an. »Groß, gutaussehend, und zufällig auch noch Zauberer.«

»In der Tat«, murmelte Ebenezum. Er sah mich kurz an, bevor er sich der Henne zuwandte. Ich wußte sofort, daß er nicht besonders begeistert darüber war, einem Huhn vorgestellt zu werden. Auch mit ihrem ganzen Geld sollte Lady Sniggett eine gewisse Grenze besser nicht überschreiten!

»Borka, hol Greta aus ihrem Käfig!«

Der Magier zog eine Grimasse. Er schien das Schlimmste zu befürchten. Womöglich erwartete man von ihm, daß er das Huhn auf den Arm nahm.

»Ja, Herrin.« Die Dienerin knickste und ergriff das Huhn an der Kehle.

»Mit mehr Zartgefühl, bitte«, tadelte Lady Sniggett. »Sie ist mir lieb und teuer.« Ich konnte förmlich sehen, wie die Vorstellung, von Assassinen gejagt zu werden, für Ebenezum immer verlockender wurde.

»Ihr seht, daß Greta eine ganz besondere Henne ist.« Lady Sniggetts Stimme senkte sich zu einem Flüstern. »Sie hat nämlich die Fähigkeit, Gold zu produzieren!«

Prompt erschien wieder ein Lächeln auf Ebenezums Lippen, so wie eine Blume sich bei den ersten Strahlen der Sonne entfaltet.

»Theoretisch war die Möglichkeit immer bekannt«, bemerkte der Magier, »obwohl ich persönlich nie einen solchen Spruch in der Praxis beobachten durfte. Sie legt also wirklich goldene Eier?«

Eine peinliche Pause folgte. Schließlich räusperte Borka sich und sagte mutig: »Seht Ihr, das Gold kommt eigentlich eher aus einer anderen Körperöffnung.«

»Wie unsauber!« entfuhr es meinem Meister. Feuerfunken sprühten wieder in den Augen der Hausherrin, doch ein Blick auf ihr Huhn besänftigte sie sichtlich. »Die arme Greta kann doch auch nichts dafür. Alle irdischen Geschöpfe, selbst der Mensch, muß solche Körperfunktionen verrichten. Da wir schon einmal mit einem solchen Fluch beschwert sind, sollten wir dankbar dafür sein, daß es wenigstens als Gold herauskommt!«

Borka, die die Henne immer noch auf dem Arm hielt, sah plötzlich furchtsam auf. Ihr Gesicht hatte alle Farbe verloren. »Es wird dunkel. Ich muß die Läden schließen.«

Sie warf das Huhn förmlich in seinen Käfig zurück und rannte aus dem Raum. Das Getöse draußen schien sich mit hereinbrechender Dunkelheit noch zu verstärken, obwohl die Schreie nun schon ziemlich heiser klangen.

»Da Ihr jetzt über Greta informiert seid«, fuhr Lady Sniggett fort, »kann ich Euch auch den wahren Grund dafür nennen, daß ich Euch auf mein Gut zu kommen genötigt habe. Als ich entdeckte, daß Ihr ein Magier seid, erfüllte neue Hoffnung meinen Busen. Sagt, liebster Ebenezum, gibt es vielleicht einen Spruch, mit dessen Hilfe sich die Öffnung, durch die Gretas Gold das Licht der Welt erblickt, umändern ließe?«

»Eine interessante Frage.« Ebenezum rümpfte die Nase. Der Aufenthalt im selben Zimmer mit einem verzauberten Huhn genügte zwar nicht, meinen Meister niesen zu lassen, aber seine Nase lief doch ein wenig. Ich stellte mir vor, daß, sollte Greta sich dazu entschließen, im Beisein des Magiers Gold zu produzieren, seine Krankheit bestimmt wieder ausbrechen würde. »Viele Zauberer haben Sprüche erfunden, mit denen ein Huhn angeblich goldene Eier legen soll«, fuhr er fort, »aber welche Vorgehensweise sie auch im einzelnen vorschlugen, das Ergebnis blieb doch ökonomisch gesehen immer unbefriedigend, denn vorne mußte man mehr Magie hineinstecken, als hinten wieder herauskam.« Ebenezum putzte sich die Nase.

»Aber es könnte vollbracht werden?«

»Sicherlich, mit dem Vorsprung, den Eure Henne hat. Es fragt sich nur, wie genau der Transferenz-Spruch ausgelegt werden muß.«

»Dann muß ich darauf bestehen, daß Ihr weiterhin meine Gäste seid!« Lady Sniggetts wäßrige Augen glänzten wie Teiche im Mondschein. »Ferona wird Euch Euer Zimmer zeigen, das natürlich in jeder Hinsicht den Ansprüchen von zivilisierten Menschen entspricht. Es gehörte dem verstorbenen Hausherrn, Feronas Onkel. O ja, und Euer Lehrling kann ja wohl in der Scheune schlafen.«

Irgendeine Art Tumult schien das Hämmern und

Schreien am Eingang abgelöst zu haben. Bork stapfte in die Halle.

»Warum habt Ihr mir nicht geöffnet? Das Ungeheuer hätte mich beinahe erwischt!«

Lady Sniggett betrachtete ihn mit schweigender Mißbilligung.

»Wie sollten wir wissen, daß du zurückkommen würdest?« antwortete Ferona. »Wir dachten, es wäre wieder einer dieser ewigen Pilger, die Almosen für ihre heilige Sache sammeln wollen.« Sie warf mir und Ebenezum einen Blick zu. »Alle Pilger hier draußen wissen, daß Tantchen Geld hat.«

Ein plötzlicher kalter Lufthauch fuhr durch die Halle. Bork, Lady Sniggett und Ferona sahen sich an, einen Ausdruck des Entsetzens auf ihren Gesichtern.

»Die Tür!« wisperte Bork.

Irgend etwas sprang mit einem schrillen Grunzen in den Raum. Lady Sniggett schrie laut auf, Ferona und Bork hüpften beiseite.

Jetzt nieste Ebenezum. Das Wesen war magisch! Schon ein Blick auf die annähernd menschliche Gestalt des Geschöpfes, sein Gesicht mit den Fangzähnen und dem wirren grauen Haar genügte, um mir das zu sagen. Es würde uns alle töten, wenn nicht jemand etwas unternähme. Ich sprang nach vorn und schwang meinen harten Eichenstab.

Die Kreatur packte den rotierenden Stab und entwand ihn meinem Griff, als wenn überhaupt keine Kraft hinter dem Hieb gesteckt hätte. Klauen gruben sich in meine rechte Hand. Mit einem Schrei riß ich mich los, aber die Kreatur hing an mir fest. Sie zwang mich zu Boden, ihr Atem blies warm auf meinen Nacken. Im Augenwinkel konnte ich rasiermesserscharfe Zähne entdecken. Hinter uns gackerten die Hühner in Panik.

Das Geschöpf hielt inne und sah schnüffelnd auf. So schnell, wie es mich zu Boden geworfen hatte, sprang es wieder fort und griff sich das nächste Huhn. Mit dem armen Tier im Maul flüchtete es anschließend aus der Halle.

Während ich noch benommen auf meine blutende Hand starrte, schneuzte Ebenezum sich lauthals. Lady Sniggett warf mir eine Serviette zu, damit ich das heruntertröpfelnde Blut auffangen möge; ihre Gesichtszüge hatten sich zu einer Maske des Abscheus verzogen. Ferona seufzte und schüttelte den Kopf.

»Das passiert hier jeden Abend.«

Kapitel Acht

Sogar für einen Zauberer kommt manchmal der Zeitpunkt, wenn ein naher Anverwandter, vielleicht die Gattin selbst, sein Benehmen kritisiert, indem sie es auf unschöne Weise mit dem gewisser Tiere vergleicht. Dieses Vorgehen ist gegenüber den Tieren höchst ungerecht, denn sie besitzen auf manchem Gebiet bessere Sitten, als der Mensch sie jemals erlangen wird. Oder hat man schon einmal einen Frosch beobachtet, der Steuern eintreibt, oder ein Eichhörnchen, das sich für eine Wahl aufstellen läßt? Konfrontiere deine Mitmenschen, die dich zu kritisieren wagen, mit diesen oder ähnlich gearteten Argumenten. Sollten sie danach noch immer nicht einsehen, wie weise dein Benehmen in Wahrheit ist, kannst du sie immer noch beißen.

– aus den LEHREN DES EBENEZUM, Band IX

»Es gibt gewisse Probleme mit diesem Anwesen«, gab Lady Sniggett zu, nachdem wir unser Abendessen beendet und sie sich leidlich beruhigt hatte.

»In der Tat. Wie beispielsweise Werwölfe.« Ebenezum strich sich den Bart. Das war es also! Ich hatte schon von diesen geheimnisvollen Geschöpfen gehört, von Menschen, die sich unter dem Einfluß des Vollmondes in Tiere verwandeln. Mein Kopf schmerzte angesichts der Erinnerung.

»Nein«, warf Ferona ein, »was Tantchen damit sagen will, ist, daß die Magie sich an diesem Ort konzentriert und alle möglichen seltsamen und wundervollen Dinge produziert. Nur an einem solchen Ort kann Greta ihr Gold machen. Doch unglücklicherweise hat diese Magie auch ihre weniger angenehmen Seiten.«

»Schon gut, dafür haben wir ja schließlich einen Zauberer hierhergerufen!« Die Hausherrin lächelte meinen Meister an. »Mein lieber Ebenezum, Ihr werdet sicherlich in der Lage sein, die schlechten Seiten der Magie auf diesem Anwesen abzustellen.«

»Ich kann zumindest den Versuch machen«, erwiderte der Magier bescheiden. Offensichtlich hatte niemand die totale Hilflosigkeit meines Meisters während des Angriffs des Werwolfs bemerkt, und Ebenezum selbst, der ein fürstliches Honorar vor Augen hatte, unternahm natürlich nichts, um seine potentiellen Kunden aufzuklären. »Nun, wir haben einen langen und aufreibenden Tag hinter uns. Vielleicht wäret Ihr so freundlich, uns unsere Gemächer zu zeigen?«

»Aber natürlich. Ferona, führe Ebenezum in die Gemächer des Herrn. Und Bork kann Wuntvor den Weg zur Scheune beschreiben.« Lady Sniggett widmete ihrem Jabot aus schwarzer Spitze ihre ganze Aufmerksamkeit. »Oh, noch eins, guter Magier, nur damit es keine weiteren Überraschungen gibt, sollte ich Euch noch fairerweise mitteilen, daß Ihr den Geist einfach ignorieren müßt. Er ist vollkommen harmlos, wirklich.«

»Geist?« Ich bemerkte, daß die Augen meines Meisters sich mit zauberischem Zorn umwölkten. Nun hatte Lady Sniggett doch die Grenze des Anstandes überschritten. Seine rechte Hand schoß vor, um den Weg für eine schwerere Verfluchung zu ebnen. Seine Finger verfingen sich in den goldenen Stäben des Hühnchenkäfigs.

Der Magier hielt inne, die Berührung mit dem kostbaren Metall hatte ihn offensichtlich wieder zur Vernunft gebracht.

»Verzeiht, meine Dame, doch in Gegenwart eines Geistes kann ich nicht der Nachtruhe pflegen. Meine magischen Sinne sind dafür zu fein gestimmt, so daß ich überhaupt keinen Schlaf bekommen würde. Gebt meinem Lehrling die Herrensuite. Ich werde in der Scheune schlafen.«

Lady Sniggett runzelte die Stirn. »Das ist nicht recht! Doch wer bin ich, daß ich die Lebensweise eines Magiers kritisieren könnte? Wir werden sicher schnell die nötigen Vorrichtungen ergriffen haben.« Sie winkte den Diener herbei. »Bork, zeig dem jungen Mann den Weg nach oben!«

Ein wenig zögernd folgte ich dem Bediensteten. Ich hatte gehofft, daß Ferona mich begleiten würde. Ich stolperte in das geräumige Gemach, das Bork mir zeigte, und ließ mich auf das massive Bett fallen. Mein letzter Kampf hatte doch an meinen Kräften gezehrt. Bork ging und schloß die Tür hinter sich. Der Raum lag im Dunkeln.

»Hey«, flüsterte eine Stimme in mein Ohr, »hey, Junge!«

Mein Verstand watete hilflos durch die Grenzgebiete des Traums. »W-was?«

Offensichtlich ermutigt, wurde die Stimme lauter. »Hey Junge, kennst du schon den mit der Farmerstochter und dem fahrenden Schmied?«

»Was?« Ich war hinreichend wach. »Worüber redest du?«

»Nun gut, du kennst ihn also schon«, sagte die Stimme leicht gereizt. »Wie ist es mit dem: Wie viele Mönche braucht man, um eine Zisterne zu leeren?«

»Ich versuche zu schlafen!« brüllte ich los. Dann fiel es mir auf, daß ich keine Ahnung hatte, mit wem ich da redete. Eisige Schauer glitten meine Wirbelsäule hinunter. Vor meinem geistigen Auge tauchte ein Tal voll mit Geistern auf, ein Tal, wo ich um ein Haar selbst ein Geist geworden wäre.

»Wer bist du?« hauchte ich.

»Oh, ich bin nur ein Geist, Peelo mit Namen, einst Hofnarr am Hofe König Zengwarzels, ist jetzt ungefähr vierhundert Jährchen her. Ich beging die Ungeschicklichkeit, einen Witz über den Namen des Königs zu machen, und wurde sofort exekutiert. Nun bin ich dazu gezwungen, bis in alle Ewigkeit durch diese Gänge zu geistern und zu versuchen, die Leute zum Lachen zu bringen. Aber, Mensch, du willst das sicher gar nicht hören. Jetzt ist Showtime!«

Ich hatte keine Ahnung, wovon dieses Wesen überhaupt redete. Es schien zwar nicht gefährlich zu sein, aber bei Geistern wußte man schließlich nie genau. »Warum kann ich dich nicht sehen?« fragte ich ihn.

»Was, du willst, daß ich mich manifestiere? Normalerweise hebe ich mir das für den großen Showdown auf. Sei's drum. Hey, sag mir, warum hat der Pegasus die Straße überquert?«

»Es interessiert mich nicht!« schrie ich und hämmerte mit den Fäusten auf das Bett. Meine rechte Hand begann höllisch zu schmerzen. »Geister, Werwölfe, magische Hühnchen? Was ist eigentlich hier los?«

»Ruhig, Junge, keine Aufregung! Es gehört alles zu dem Paket. Du weißt schon, das typische niederhöllische Kombi-Sonderangebot: ein Spruch zum Goldproduzieren, ein Werstein, ein Riesen-Grak – der Himmel weiß übrigens, wo der geblieben ist –, ein fast neuer Gebraucht-Geist. Ich bin so etwas wie der Zeremonienmeister der Truppe; ich muß so lange durch die Gänge geistern, bis ich jemanden herzhaft zum Lachen gebracht habe. Wenn mir nur irgend jemand ein paar neue Witze erzählen würde! Kannst du dir vorstellen, wie schwierig es ist, aus vierhundert Jahre altem Material einen einzigen Lacher zu quetschen?«

»Es ist sicher hart für dich«, sagte ich. Ich war zu müde für Mitleid. Ich legte mich im Bett zurück.

»Aber jetzt ist Schluß mit den langweiligen Geschichten! Weiter mit der Show! Kennst du den mit dem Einhorn und dem Gastwirt? Also, dieses Einhorn geht in die Kneipe und bestellt bei dem Gastwirt ein Pint Ale. Der Gastwirt bringt das Ale und sagt: ›Das macht hundert Goldkronen.‹ Dann sagt er noch: ›Weißt du, wir haben hier nicht viele …‹«

Es war zu viel für mich. Ich schlief ein.

Früh am nächsten Morgen wankte ich zu der Scheune und erzählte Ebenezum mein Erlebnis mit dem Geist.

»In der Tat«, bemerkte er, als ich meinen Bericht beendet hatte. »Hier gibt es mehr Dinge zwischen Himmel und Erde, als sich die Augen oder die Nase träumen lassen! Ich habe das Gefühl, als versuchte Lady Sniggett, für verdammt ein niedriges Honorar uns verdammt viel Arbeit aufzuhalsen.« Er räusperte sich. »Ich glaube, sie würde eine solche Vorgehensweise ›zivilisiert‹ nennen.«

»Entweder das«, ergänzte ich, »oder sie hat Angst davor, daß ein Spruch, der die schlechten Seiten der Magie beseitigt, ihr geliebtes Hühnchen auch gleich mitnimmt.«

»Gut beobachtet.« Ebenezum bearbeitete seinen langen weißen Schnurrbart. »Vielleicht gibt es noch Hoffnung für dich, Wuntvor. Was auch immer passiert, wir müssen unsere Sprüche einzeln abkassieren. Das wird zwar ganz schön teuer für sie, aber sie können es verschmerzen.«

»Aber …« Ein plötzliches Unwohlsein hinderte mich daran, den Satz zu beenden. Wer sollte die Sprüche rezitieren? Der Gesundheitszustand meines Meisters ließ es nicht zu, daß er Beschwörungen vornahm. Er hatte schon alles ausprobiert, um seine Nase zu verstopfen oder den zauberischen Gerüche zu entgehen. Doch all diese Versuche hatten nicht funktioniert. Alle außer einem: Solimas Heilkräuter.

Meine Augen wanderten zu der Phiole mit Kräutern, die Ebenezum während der letzten Woche nicht von seiner Seite gelassen hatte. Der Magier schüttelte den Kopf. »Nein, Wunt. Dieser Job hier ist nicht annähernd so wichtig, daß ich dafür das einzige Heilmittel opfern würde, das mir noch bleibt. Ich werde es für einen ernsteren Anlaß aufsparen.«

Ebenezum strich sich den Bart und sah in den Heuschober hinauf. »Hier gibt es eine Menge von übernatürlichen Faktoren, die zusammenwirken. Doch einzeln betrachtet ist jeder von ihnen mit einem relativ einfachen Spruch zu beheben. Ein Werstein muß zerstört, ein Geist vertrieben, das eine oder andere Wesen exorziert werden. Danach können wir Lady Sniggetts Hühnchen umpolen. Und du, Wuntvor, du wirst die Magie ausüben!«

Ich starrte meinen Meister lange an. »Schließ den Mund, Junge! Ein guter Magier hält den Mund immer fein geschlossen.«

Ich gehorchte.

»Du hast bereits«, setzte er fort, »einige einfache Sprüche gelernt, mit denen du uns aus gewissen mißlichen Lagen befreien kannst. Ich gebe zu, daß sie nicht immer so geklappt haben, wie es geplant war, doch wir leben ja schließlich noch und können unseren Weg nach Vushta fortsetzen. In den nächsten Stunden wirst du ein paar kinderleichte Sprüche lernen. Und dann brauchen wir nur noch ein exaktes Timing!«

Ich war überwältigt. Noch nie hatte mein Meister solch großes Vertrauen in mich gesetzt!

»Ich hoffe, daß ich mich würdig erweisen werde!«

Ebenezum hob eine Augenbraue. »Das hoffe ich auch. Es geht um ein hohes Honorar.«

Als Ferona an die Tür der Scheune kam, erntete sie von mir nur einen flüchtigen Blick. Mein Kopf war voll mit dem Allgemeinen Vertreibungsspruch Nr. 3, der Orkschen Universal-Exorzismus-Regel und dem Großen Gesang Foudous zur Regeneration verlorengegangener Körperteile.

»Entschuldigung«, machte sie sich bemerkbar, »ist Ebenezum hier?«

Sie hatte zu mir gesprochen! Alle Sprüche flohen aus meinen Gehirnwindungen. Endlich war das Ereignis eingetreten, auf das ich so lange gewartet hatte. Ich durchforstete meinen Sprachschatz auf der Suche nach einer Wendung, die ihrer Schönheit angemessen war.

Aber eine solche existierte nicht! Ich teilte ihr also stattdessen mit, daß Ebenezum einen kleinen Spaziergang machte.

»Schade«, erwiderte sie. »Sag mir, Wunt, was hältst du von der Ehe?«

Was sagte sie da? Ich hatte es immer gewußt, tief in meinem innersten Sein, daß alles gut werden würde, hätten Ferona und ich nur erst einmal ein Wort gewechselt. Aber so schnell?

»Es kann unter Umständen eine angenehme Sache sein«, lautete meine Antwort.

Ferona nickte geistesabwesend. »Glaubst du, daß Ebenezum einwilligen würde, eine so junge Frau wie mich zu heiraten?«

Mir blieb die Sprache weg.

»Bitte mach den Mund zu, Wunt«, sagte Ferona. »Hier gibt es viele Fliegen, und das könnte ungesund für dich werden.« Einer ihrer vollendet geformten Füße stieß gegen einen Heuhaufen. »Du bist sicher überrascht, daß ich den Magier heiraten möchte. Aber da hier so eine große Magiekonzentration herrscht, würden wir uns mit einem Magier in der Familie alle sicherer fühlen.«

Ich konnte mich nicht länger zurückhalten. Meine Gefühle spülten alle Vernunft hinweg. »Nimm doch mich!« platzte es aus mir heraus. »Ich bin auch Magier. Und ich stehe dir altersmäßig etwas näher.«

»Und bist weit weniger erfahren als dein Meister.« Ferona runzelte die Stirn. »Hör zu, Wunt, denn es gibt noch einen anderen Grund, warum ich einen älteren Zauberer brauche. Ein Fluch liegt auf mir. Jeder Mann unter dreißig, der mich küßt, stirbt innerhalb von drei Stunden!«

Ich machte einen Schritt zurück.

»Ich hatte einmal ein Dutzend Verehrer, die mir Tag und Nacht nachliefen. Erst nachdem der dritte verschieden war, erkannte ich die schreckliche Tragweite meines Fluches.«

»Was passierte mit den neun anderen?« warf ich schwach ein.

»Oh, sie wurden alle Pilger. Bessere Berufsaussichten gibt es leider heutzutage nicht für junge Männer aus den Östlichen Königreichen. Glücklicherweise bieten Tugend und Keuschheit immer noch gewisse Aufstiegschancen.« Sie seufzte tief. »Könnte mich nur jetzt einer von ihnen küssen!«

In einem Augenblick des wildesten innerlichen Aufruhrs dachte ich daran, ihren Platz einzunehmen, doch dann erinnerte ich mich an den Fluch. Ich würde wohl noch einen weiteren Fluchbrecher zu lernen haben.

»Noch ein Fluch?« Ebenezum war unbemerkt von uns in die Eingangstür getreten. »Junge Frau, ich glaube, Ihr seid uns eine Erklärung schuldig!«

Und so erzählte Ferona uns die Geschichte ihres Onkels, der sich für einen cleveren Geschäftsmann gehalten hatte, weil er ein Abkommen mit den Niederhöllen getroffen hatte, das ihn mit einem nie versiegenden Goldvorrat zu versorgen schien. Doch wie es in diesen Fällen zu gehen pflegt, hatte er das Kleingedruckte übersehen (das normalerweise so klein gedruckt ist, daß man es für ein Staubkörnchen in der unteren linken Ecke hält) und erhielt so neben dem goldmachenden Hühnchen noch zusätzlich einen Geist, einen Fluch für seine Nichte, einen Stein, der regelmäßig ein Mitglied der Familie zu einem Werwolf machte – und einen großen dunklen Vogel, der Onkelchen auf der Stelle weggetragen hatte.

»Wie Ihr Euch sicher vorstellen könnt, waren wir über den Verlauf der Dinge ein wenig aufgebracht«, fuhr Ferona fort. »Doch Tantchen war der festen Überzeugung, daß es einen Weg aus dem Dilemma geben müsse. Wir müßten nur einen Experten hinzuziehen und bis dahin alles so lassen, wie es vor Onkels überstürzter Abreise gewesen war, nur für den Fall seiner unerwarteten Wiederkehr.«

»In der Tat«, bemerkte Ebenezum. »Auf diese Weise könnte verhindert werden, daß die magischen Elemente noch mehr Unordnung stiften. Habt Ihr noch eine Kopie des Vertrages?«

»Leider nicht. Sie ging verloren, als Onkel abreiste.«

»Eine typische Niederhöllen-Intrige!« Ebenezum schritt zwischen den Heuhaufen auf und ab. »Nun, vor Anbruch der Nacht können wir uns den Geist und wohl auch den Werwolf nicht vornehmen. Mit dem Werstein liegen die Dinge jedoch anders. Wir müssen herausfinden, wo die Dämonen ihn deponiert haben!«

»Oh, wenn es weiter nichts ist«, sagte Ferona. »Die Dämonen haben ihn auf den Kaminsims in der Großen Halle gelegt.«

Der Magier starrte die junge Frau an. »Und niemand hat etwas dagegen unternommen?«

»Tantchen hat Angst, Onkel könnte sein Haus nicht mehr wiedererkennen, wenn wir zu viel verändern. Nebenbei bemerkt, wenn man sich nicht weiter an dem Werwolf stößt, platzt er lediglich in den Raum, nimmt ein Hühnchen und verschwindet wieder.«

»Habt Ihr keine Angst wegen Greta?«

»Ein wenig, doch bis jetzt hat der Werwolf immer nur ein Hühnchen von einem Ende der Reihe genommen. Solange wir die Preishenne in der Mitte halten, ist alles in Ordnung.«

Ebenezum runzelte die Stirn, denn draußen begann die Sonne bereits zu sinken. Meine kurze Einführung in die Magie hatte den Großteil des Tages beansprucht.

»Wenn wir uns nicht beeilen«, sagte mein Meister, »werden wir schon zu bald wieder mit dem Werwolf konfrontiert werden. Wir werden jetzt den Werstein zerstören. Übrigens wird mein Lehrling die magische Arbeit erledigen, während ich die Aufsicht führe. Wuntvor braucht die Übung.«

»Einverstanden.« Ferona sah trotzdem nicht sehr überzeugt aus. »Doch wir sollten uns beeilen. Dem letzten Mann, den der Werwolf bei einer kleinen Spielerei mit dem Werstein erwischt hat, hat er die Gurgel umgedreht.«

Ich schluckte den dicken Kloß in meinem Hals herunter und folgte meinem Meister zum Herrenhaus. Insgeheim wiederholte ich die drei Sprüche, pro Schritt ein Wort. Diesmal konnte mir kein Fehler unterlaufen! Ich würde mich an jedes einzelne Wort genau erinnern oder ohne Gurgel leben müssen.

»Seid Ihr Euch sicher, daß Greta nichts passieren wird?« gurrte Lady Sniggett ihrem Preishuhn zu. Das Huhn seinerseits ignorierte die Leute in der Halle völlig und pickte lustlos auf einem Häufchen Trockenkörner herum.

»Einigermaßen«, erwiderte Ebenezum. »Es hängt alles von dem Grad der Verbindung zwischen den verschiedenen Niederhöllen-Zaubern ab. Aber seid versichert, daß wir jede notwendige Vorsichtsmaßnahme ergriffen haben.«

Ebenezum hielt sich die Nase zu. »Wuntvor, öffne die Kiste!«

Ich tat wie mir geheißen. Ein kleiner grüner Stein ruhte inmitten des purpurfarbenen Plüschinterieurs der Kiste. Er sah recht harmlos aus. Man konnte sich nur schwer ausmalen, zu was er alles fähig sein sollte.

»Der Werstein«, dozierte mein Meister, »ist eine besonders perfide Erfindung der Niederhöllen. Er zwingt die Menschen, die ihn berühren, dazu, bei Vollmond in die Wildnis zu laufen; sie werden dann zu dem erstbesten der niederen Tiere, das sie dort erblicken. Man muß hinzufügen, daß dieser besondere Stein vermutlich mit einem zusätzlichen Spruch belegt war, der dafür sorgte, daß der erste Mensch, der ihn berührte, sich einen Wolf aussuchte. Sonst hätte sich der Unglückliche auch gut und gerne in ein Werkaninchen verwandeln können.«

Ebenezum schniefte in meinem Rücken. »Den Spruch!« rief er. »Den Spruch, Wuntvor!«

Ich begann, den neutralisierenden Spruch zu rezitieren. Irgend jemand schrie auf, als ich ihn zur Hälfte gesprochen hatte.

»Hey, Leute!« rief eine mir nur zu bekannte Stimme hinter mir. »Es ist Showtime! Wie viele Vushtaner braucht man, um etwas Verbotenes zu tun?« Aus meinem Augenwinkel konnte ich ein schemenhaftes Narrenzepter sehen. Peelo schien sich aus gegebenem Anlaß manifestiert zu haben.

Ich bemühte mich, die schlechten Witze des Geistes aus meinem Gehirn zu verbannen. Ich mußte den Spruch beenden! Ebenezum nieste nun schon mit einiger Heftigkeit. Seine nasalen Explosionen schienen auf Seiten des Geistes eine endlose Geschichte mit zwei haarigen Hunden und Mengen an Glühwein zu provozieren.

»Sie stehen alle in Verbindung!« konnte meine Meister zwischen zwei Niesern herausbringen. »Versuch den« – Nieser – »stärksten« – Nieser – »Vertreibungs-Spruch!«

Ich mußte also alles geben! Der Vertreibungs-Spruch sollte es sein. Sorgfältig rezitierte ich den ersten Vers, wobei ich besonders auf die richtigen gutturalen Gluckser achtete.

Da plötzlich hörte ich das Knurren hinter mir.

Ich sprang zur Seite, als der Werwolf sich auf mich stürzte, und hörte das unangenehme Geräusch zerreißenden Stoffes, da die Klauen des Werwolfs meine Beinkleider erwischten. Er würde mich auf der Stelle töten! Ich brauchte dringend eine Waffe.

Mein harter Eichenstab lag immer noch in der Nähe des Platzes, den ich vorhin so sprunghaft verlassen mußte. Der Werwolf umrundete den Raum und kam dabei den goldenen Hühnerkäfigen und den zusammengekauerten Gestalten von Lady Sniggett und Ferona gefährlich nahe. Würde das Ungeheuer Greta verschlingen? Wenn ich nur irgendeine Waffe gehabt hätte. Ebenezum würde mir jetzt keine Hilfe sein. Der Auftritt des Wolfes hatte sein Befinden noch weiter verschlechtert. Er lag auf der Erde, von mitleiderregenden Niesanfällen geplagt.

Ich mußte an meinen Stab kommen! Ich machte einen Schritt auf ihn zu, doch plötzlich stand der Wolf vor mir, seine Fänge zu einem halbmenschlichen Grinsen verzogen. Er schlich um mich herum.

Ich würde mich mit bloßen Händen verteidigen müssen. Dabei lagen mir solcherlei Handgreiflichkeiten überhaupt nicht. Doch da fiel mein Blick auf den Werstein.

Mit einem Griff packte ich ihn und schleuderte ihn auf den Wolf. Er prallte hart gegen den Kopf des Wesens und riß es von den Beinen. Stein und Wolf fielen gegen die zusammengekauerten Frauen.

Das hatte ich nicht gewollt! Ich setzte mich schon in Bewegung, um irgend jemanden zu retten, als ich entdeckte, daß der Stein Ferona und Lady Sniggett in gewisser Weise verändert hatte. Beiden war eine dunkle, rauhe Behaarung auf dem ganzen Körper gewachsen. Wo zuerst ein Werwolf gewesen war, befanden sich jetzt drei!

Ich würde trotzdem weiterkämpfen. Obwohl meine Karten denkbar schlecht standen, würde ich meinen letzten Blutstropfen geben, um meinen Meister zu verteidigen! Sollten die Werwölfe ruhig angreifen!

Plötzlich fiel mir ein, daß auch ich den Werstein berührt hatte. Ich würde mich also bei der Berührung eines Werwolfs ebenfalls in so ein haariges Ungeheuer verwandeln. Dann gäbe es keine Hoffnung für Ebenezum mehr. Die Wölfe, meine Wenigkeit eingeschlossen, würden ihn schlicht zerreißen.

Die Biester waren über Ebenezum! Der Magier hämmerte mit seinen Fäusten auf sie ein, konnte jedoch seine Bewegungen nur schlecht unter Kontrolle bringen. Eine kleine Phiole fiel aus seinen Gewändern heraus. Die Kräutermedizin!

Ich tauchte unter einer Klauenhand hindurch und warf meinem Meister die Phiole wieder zu, doch stürzte ich dabei kopfüber in die goldenen Hühnerkäfige.

Dann fühlte ich, wie eine Verwandlung mit mir vorging. Meine Nase und mein Mund wuchsen zusammen und wurden hart. Ich fühlte, wie Federn aus meinen Armen sprossen. Ich kannte nun die schreckliche Wahrheit. Ich wurde zu einem Werhühnchen!

Als mich ein Wolf ansprang, hackte ich wild mit dem Schnabel auf ihn ein. Überrascht zog er sich zurück. Offensichtlich hatte er noch nie mit einem sechs Fuß großen Hühnchen zu tun gehabt. Für einen Augenblick hatte ich die Überraschung auf meiner Seite. Hätten sich die Wölfe jedoch erst wieder zusammengetan, würden sie aus mir Hühnerfrikassee machen.

Ich erspähte eine Bewegung. Ebenezum führte die Phiole an seine Lippen und begann zu schlucken.

Es gab einen Krach von zersplitterndem Glas, und dann betrat ein großer dunkler Vogel den Raum. »Meine Damen und Herren!« kündigte Peelo der Geist an. »Die Rückkehr des Grak!«

Dann entdeckte ich, daß der Grak einen kleinen, kahlen Mann trug. »Endlich daheim!« schrie der Kahlköpfige.

Die Wölfe warfen sich auf mich. Ebenezum stand wieder aufrecht und zauberte fleißig. Noch während sie rannten, verwandelten sich die Wölfe wieder in Borka, Ferona und Lady Sniggett.

Der Vogel kreiste über uns. Das war, trotz der Medizin, zu viel für meinen Meister. Hilflos niesend brach er zusammen.

»Feerie!« rief der Mann, der zwischen den Klauen des großen Vogels baumelte. »Borkie! Sniggie! Wie schön, euch wiederzusehen! Ich dachte schon, ich käme nie von den Niederhöllen weg! Sie haben dort gräßliche Dinge. Verkehrsstaus! Aspirin-Reklame!«

Doch selbst das Gebrabbel des Onkels konnte Peelo nicht von seiner Aufgabe ablenken. Sein vierhundert Jahre altes Repertoire drängte sozusagen von selbst ins Scheinwerferlicht.

»Meine Damen und Herren!« rief er und zeigte auf mich. »Der gespielte Witz! Warum hat das Hühnchen den Wassergraben überquert?«

Ferona warf einen Blick auf mich und begann zu lachen. Ich schnappte ein. Hatte sie kein Gefühl dafür, wer sie gerettet hatte?

»Ein Lacher!« flüsterte Peelo. »Ein ehrlicher Lacher! Wir können endlich dieses langweilige Landhaus verlassen! Zurück zu den aufregenden Niederhöllen! Die alten Witze sind doch immer noch die besten!«

Damit verschwand der Geist. Und mit ihm alles Übernatürliche.

Die Stille, die dann eintrat, wurde nur durch Gretas hysterisches Gackern unterbrochen. Ich wandte mich zu dem Huhn um und bemerkte, daß an meinen Armen keine Federn mehr waren. Ein Blick auf das, was Greta auf den Boden ihres Käfigs gelegt hatte, sagte mir, daß auch das Huhn nicht mehr magisch war.

»Dazu mußte es ja kommen«, jammerte Lady Sniggett.

»Hat mich denn niemand vermißt?« fragte der Herr mit der Glatze.

»Ich nehme an, mein Herr, daß Ihr der Onkel seid?« bemerkte Ebenezum nach einem besonders herzhaften Schneuzer.

»Und wer seid Ihr, mein Herr?« wollte der Glatzköpfige wissen. »Sniggie, du hast doch in meiner Abwesenheit keine zusätzlichen Diener eingestellt?« Er studierte Ebenezums silberverzierte Roben. »Es sei denn, Ihr seid – Sir, was tut Ihr hier in diesem Haus allein mit meiner Gattin?«

»In der Tat«, murmelte Ebenezum. Er beugte sich zu unserem Reisegepäck, das zwischen den Hühnchenkäfigen lag, und warf es mir zu. Dann wandte er sich ab und verließ mit schnellen zauberischen Schritten den Raum.

Ich warf einen letzten Blick auf die liebliche Ferona, die mir nun auf immer verloren war. Fassungslos weinte sie über einem graubraunen Haufen, der einst ein Klumpen Gold gewesen war.

»Dafür werdet Ihr bezahlen!« rief Lady Sniggett meinem Meister hinterher. »Mit Euch habe ich noch ein Hühnchen zu rupfen!«

»Ich habe genug von diesen Leuten«, murmelte der Magier, als wir das Haus verlassen hatten. »Möge sich ihr ganzes Gold in Dreck verwandeln.« Er nickte einem Mann in Mönchskutte zu, der auf uns zukam. »Wir sollten mit unserer Magie lieber den Pilgern helfen, mit denen das Mädchen es dauernd hatte.«

»Ganz meiner Meinung.« Der Mönch zog seine Kapuze zurück und lächelte. Obwohl sein Schädel kahlrasiert war, erkannte ich Bork.

»War Zeit für einen Berufswechsel«, gab er auf unsere fragenden Blicke hin zu verstehen. »Ein ruhiges Leben, frei von den Versuchungen der materiellen Welt. Übrigens« – er zupfte an seiner Kutte – »diese schönen warmen Gewänder werden einem kostenlos gestellt.«

Bruder Bork begleitete uns ein Stück des Weges, und Ebenezum faßte sie Ereignisse nach Borks Verschwinden zusammen.

»Ihr seid der Heiligkeit näher als ich«, sagte Bork schließlich. »Ihr habt den Spuk vollkommen vertrieben, habt Eure letzte Medizin verbraucht und dann das Gut ohne jede Belohnung verlassen?«

»Das habe ich nicht behauptet«, erwiderte Ebenezum. Er klopfte auf den Sack, den ich mit zwei Fingern trug. Es gakkerte.

»Ein Hühnchen?« fragte Bork.

»Abendessen.« Ebenezum nickte. »Würdet Ihr uns Gesellschaft leisten?«

Ich erbleichte. Irgendwie behagte mir der Gedanke an ein gebratenes Hühnchen ganz und gar nicht. Angesichts dessen, was ich erlitten hatte, fand ich meine Bedenken sehr verständlich, auch wenn der Werspruch zusammen mit dem letzten Niederhöllen-Spuk beseitigt war. Nein danke, kein Hühnchen heute. Ich würde mich mit dem Säckchen Körner begnügen, das ich von dem Gut mitgenommen hatte. Erstaunlicherweise hatte ich nie zuvor gewußt, wie schmackhaft trockene Körner sein können!

Wir befanden uns wieder unter dem weiten, freien Himmel und reisten in Richtung Vushta. Natürlich war es nur eine Frage der Zeit, wann uns der nächste Trupp von Mietmördern angreifen würde.

Kapitel Neun

Magier brauchen, wie alle anderen Sterblichen auch, ihre Ruhezeiten. Sprüche zu rezitieren, gegen Ungerechtigkeiten zu kämpfen und gleichzeitig auch noch etwas für seine alten Tage auf die Seite zu legen kann ganz schön anstregend werden. Ein kluger Zauberer wird daher immer auf eine ausgedehnte Nachtruhe und eine kleine Erholungsphase zwischen zwei Aufträgen achten. Nach einer besonders kraftzehrenden Aufgabe sind ein paar Wochen auf dem Land nicht übertrieben. Als Er holung nach einer wahrhaft großen Sache geht es natürlich nicht unter einem Badeurlaub an der See. Und wie erholt man sich nach einer Arbeit, die die ganze Welt des Zauberers, ja vielleicht sogar das Gefüge des Kosmos selbst beeinflußt hat? Nun, man achtet auf alle Fälle darauf, daß man die besseren Etablissements in Vushta mindestens zwei Monate im voraus buchen muß.

– aus den LEHREN DES EBENEZUM, Band XXIII

Es war zuviel. Ich konnte den Sack auf meiner Schulter kaum noch tragen. Sein Gewicht mußte sich vervierfacht haben. Ich lehnte mich so schwer auf meinen massiven Eichenstab, daß er sich gefährlich durchzubiegen begann. Sicher würde er bald brechen. Meine Füße konnte ich kaum noch heben, und so stolperte ich unentwegt über Steine und Wurzeln auf etwas, was einen Weg darstellen sollte. Während unserer aufreibenden Flucht schien es manchmal, daß wir uns vollkommen von dem Hauptweg entfernt hatten, und nun fanden wir uns auf einem Trampelpfad wieder, der so überwachsen war, daß selbst die Tiere des Waldes ihn mieden.

Ebenezum war sogar noch erschöpfter als ich. Sein Kopf hing herunter, der Rücken war gebeugt wie der einer alten Frau. Sein einst so zauberstolzer Gang war zu einem ganz unzauberischen Hinken geworden.

Zunächst war, nachdem wir Lady Sniggett verlassen und ihr Hühnerproblem gelöst hatten, mit meinem Meister alles in bester Ordnung gewesen. Die Müdigkeit, die ihn nach der ersten Medikamenteinnahme befallen hatte, schien ihn beim zweiten Mal nicht heimgesucht zu haben. Der Magier begann ausgelassen von der Möglichkeit einer Heilung zu sprechen, vor allem nachdem wir eine weitere Dosis der Kräutermischung ergattert hatten.

Doch mein Meister hatte sich zu früh gefreut. Er reagierte auf die zweite Kräutereinnahme erst, nachdem wir schon zwei Tage auf der Straße gewandert waren; es kam viel schlimmer wie nach dem ersten Mal, als seine Reaktion nach dem Kampf gegen Tork vor allem in totaler Erschöpfung bestanden hatte. Die Erschöpfung damals mochte ihm jetzt als ein Zustand höchster Aktivität erscheinen.

Natürlich wurden wir auch immer noch von Assassinen verfolgt. Habe ich auch schon die erhöhte Erdbebenrate erwähnt? Zunächst dachte ich noch, mein Gleichgewichtssinn verabschiede sich langsam, doch nun wurden wir von immer stärker werdenden Beben geplagt, als stampften Riesen Löcher für neue Seen in die Erde. Wir wurden hin- und hergeschüttelt, oft sogar zu Boden geworfen.

Ebenezum stolperte vorwärts; schließlich hielt er inne und drehte sich zu mir um. Seine Augen, einst so vortrefflich in der Lage, zauberischen Zorn und Überzeugungskraft auszudrücken, waren nun rot und müde.

»Pause«, war alles, was er röcheln konnte.

Ich zeigte auf einen Steinhaufen auf der anderen Seite des Weges, wo wir uns niederlassen konnten. So gut wir konnten stolperten wir hinüber. Ich entledigte mich meines Gepäckes mit weniger Eleganz, als ich mir gewünscht hätte. Ich würde später nachsehen, was zerbrochen war.

Ebenezum registrierte den Lärm noch nicht einmal. Er war zu sehr damit beschäftigt, sich niederzusetzen, was, wie übrigens auch alle anderen Tätigkeiten zu jener Zeit, ihn vollkommen in Anspruch nahm. Er seufzte und stöhnte, stöhnte und seufzte, zwischendurch schniefte er.

Lange saßen wir schweigend da. Schließlich schob er seinen Hut zurück und betrachtete mich.

»Ich hatte Angst hiervor«, sagte er. »Der zweite Gebrauch dieser Mixtur hat die ganze Lebenskraft aus meinem Körper gesogen. Eine nochmalige Einnahme würde mich umbringen.« Mein Meister hielt inne, um wieder zu Atem zu kommen.

»Was sollen wir tun?« fragte ich, bevor ich sah, daß der Magier an Ort und Stelle eingenickt war.

Da wußte ich, daß wieder einmal alles an mir hing. Ebenezum war todmüde. Ich mußte einen Ort finden, wo er sich ausruhen und wieder erholen konnte.

»Verzeihung?« kam eine Stimme von der anderen Seite der Straße.

Ich sah schnell auf. Zwei verhüllte Gestalten standen nicht weit entfernt vor mir.

»Habe ich etwas gesagt?« fragte ich nach.

»O nein.« Eine der vermummten Gestalten trat vor. Nur ihre Hände waren sichtbar, und die fuchtelten wie wild in der Luft herum, als versuchten sie verzweifelt, sich von dem wallenden Umhang zu befreien.

»Ich sagte ›Verzeihung‹«, fuhr die Gestalt fort, »weil ich mit Euch sprechen möchte. Ihr müßt mir bitte nachsehen, daß mir die Feinheiten des gesellschaftlichen Umgangs leider nicht ganz geläufig sind. Wie Ihr seht, bin ich nur ein armer Eremit, der selten zur Rede greift.«

Der Redner schob seine Kapuze zurück und enthüllte einen runden Kahlkopf, der in der Nachmittagssonne glänzte.

»Oh«, sagte ich, nachdem ich den Sinn seiner wortreichen Rede kapiert hatte, »Ihr wollt mir also etwas sagen.«

»So ist es.« Seine Hände schnellten durch die Luft und deuteten auf seine Brust. »Wie ich bereits sagte, bin ich nur ein Eremit und Pilger, Heemat mit Namen. Ich habe ein Gelübde abgelegt, zwanzig Jahre lang kein Wort zu sprechen. Jawohl, zwanzig Jahre lang sind diese Lippen versiegelt, nie entringt sich ihnen der leiseste Schmerzensschrei, nie auch ein freudiges Lachen. Aber jetzt, da ich Euch beide am Wegesrand erblickte, habe ich mein Gelöbnis kurzfristig suspendiert.«

Heemat lächelte immer noch. Ich sah zu meinem Meister hinüber, doch der schnarchte sanft auf seinem Stein. Er hatte all das hier verschlafen. Erst jetzt wurde mir richtig klar, wie erschöpft er sein mußte.

Nun, auch ich war erschöpft, aber jemand mußte die Situation schließlich bewältigen. Ich würde es so erledigen, daß mein Meister stolz auf mich sein konnte. Ich starrte diesen lächelnden, kahlen Kerl an. Irgendwie kam er mir merkwürdig vor. Wie, dachte ich bei mir, wie würde Ebenezum die Sache angehen?

»In der Tat«, stellte ich fest. »Ihr seid also ein Pilger?«

»Ja«, erwiderte Heemat, indem er die Hände zum Himmel emporstreckte. »Ich verehre einen kleineren Gott, Plaugg den Prächtigen.«

»In der Tat.« Ich entschloß mich, diesen speziellen Punkt erst einmal beiseite zu lassen. »Und Ihr habt Euch durch ein Gelübde zu zwanzig Jahren Schweigen verpflichtet?«

»Nun ja, mehr oder weniger. Doch als wir beide die Straße entlangwanderten und Euch beide so offensichtlich in Not sahen ...«

Die Stimme des Eremiten verlor sich. Offensichtlich in Not? Ich mußte husten.

»Wir hatten nur eine Ruhepause eingelegt!«

»Euer Reisebegleiter sieht aus, als würde er sich für die nächsten zwanzig Jahre nur noch ausruhen.«

Ich sah zu Ebenezum hinüber. Irgendwie hatte er es geschafft, sich auf der Spitze des Felsbrockens zusammenzurollen. Sein Schnarchen wurde heftiger.

»Nur ein kurzer Nachmittagsschlaf«, gab ich zur Antwort, wobei ich möglichst vermied, Ängstlichkeit in meiner Stimme mitschwingen zu lassen. Wie könnte ich den Magier aufwecken, wenn ich ihn nicht gerade wach*treten* wollte?

»Vielleicht braucht Ihr ja einen Ruheplatz, an dem Ihr

bleiben könnt, bis er sein Nachmittagsschläfchen ausgeschlafen hat?« Heemats Hand beschrieb einen großartigen Bogen. »Unsere bescheidene Hütte liegt nur ein Stückchen weiter an der Straße.«

Das war es! Jetzt wußte ich, was mich bedrückte. Nachdenklich strich ich mir übers Kinn. »In der Tat. Ihr sagtet, daß Ihr ein Eremit seid, mein Herr?«

»So ist es.«

»Gut.« Ich hüstelte leicht. »Seit wann haben Eremiten Reisekumpanen?« Ich mußte ein Lächeln der Befriedigung unterdrücken. Was für eine messerscharfe Logik! Mein Meister wäre stolz auf mich!

»Nun denn.« Beim leisesten Vorwurf bezüglich seines nicht ganz eremitenhaften Benehmens wanderten seine Hände demütig in die Kutte zurück. »Ich sehe, daß Ihr Durchreisende seid. Die Sitten hier sind vermutlich etwas anders als dort, wo Ihr herkommt.«

Ich war vollkommen verblüfft. »Ihr wollt sagen, daß in diesem Land Eremiten immer paarweise reisen?«

»Es ist wohl nicht nötig, auf dem Offensichtlichen herumzureiten. Wie kommt Ihr hierher?«

»Nun, ich glaube, wir sind irgendwo da hinten von der Hauptstraße abgekommen«, hatte ich schon zugegeben, bevor ich meine Fassung wiedererlangt hatte. »Einen Moment noch! Warum spricht denn Euer Reisegefährte nicht? Hat er auch ein Schweigegelübde abgelegt?«

»Snarks?« Heemat lachte herzhaft. »Nein, nein, der hat noch nie in seinem Leben irgendein Gelübde abgelegt. Er redet nur nicht gerne, nicht wahr, Snarks?«

Die andere Gestalt nickte; aus den Tiefen ihrer Robe kam ein Geräusch, das wie »Mmrrpphh« klang.

Trotzdem wollten diese ganzen Erklärungen mich nicht beruhigen. »Was bemerkte Euer Freund?« wollte ich wissen.

»Für mich hörte es sich wie ›Mmrrpphh‹ an.« Heemat rieb sich mit glücklichem Gesichtsausdruck seinen Bauch.

Irgend etwas stimmte hier ganz und gar nicht. Ich verfluchte meine mangelnde Erfahrung. Vielleicht sollte ich doch lieber Ebenezum wachrütteln.

Ich hatte meinen Gedanken noch nicht zu Ende gedacht, da rollte Ebenezum von seinem Felsbrocken hinunter in ein Gestrüpp. Ich konnte ihn zwar nicht mehr sehen, doch sein lautes Schnarchen machte jede Ortung zu einem Kinderspiel.

»Unsere bescheidene Bleibe liegt wirklich dort, wo ich sagte.« Heemat zuckte die Schultern. »Natürlich kann er auch die ganze Nacht in dem Gestrüpp schlafen, wenn Ihr das vorzieht.«

Ich sah von dem Eremiten zu seinem verhüllten Kumpan. Snarks wedelte mit seinen behandschuhten Händen über seinem Kopf und rief etwas wie »Vrrmmpphh«.

Jemand tippte mir von hinten auf die Schulter.

Ein Angriff aus dem Hinterhalt! Ich wirbelte beinahe zu schnell herum, denn fast verlor ich meine Balance. Nun würden sie also nach dem ganzen Gerede endlich ihre wahren Absichten enthüllen! Der Feind war überall! Könnte ich nur den wahren Kern ihres höllischen Wesens entdecken! Ich war schließlich in der Magie kein unbeschriebenes Blatt mehr. Bekämpfen würde ich sie, seien es nun zwei oder zweihundert!

Der Neuankömmling war gut zwei Fuß größer als ich und komplett in Schwarz gekleidet. Seine Schulterspanne war unglaublich breit. Zwei normale Männer nebeneinander hätten in ihn hineingepaßt. Sein Gesicht war bleich und nicht besonders humorvoll. Die Stimme, mit der er nun sprach, war die tiefste, die ich je gehört hatte.

»Ich brauche ein wenig Hilfe.«

Mit diesen Worten bagann die Erde zu erzittern. Wenn die vorherigen Beben durch das Aufstampfen eines Riesenfußes entstanden sein sollten, dann hielten die Riesen nun ihr jährliches Tanzfest ab. Alle außer dem großen Mann wurden wir von den Füßen gerissen und zu Boden geschleudert.

Einen Augenblick später war es vorüber. Ich schielte zu

den Steinen herüber, doch Ebenezum hatte sich offenbar nicht in seinem Nickerchen stören lassen.

Ein lautes Brüllen wie von einer Trompete erscholl aus den Tiefen des Waldes. Der große Mann wirbelte mit einer Eleganz herum, die man von einem Tänzer oder einem professionellen Aalfänger erwarten würde.

Ein gewaltiger wilder Keiler brach aus dem Unterholz. Das Tier war größer als ich und trug große scharfe Hauer, die direkt auf mich gerichtet zu sein schienen. Wieder röhrte es und raste in einer wahnsinnigen Attacke über die Lichtung auf uns zu. Mein stabiler Eichenstab fühlte sich auf einmal ganz zerbrechlich in meinen Händen an.

Der kräftige Mann stellte sich dem Keiler in den Weg. Das Tier hielt direkt auf ihn zu. Der Mann in Schwarz packte die beiden gebogenen Hauer, als böte der riesige Eber sie ihm freiwillig dar und wolle ihn nicht damit durchbohren. Mit großer Ruhe warf er den Keiler auf die Seite. Bevor das Tier wußte, wie ihm geschah, hatte der Mann seine riesigen Hände um den breiten Nacken des Ebers gelegt und hob das Tier in die Höhe, das einmal röhrte, dann jedoch nur noch erstickte Grunzlaute hervorbrachte, da der Mann ihm die Luftröhre zudrückte. Als das Zappeln des Ebers aufhörte, warf der Mann ihn wie beiläufig in die Wälder zurück.

»Es ist eine meiner Lieblingsbeschäftigungen, Wildschweine zu erdrosseln«, bemerkte er. Geistesabwesend spannte er seine Muskeln an.

Möglicherweise war es doch keine so gute Idee, mit diesem Herrn eine Keilerei anzufangen. Abhauen konnte ich aber auch nicht, solange Ebenezum im Gebüsch lag und schnarchte.

»In der Tat«, gab ich zu Protokoll.

»Keine Ursache«, erwiderte der Muskelprotz. »Ich scheine mich verlaufen zu haben, und das hält mich von meinen Pflichten ab.«

»Ach, noch ein verirrter Wanderer!« rief Heemat von Mitgefühl ergriffen aus. »Vielleicht können wir helfen?«

»Wer ist das?« fragte der große Mann leise.

»Nur der gute Heemat, Sir.« Heemat streckte unschuldig seine Hände vor dem Schwarzgekleideten aus. »Ein armer Eremit und Pilger, der Plaugg dem Glanzvollen dient. Erst vor kurzem habe ich mein Schweigegelübde gebrochen, um diesen Herren meine Hilfe ...«

»Genug.« Der große Mann hob eine große Hand an seinen großen Kopf.

Heemats Lächeln verzog sich.

»Wer ist das?« Der große Mann nickte in Richtung Heemats vermummten Kumpans.

»Wvvxxrrgghh.« Snarks machte einen plötzlichen Schritt zurück.

»Das ist Snarks, Sir«, warf ich schnell ein. »Heemats Reisegefährte.«

»Wartet eine Sekunde«, verlangte der große Mann. »Wie könnt Ihr ein Eremit sein und einen Reisegefährten haben?«

Heemats wohlverhüllte Gestalt versteifte sich. »Ich lasse mir nichts von den engstirnigen Gesetzen der Gesellschaft vorschreiben!« schrie er.

»Nun gut.« Der große Mann zuckte mit seinen unvorstellbar breiten Schultern, während Heemat ein verzeihungheischendes Lächeln aufgesetzt hatte.

»Mich kennt man als« – der große Mann gab einen Laut von sich, der entstehen mochte, wenn eine alte Frau von einer etwas nachlässig arbeitenden Schlange zu Tode gewürgt wird – »obwohl die wenigsten Leute das aussprechen können. Etwas geläufiger ist mein Beiname, der Händler des Todes.«

»In der Tat«, pflichtete ich ihm bei, wobei vor meinem geistigen Auge die Leichtigkeit wiederauflebte, mit der er das angreifende Wildschwein erledigt hatte. »Und was können wir für Euch tun, werter Händler des Todes?«

»Meine Freunde nennen mich einfach den Händler. Ich bin auf einer heiligen Queste, um einen Zauberer, den Feind meines Auftraggebers, König Urfoos des Rachsüchtigen, zu finden und zu töten.« Beiläufig knackte der Händler mit seinen muskulösen Handgelenken.

König Urfoo? Ein Schauer kroch meine Wirbelsäule herunter, während ein gewisses Verstehen meinen Verstand durchlief. Meine müden Füße fühlten sich plötzlich so an, als könnten sie doch noch etwas weiter laufen. König Urfoo?

»Ah, eine heilige Quest!« Heemat nickte wissend.

»Bzzgllphfll«, fügte Snarks hinzu.

»Ein Zauberer?« fragte ich. Der Schauer schien sich über meinen gesamten Brustkorb ausgebreitet zu haben. Zumindest war ich nun unwiderruflich wach.

»Er heißt Ebenezum«, fügte der Händler unnötigerweise hinzu.

»In der Tat?« Meine Stimme fiel ein paar Oktaven zu hoch aus. Vielleicht tat ich besser daran zu schweigen.

Der Händler des Todes wandte sich an den Eremiten und seinen Gefährten. Während er sprach, traten die Muskeln an seinem Nacken überdeutlich hervor.

»Kennt Ihr jemanden dieses Namens?«

»Wsspklblgg«, bemerkte Snarks.

»Nein, Sir, wir sind mit keinem Herrn dieses Namens bekannt«, fügte Heemat der Deutlichkeit halber hinzu, worauf er sich unter Verbeugungen zurückzog.

»Ach.« Der Händler seufzte. Sein Brustkorb tanzte auf und ab, als seine Bauchmuskeln sich bewegten. »So geht meine Queste also noch weiter.«

Ein besonders lauter Schnarcher ertönte aus dem Wald.

»Was war das?« Der Händler sah sich um, wobei ein grimmiges Lächeln um seine Lippen spielte. »Noch ein Wildschwein, das erdrosselt werden möchte?«

»Nein Sir!« rief ich panisch. »Es war nichts! Nur ein kleines Waldvögelein!«

Ebenezum seufzte wohlig im Schlafe, dann kam wieder lautes Schnarchen.

»Seid Ihr sicher, daß es sich nicht um einen Eber handelt?« fragte der Händler sehnsüchtig. »Klingt zu tief für einen Vogel. Ich würge auch lieber Wildschweine.«

Wir schwiegen einen Augenblick, und nichts war zu

hören als die Waldvögel und das Rascheln kleiner Waldtiere. Ebenezum blieb gnädigerweise leise.

»Nun gut, ich muß wieder zur Hauptstraße zurück.« Der Händler fing einen vorüberfliegenden Schmetterling und riß ihn in zwei Hälften. »Macht nicht halb so viel Spaß wie ein Wildschwein zu erledigen«, murmelte er.

Heemat versorgte den großen Mann mit Hinweisen, wie er wieder auf die Hauptstraße kam. Der Händler verließ uns winkend und mit Riesenmeilenschritten. Meine Atmung begann sich langsam zu normalisieren.

»Also Snarks.« Heemat winkte seinen Kumpanen herbei. »Offensichtlich legt niemand auf unsere Gastfreundschaft Wert.«

»Einen Augenblick!« rief ich. »Ich habe es mir überlegt. Wir werden wohl doch Eure Gastfreundschaft annehmen.«

»Hervorragend!« Heemat klatschte in die Hände. »Ihr seid Euch hoffentlich darüber im klaren, daß wir eine kleine Gebühr erheben müssen?«

Ich nickte abwesend. Nun, da ich meine Entscheidung getroffen hatte, würde ich nicht schwankend werden. Ebenezum konnte noch nicht weiterreisen, und obwohl ich dem Eremiten immer noch nicht ganz über den Weg traute, war seine Hütte immer noch besser als eine neuerliche Begegnung mit dem Händler des Todes.

»Ich glaube nicht, daß wir Euren Freund wachbekommen.« Heemat nickte in Richtung des Gebüsches. »Macht nichts. Wir werden ihn schon fortbringen. Dann kommt natürlich eine kleine Transportgebühr dazu.«

Ich nickte wiederum. Jetzt, wo der Händler des Todes verschwunden war, kehrte meine Müdigkeit rasch zurück.

»Komm, wir tragen ihn.« Heemat und Snarks befreiten den Magier von dem ihn umgebenden Gestrüpp.

Jemand tippte mir auf die Schulter.

»Entschuldigt«, sagte der Händler des Todes, »aber ich scheine mich völlig verlaufen zu haben. Oh! Den Gefährten hier kenne ich ja gar nicht! Trägt er nicht etwa eine Zaubererrobe?«

Ebenezum erwachte und nieste.

Kapitel Zehn

Das gemeine Volk hat viele Sprichworte, wie zum Beispiel, daß es vor Sonnenaufgang am dunkelsten ist oder daß das Wetter sich ändert oder bleibt wie es ist und vieles mehr. Wir aus der Zauberergilde pflegen unsere Ansichten in dieser Hinsicht etwas anders auszudrücken. Ein Leben der Erfahrung wird sogar dem mittelmäßigsten Zauberer gezeigt haben, daß, wie hoffnungslos eine Situation auch aussehen mag, wie gefährlich und schmerzbeladen auch alle Alternativen sein mögen, wie nah er auch einem unbeschreiblich gräßlichen Tod sein mag – nie wird der gute Magier vergessen, daß es immer noch schlimmer kommen kann.

– aus den LEHREN DES EBENEZUM, Band XLVI
(Allgemeine Einführung)

»Msstplckt!« schrie Snarks.

»*Gesundheit*«, stieß der Händler in einer merkwürdigen Sprache hervor, als der Kumpan des Eremiten fortrannte.

»Danke.« Ebenezum putzte sich die Nase an seinem Ärmel ab. »Und mit wem habe ich die Ehre?«

»Dieser ehrenwerte Herr hier ist der Händler des Todes«, schaltete ich mich hastig ein, »und er ist auf einer Mission für König Urfoo.«

»In der Tat?« Ebenezum plagte sich auf, wobei er ein paar Gestrüppranken mit sich riß. »Hilf mir auf die Beine, Wuntvor!«

Ich tat wie geheißen.

»Ihr also seid der Händler des Todes?« wiederholte mein Meister.

Der Händler stieß wieder jenes Alte-Frau-wird-von-einer-Schlange-langsam-erwürgt-Geräusch hervor. Und Ebenezum wiederholte es.

Der Händler bemerkte höflich, daß er von der Sprachgabung meines Meisters beeindruckt sei. Ebenezum erwiderte, daß er in der Tat einige begrenzte Kenntnise besitze. Würde der Händler sich etwa als ein Anhänger der »Geräusch-eher-wie-ein-Dutzend-Hühner-wird-von-einem-Dutzend-Rechen-angegriffen«-Sekte entpuppen?

Der Händler war überglücklich, daß Ebenezum von seinem Orden gehört hatte, und begann eilig, von seinen Lehrern zu erzählen, deren Namen rein lautlich betrachtet alle Ähnlichkeit mit dem Geräusch hatten, das entstehen mochte, wenn ein Mensch erwürgt und gleichzeitig in Stücke gerissen wird. Die Erleichterung, die ich angesichts des Erwachens meines Meisters verspürt hatte, verflüchtigte sich langsam wieder. Als ich die beiden einander vorgestellt hatte, hatte ich in überdeutlicher Betonung den Namen von König Urfoo fallen lassen. Trotzdem war es möglich, daß der Magier immer noch nicht vollständig über die Gefahr informiert war, in der er schwebte. Wie konnte ich Ebenezum warnen, ohne gleichzeitig diesem großen Killer seine Identität zu verraten?

»Doch genug dieses Geplauders!« rief der Händler aus. »Ich kenne noch nicht einmal Euren Namen! Mit welchem gelehrten Herrn habe ich das Vergnügen?«

»Mein lieber Herr«, hub Ebenezum an. Ich zerrte heftig an seinem Ärmel. »Nein, Wuntvor, nicht jetzt. Ich unterhalte mich doch. Wie ich bereits zu sagen versuchte, ich bin …«

Wieder bebte die Erde. Das Tanzvergnügen der Riesen war wohl zu der großen alljährlichen Galaveranstaltung ausgeartet. Sogar der Händler fiel diesmal um.

Im Wald brüllte etwas. Eifrig sprang der Händler wieder auf die Füße.

Ein riesiger Braunbär krachte durch das Unterholz. Der Händler lächelte. Er hob die eine Hand, als wolle er das acht Fuß große, wutentbrannte Ungeheuer zu sich winken. Der Bär, der ein wehrloses Opfer witterte, griff ihn an.

Seine Hand fuhr mit einer scharfen Bewegung auf den

Schädel des Tieres herunter. Es erklang ein scharfes Krachen. Der Händler trat zurück, um nicht von den noch zukkenden Klauen des Bären getroffen zu werden. Der Bär brach auf der Lichtung zusammen.

»Das war sehr beeindruckend«, lobte Ebenezum.

»Nicht der Rede wert«, erwiderte der Händler, während er sich mit einem trockenen Blatt das Bärenblut von der Hand wischte. »Doch wir wurden unterbrochen. Ihr wolltet Euch gerade vorstellen.«

»Ah ja.« Ebenezum lächelte, als er seine Roben glättete. Ich hielt meinen Atem an, um den letzten Worten des Magiers vor der sicherlich schnell über die Bühne gehenden Assassination zu lauschen. Geistesabwesend legte ich mir die Frage vor, ob sein Hirn wohl von merklich anderer Beschaffenheit als das des Bären sein würde.

»Wie ich bereits sagte«, fuhr der Zauberer fort, »sehe ich mich augenblicklich zu meinem größten Bedauern nicht in der Lage, Euch diese Information zu geben. Wie auch Ihr, mein Herr, befinde ich mich auf einer Mission.«

Der Händler nickte. »Ich wußte die ganze Zeit schon, daß Ihr ein Geistesverwandter seid.«

»Wir alle sind geistig verwandt!« rief Heemat, wobei er mit einer großartigen Geste uns und vielleicht auch den Wald zu umfassen suchte. »Das ist der Grund dafür, daß Snarks und ich auf Euch stießen und diese ganze Kette der bemerkenswertesten Ereignisse ins Rollen kam.«

Das war des Guten zuviel. Während der jüngsten dramatischen Entwicklung hatte ich den Eremiten und seinen vermummten Kumpanen vollständig vergessen. Ich wollte gerade etwas erwidern, als Ebenezum mich zum Schweigen brachte.

»Wir sind von Eurer Bedeutung vollkommen überzeugt«, bemerkte Ebenezum. »Ist es nunmehr nicht an der Zeit, uns zu Eurer bescheidenen Hütte zu begeben?«

Heemat klatschte in die Hände. »Natürlich! Es ist eine behagliche Behausung, Ihr werdet sehen! Und sie ist bestimmt den winzigkleinen Unkostenbeitrag wert, den ich von Euch einfordern muß.«

Es erstaunte mich, daß mein Meister diesen beiden Fremden so vertraute.

»Wunt, nimm das Gepäck!« befahl mir mein Meister, bevor ich noch etwas äußern konnte. Leiser fügte er dann noch hinzu: »Sie sind sogar noch bedeutender, als sie denken. Und ich brauche Ruhe!«

Ich warf einen verstohlenen Blick auf den Händler, während ich unsere Utensilien aufsammelte. Auch er hatte gedankenverloren seine Augenbraue gerunzelt; er starrte in die untergehende Nachmittagssonne.

»Ich glaube, ich werde mich Euch anschließen. Im Dunkeln bin ich nicht gerne allein.«

»Gut! Gut! Ein volles Haus ist ein glückliches Haus!« rief Heemat, als er uns den Weg wies.

Ebenezum winkte Snarks, der sich uns näherte, davon. »Bleibt bitte auf Distanz, ja? Das ist nett. Ich brauche Platz, um nachzudenken.« Er schneuzte sich in seinen Ärmel und wartete, bis ich aufgeschlossen hatte. »Bis jetzt war es ja eine ganz interessante Reise«, flüsterte er mir zu. »Doch ich fürchte, bevor sich der Tag seinem Ende zuneigt, wird es noch viel interessanter werden.«

Ich nickte und folgte Heemat auf dem Pfad. Ich selbst war weniger interessiert als vielmehr ernsthaft verwirrt. Doch Ebenezums wiedererlangte Geistesgegenwart erfreute mich. Plötzlich spürte ich, wie die Erde erneut unter mir schwankte.

»Wsstppllkt!« schrie Snark, als sich eine Erdspalte vor meinen Füßen öffnete. Ich merkte, wie der massive Eichenstab meinen zitternden Händen entrungen wurde. Eine kleine verhüllte Gestalt rannte an der Erdspalte entlang und schlug auf etwas ein, das sich aus dem staubigen Graben erheben wollte. Die Wesen schrien, wenn sie getroffen wurden, unmenschliche gutturale Laute des Schmerzes und Zorns.

Die Erde bebte nochmals, und der Spalt schloß sich wieder. Snarks kam wieder zu mir und überreichte mir meinen Stab.

»Vllmmpp!« sagte er.

»Gern geschehen«, erwiderte ich, immer noch zittrig.

»Überaus interessant«, murmelte Ebenezum hinter mir. »Ganz wie ich dachte.«

Und damit trottete unsere kleine Gesellschaft auf dem Trampelpfad auf Heemats Hütte zu.

»Heil Plaugg, dem Grandiosen!« intonierte Heemat. »Willkommen in meiner bescheidenen Hütte.« Er winkte zwei Frauen in Waldestracht zu, die uns im Vestibül begegneten, und hielt abrupt vor einem Tisch an, hinter dem ein dritter Mann in der Kutte eines Eremiten stand. Heemat begutachtete die Wand hinter dem Mann, dann drehte er sich zu uns um.

»Ich fürchte, die einzigen freien Zimmer, die ich Euch anzubieten vermag, befinden sich ein Stückchen weiter im Südflügel. Schließlich ist Hochsaison im Wald. Aber Eure Unterkünfte sind wirklich gut, auch wenn sie nicht ganz so viel Sonne bekommen wie die im Ost- und Nordflügel. Ich gebe Euch nebeneinanderliegende Räume, so daß Ihr Eure geistreichen Diskussionen fortsetzen könnt.«

Er wandte sich wieder an den dritten Eremiten. »Maurice, sieh bitte, was du für unsere Gäste tun kannst, ja?« Er winkte uns zum Abschied zu. »Maurice wird Euch Eure Zimmer zeigen.« Er hüstelte dezent, als er durch eine der um die Eingangshalle gruppierten Türen entschwand, jedoch nicht ohne zu bemerken: »Er wird sich natürlich auch um die Frage der Bezahlung kümmern.«

Und damit war er endgültig verschwunden. Ich bemerkte, daß auch Snarks nicht mehr bei uns war, so daß nur noch Ebenezum, der Händler und ich vor Maurice standen, einem dünnen Mann mit Schnurrbart, der uns nun Zahlenkombinationen aus einem Hauptbuch vorzulesen begann. Der Händler behauptete, er sei, wie es sein Orden verlange, ohne finanzielle Mittel. Ich hoffte verzweifelt, daß wir auf diese Weise von ihm befreit werden könnten. Ebenezum griff in eine der zahlreichen Falten seiner Robe und bezahlte für uns drei.

Ich tat mein Bestes, um meinen Ärger nicht zu zeigen. Der schwarzgekleidete Mann folgte uns durch die Halle, wobei er müßig einige Insekten, die hier und da an den Wänden krabbelten, zerquetschte. Wollte mein Meister uns beide umbringen?

»Ich stehe in Eurer Schuld«, murmelte der große Mann, als Maurice die Tür zu unserer Zellenflucht öffnete. Der schnurrbärtige Eremit lungerte noch an der Tür herum, während wir unser neues Quartier untersuchten; erwartete er noch etwas? Doch ein düsterer Blick des Händlers überzeugte Maurice davon, daß er sich besser fortmachte.

»Nochmals«, wandte sich der Händler an Ebenezum, »danke ich Euch für Eure Großzügigkeit. Meine Glaubensgemeinschaft bedarf in der Regel keines Goldes. Gold würde, wie alle anderen weltlichen Dinge auch, mit unserer Kunst nicht in Einklang zu bringen sein.«

Wie zur Untermauerung seiner letzten These schnellte der Händler in die Luft, drehte sich dort und landete mit dem Gesicht zu uns auf der gegenüberliegenden Seite des Raumes.

»Sehr beeindruckend.« Der Zauberer strich sich den Bart. »Trotzdem wäre es vielleicht besser, Ihr würdet Euch Eure Demonstrationen aufheben, bis Ihr Euch wieder unter freiem Himmel befindet. Ich meine nämlich bemerkt zu haben, daß Ihr auf dem einzigen Tisch des Zimmers gelandet seid.«

Der Händler sah auf die Splitter herunter, die sich um seine Füße häuften. »Ich stehe wiederum in Eurer Schuld. Meistens bedarf meine Glaubensgemeinschaft keines Mobiliars. Tische würden, wie alle weltlichen Dinge, nicht mit unserer Kunst in Einklang zu bringen sein.«

»In der Tat«, erwiderte Ebenezum. »Doch Ihr übt Eure Kunst im Augenblick auf einer heiligen Mission aus, nicht wahr?«

Der Händler stieß das, was von dem Tisch noch übrig

war, aus seinem Weg. »Ihr seid ein kluger Mann, Sir, denn tatsächlich habe ich mit König Urfoo einen Vertrag unterzeichnet, daß ich einen Zauberer und seine beiden Reisegefährten töten soll.« Ein grimmiges Lächeln erschien in seinem kantigen, muskulösen Gesicht. »Und wenn meine Glaubensgemeinschaft einen Vertrag unterzeichnet, ist die Dividende Tod!« Er schnellte seinen Arm vor, als wolle er die Wand durchbrechen, hielt jedoch inne.

»Verzeihung«, bemerkte er, »aber ich werde einfach zu enthusiastisch, wenn die Rede auf meine Kunst kommt.«

»Vollkommen verständlich«, gab Ebenezum zur Antwort, nachdem er sich auf einem Stuhl niedergelassen hatte, dem letzten heilen Möbel im Raum. »Doch verzeiht meine Neugier. Wie schließt man einen Todesvertrag ab?«

Der Händler lächelte selig. »Man verhandelt, man muß überaus gerissen sein. Das ist die letzte große Lektion für alle Mitglieder meines Ordens.«

»In der Tat. Es muß schwierig sein, mit königlichen Personen zu verhandeln.«

Der Händler nickte, immer noch lächelnd.

»Besonders mit jemand wie König Urfoo. Ich hörte, seine Börse säße sehr fest.«

»Er ist ein raffinierter Unterhändler, kein Zweifel. Doch wir Händler des Todes sind noch gerissener. Nachdem ich den Zauberer und seine beiden Gefährten getötet habe – der eine ist übrigens sehr jung und der andere sehr fett – brauche ich nur zu Urfoo zu gehen und ihm zehn Goldstücke zu bezahlen!«

Sowohl Ebenezum als auch ich stierten den Mann einen Augenblick lang fassungslos an. Auf diese Weise hatte Urfoo, der geizigste aller Geizkragen, schließlich doch einen fähigen Mörder angeheuert!

»Ich war unglaublich clever«, fuhr jener fort. »Ursprünglich wollte Urfoo mich nur ein Goldstück pro Delinquent zahlen lassen, aber der Job ist wirklich bedeutend mehr wert!«

»In der Tat,« sagte Ebenezum mit sanfter Stimme. »Ihr zahlt Urfoo dafür, daß Ihr drei Personen für ihn tötet?«

»So sind die Vertragsbedingungen.« Der Mund des Händlers verzog sich nach unten. »Ist das denn nicht richtig? Meint Ihr ...«

Er runzelte seine Brauen furchterregend und stampfte einmal wütend mit dem Fuß auf den Boden. Der Raum erzitterte in seinen Grundfesten. »Hättet Ihr doch nichts gesagt! Ich stand ja schon kurz vor meinem Abschluß. Wer kann mir verübeln, daß ich in den letzten Ausbildungsgängen ein bißchen geschlampt habe? Ich konnte alle Definitionen, nur mit Addition und Subtraktion hatte ich etwas Probleme. Ich bezahle ihn, er bezahlt mich, was macht das schon für einen Unterschied? Vertrag ist Vertrag. Langwierige Verhandlungen sind nicht mit meiner Kunst in Einklang zu bringen.«

Der Händler schlug mit der Faust gegen die Zimmerdecke. Seine Knöchel hinterließen Dellen in dem Felsgestein. »Ich fühle mich hier eingeengt. Zum Abendessen bin ich zurück.«

Sprach's und machte sich davon.

Als ich mich vergewissert hatte, daß der Händler wirklich fort war, fragte ich meinen Meister, was er eigentlich tat.

»Es gibt viele Arten von Problemen, Wunt«, war seine erschöpfende Antwort. »Da sind die kleinen, denen wir jeden Tag begegnen, die sich schnell erledigen lassen. Dann gibt es die größeren, zu deren Beseitigung man schon ein wenig Planung benötigt. Und schließlich gibt es einige wenige so enorme Probleme, daß man sie am besten ignoriert und wie gewöhnlich weitermacht. Unser Freund der Händler fällt eindeutig in diese letztere Kategorie.«

Wie konnte mein Meister nur so ruhig bleiben? »Aber sollten wir nicht besser abhauen?«

»In dem Augenblick, in dem wir wegrennen, wird er wissen, wer wir sind. Als seine Freunde erfreuen wir uns größerer Sicherheit. Weißt du, mir ist nämlich noch mehr über seine Sekte bekannt, als ich ihm mitgeteilt habe. Gemeinhin nennt man sie die Urracht.«

»Die Urracht?«

Ebenezum nickte. »Es bezieht sich auf den Ton, den ein Opfer von sich gibt, wenn es den Assassinen erblickt. Den letzten Ton, den es von sich gibt.«

»Urracht«, wiederholte ich. Das Wort hinterließ ein eisiges Gefühl in meiner Gurgel.

»Sehr effiziente Assassinen, die man jahrelang in der Kunst des Tötens unterweist. Alle Energien sind bei ihnen auf Mord gerichtet, so daß in ihrem Leben wirklich für nichts anderes als für Mord Platz ist.«

Ich erwog die Konsequenzen dieser Worte.

»Ihr wollt sagen, daß in ihrem Leben wenig Platz für Verstand ist?«

»So viel wie in einem Riesenfarn. Oder einem geschliffenen Kristall. Immer wenn sie auf ihre Füße schauen, kommen ihnen die Schuhe in den Weg. Mit anderen Worten: ja. Solange wir uns als das unverdächtige Paar benehmen, das wir sind, und keine Ähnlichkeiten mit dem flüchtigen Trio aufweisen, auf das er fixiert ist, sind wir meiner Meinung nach ziemlich sicher.«

Der Raum erbebte erneut.

»Und dann«, bemerkte Ebenezum abschließend, »ist das Leben nicht so vorhersehbar wie ein Assassine.«

Ich machte mich steif und wartete auf das Erdbeben. Doch der Raum bebte anders, als wir es in den letzten Tagen durchlitten hatten. Die Erschütterungen kamen regelmäßig, so als versuche jemand, sich durch die Wände zu schlagen. Und dann war da eine Stimme zu hören, weit, weit weg, die immer wieder ein einziges Wort schrie.

Ich brauchte einige Zeit, um das Wort zu erkennen, doch als mir das einmal gelungen war, bereitete mir die Identifizierung der dazugehörigen Stimme keine Probleme mehr. Grabestief hallte sie durch meine Gehörwindungen:

»Verdammnis! Verdammnis! Verdammnis!«

Kapitel Elf

Nichts wirkt auch nur annähernd so entwaffnend wie die Wahrheit. Wenn man beispielsweise einsehen mußt, daß die eigenen Sprüche nicht ausreichen, um den örtlichen Drachen zu besiegen, geht man einfach zu seinen Auftraggebern und entschuldige sich wortreich. Sie werden über diese Demut so überrascht sein, daß man Zeit genug hat, das Gebiet zu verlassen; auf diese Weise frißt der Drache dann nicht einen selbst, sondern die Auftraggeber, wodurch diese außerstande gesetzt werden, häßliche Gerüchte über die Inkompetenz des Zauberers zu verbreiten.

– aus den LEHREN DES EBENEZUM, Band XXXIII

Der Zauberer und ich sahen uns für einen langen Augenblick schweigend an; als einziges Geräusch erklang das entfernte, erstickte Schreien des Kämpfers. Hendrek wohnte also auch hier! Doch was würde geschehen, wenn Hendrek dem Händler des Todes in die Arme liefe? Von unseren früheren Erfahrungen mit Hendrek wußten wir, daß er nicht besonders helle veranlagt war. Und wenn der Händler uns drei zusammen sehen würde ... nun, sogar der riesige Urracht Assassine könnte so dumm nicht sein.

»Verdammnis!«

Ebenezum seufzte, seine Augen halb geschlossen vor Erschöpfung.

»Wuntvor«, flüsterte er. »Sieh, was du tun kannst!«

Ich verließ den Raum, während Ebenezum sich schwerfällig auf das Bett fallen ließ. Wieder einmal war es also an mir, den fetten Krieger zu finden und zum Schweigen zu bringen.

»Verdammnis!«

Der Schrei hallte durch die Korridore. Ich wandte mich nach links, dem Ursprung des Geräusches zu.

»Verdammnis!« Ich schickte ein Gebet zum Himmel, der Händler möge bereits den Wald erreicht und eine geeignete Wildschweinherde gefunden haben. Hendrek hätte auf seine Existenz auch mit knallroten Hinweispfeilen an den Wänden nicht wirkungsvoller hinweisen können. Wieder schrie er, und das Echo seines Gebrülls hallte durch die Gänge. Was konnte der Grund seines Geschreis sein?

Natürlich Dämonen.

Ich verlangsamte meine überstürzten Schritte; schon zu oft war ich unvorbereitet in zauberische Ereignisse hineingeplatzt, doch das würde mir nicht noch einmal passieren. Hier war heimliches Vorgehen angebrachter als unziemliche Eile!

Eine schmächtige, kränklich-gelbe Kreatur in einem gewürfelten Umhang versperrte mir den Weg. Sie wedelte mit einer Zigarre in meine Richtung. Es war Brax der Lächler.

»So sieht man sich wieder«, begann der Dämon mit dem breitesten Lächeln, das ich je gesehen hatte. »Ich vergesse nie einen potentiellen Kunden – Regel Nummer eins der dämonischen Handelsethik. Und glaubt mir, junger Herr, noch nie hattet Ihr die Dienste eines erfahrenen Handlungsreisenden in magischen Waffen so nötig wie heute!«

Die Überzeugungskraft in seinen Worten lähmte mich, so daß ich kurzfristig meinen Auftrag vergaß und nur noch auf diese Ausgeburt geschäftstüchtigen Frohsinns starrte. Welches schreckliche Geheimnis machte Brax so unerträglich glücklich?

»Alle meine Waffen sind wahrhaft verzaubert, bezaubernd, ganz einfach zauberhaft!« Brax paffte an seiner Zigarre. »Junger Herr, Ihr seid ein Glückspilz! Meine Lager quellen nämlich über! Ich habe gerade einen großen Vorrat von einem Stamm von Naturanbetern erhalten, so daß ich fast keinen Platz mehr habe. Ich verschenke meine Waffen praktisch!«

Hendreks Stimme erscholl wieder von irgendeinem Ort in der geräumigen Behausung des Eremiten. Braxens

Lächeln erlosch nur für einen winzigen Augenblick. Der Dämon winkte mir mit seiner Zigarre.

»Ihr seht mir ganz wie ein junger Mann von außergewöhnlicher Intelligenz aus«, bemerkte Brax. »Und deshalb mache ich Euch auch ein außergewöhnliches Angebot. Ihr werdet es nicht bereuen, mir zugehört zu haben. Ich sehe, daß Ihr einen Wanderstab tragt; schlechte Qualität, wenn Ihr mir die Bemerkung gestattet. Habt Ihr schon einmal in größeren Dimensionen gedacht? Warum mit einem zerbrechlichen Zahnstocher herumwandern, wenn Euch ein ganzer magischer Baum gehören kann?«

»Magischer Bau...«, setzte ich an.

»Ich sehe, daß Ihr Euch mit der Idee anfreundet. Ja, denkt nur, ein magischer Baum direkt von den Naturanbetern aus dem hohen Norden. Und nur ganz geringfügig angeknackst, nur manchmal für ein kleines Menschenopfer gebraucht, und das auch nur an den Sonnenwenden. Eines Tages, junger Mann, werdet Ihr ein Zauberer sein. Stellt Euch nur den enormen Eindruck vor, den es machen würde, wenn ein Zauberer mit einem magischen Baum in seine Schlachten zieht!«

»Verdammnis!« Die Stimme klang nun näher.

»Natürlich handeln wir auch mit eher konventionellen Waffen«, stieß Brax eilig hervor, während er auf die Mitte der Halle zuhielt. »Vielleicht hegt Ihr noch Bedenken über die Größe des Gegenstandes, doch ich versichere Euch, allein der Überraschungseffekt einer solchen Waffe würde ...«

Schädelbrecher flog durch die Halle.

»Urk!« rief der Dämon, während er der Keule auswich. Hendrek folgte seiner Waffe auf dem Fuß.

»Verdammnis!« brüllte er, als er uns erblickte.

»Freund Hendrek!« erwiderte der Dämon; sein Ton war merklich kühler geworden. »Ich protestiere gegen Eure Geschäftspraktiken! Ich habe es bereits mehrfach deutlich gemacht, ich werde Eure verzauberte Waffe nicht umtauschen, wie heftig Ihr das auch ...« Er mußte sich erneut vor

Schädelbrecher ducken, den Hendrek nunmehr persönlich führte »... durchzusetzen versucht. Vertrag ist Vertrag!«

Hendreks Keule krachte dicht neben dem Kopf des Dämonen gegen die Wand. Ich duckte mich, da Steinsplitter durch die Luft sausten. Ich vernahm das Geräusch fremder Stimmen draußen auf dem Gang. Unsere kleine geschäftliche Auseinandersetzung schien eine gewisse Aufmerksamkeit erregt zu haben.

»Wirklich, mein Guter!« Brax brachte seinen sanften Tadel schnell hervor, denn zwischendurch mußte er sich wieder und wieder unter den Schlägen des Kämpfers dukken, eine Aufgabe, die er mit noch größerer Geschicklichkeit als während unserer letzten Begegnung erledigte. »Ich bin durchaus nicht ohne Verständnis für Euer Anliegen. Doch Ihr habt es eben verabsäumt, das Kleingedruckte zu lesen!« Brax sprang Hendrek zwischen die Füße, wobei er ihn kurzfristig blockierte. »Jeder Mensch macht Fehler, deshalb solltet Ihr Euch keine Vorwürfe machen! Ich lebe schließlich von den menschlichen Geschäftsfehlern. Und ich bitte Euch eindringlich, nun Eure Vertragsbedingungen zu erfüllen!«

Hendrek bekam wieder Bewegungsfreiheit und warf sich erneut auf seinen schmächtigen Feind in der schachbrettartig gemusterten Tracht.

»Ich habe getan, was ich konnte!« schrie der Dämon, als Hendrek ihn an der Schulter erwischte. »Alles, was ich verlange, ist doch, daß Ihr einen kleinen Herrscher absetzt oder einen ineffektiven Hohepriester umbringt! Für die erste Rate würde das genügen! Wenn Ihr Euch jedoch weiterhin weigert, werde ich Euch in dieser Angelegenheit nicht mehr helfen können. Ihr zwingt mich, die Angst-Eintreiber einzusetzen!«

Hendrek hielt in seinem Angriff inne.

»Die Angst-Eintreiber?«

Schweigend nickte der Dämon. »Mir sind die Hände gebunden. Ich kann nichts mehr für Euch tun.«

»Ich wußte noch nichts von den Angst-Eintreibern«, flüsterte Hendrek. »Verdammnis.«

Die Stimmen wurden lauter. Ich wandte mich um und erblickte Heemat und Snarks, deren Kutten hinter ihren ganz uneremitenhaft eiligen Besitzern herflatterten.

»Yzzzgghhtt!« schrie Snarks.

»Ihr!« antwortete Brax. Sein Lächeln wurde von einem Ausdruck des tiefsten Hasses abgelöst.

»Verdammnis!« äußerte Hendrek und schwang wieder seine Keule.

»Verzeiht«, hob eine tiefe Grabesstimme neben mir an. Unwillkürlich sprang ich beiseite. Heimlich, still und leise war der Händler des Todes in unsere Mitte getreten. »Ich habe mich in dem Labyrinth der Korridore verlaufen, als ich den Ausgang suchte.« Er bedachte Hendrek mit einem düsteren Blick. »Ah! Ein Kamerad!«

Die Keule immer noch über dem Kopf erhoben, betrachtete Hendrek den Neuankömmling nicht ohne Mißtrauen.

»Und was haben wir hier!« Heemat sprang in unsere Mitte. »Eine große Anzahl meiner lieben Gäste, versammelt zu geselliger Plauderei!« Er lächelte uns an und rieb sich so schnell die Hände, daß genug Hitze entstehen mochte, um ein Stück Papier in Flammen zu setzen. »Ich denke jedoch, daß erst wenige von Euch bereits die wenngleich bescheidenen Vergnügungsmöglichkeiten kennengelernt haben, die unsere kleine Hütte anbietet. Hat einer von Euch heute schon das Souterrain besucht? Nein? Ich kann Ihnen unsere berühmte Casino Taverne wärmstens empfehlen, jede Nacht Unterhaltung mit den Hüttling Stones. Oder unseren beheizten Schwimmteich ...«

»Kamerad?« überlegte der Händler des Todes. »Ihr kennt nicht jemand mit dem Namen Hendrek, oder? Soweit ich weiß, müßte er ungefähr Eure Statur haben.«

Mit einem unirdischen Schrei warf sich Brax auf den vermummten Snarks.

»Habe ich schon unser Sonnendach erwähnt?« fuhr Heemat fort.

»Trrf blggllzz!«

»Du hast mich um zu viele Vertragsabschlüsse gebracht,

Dämon!« kreischte Brax. »Sie waren zu gnädig, dich einfach nur aus den Niederhöllen zu verbannen! Nun werde ich dich endgültig vom Antlitz dieser Erde tilgen!«

»Entschuldigt«, sagte der Händler zu Hendrek. »Wir sollten uns gleich weiter unterhalten. Mir fällt gerade ein, daß ich schon monatelang keinen Dämonen mehr erdrosselt habe.«

Bevor ich eine Bewegung registrieren konnte, schlossen sich seine Hände auch schon um Braxens Kehle.

»Urracht!« kreischte der auf. »Ihr habt da einen sehr kräftigen Griff, mein Herr.«

Der Händler lächelte versunken. »Mach dich auf deinen Tod bereit, Dämon!«

»Habt Ihr Euch schon überlegt, wieviel mächtiger Ihr mit einer magischen Waffe sein würdet?«

Der Händler griff fester zu.

»Urk! War nur eine Frage! Günstige Konditionen!«

Mit einem leisen Knall verschwand der Dämon.

Der Händler knurrte, als seine Faust sich um nichts schloß.

»Das ist der Ärger mit Dämonen!« grummelte er. »Gerade hat man eine anständige Erdrosselung angefangen, und da lösen sie sich in nichts auf. Keine Manieren die Brüder!«

»Ganz recht, ganz recht«, strahlte Heemat uns an. »Häßliche kleine Kreaturen, diese Dämonen, aber jetzt ist er ja weg. Warum gehen wir nicht in die Hütten-Bar herüber und spielen eine kleine Partie Mensch-Hüttel-dich-nicht?«

Der Händler vollführte Dehnübungen mit seinen Fingern. »Ein schreckliches Gefühl, einen Strangulant mitten in der schönsten Exekution zu verlieren! Am liebsten greift man sich dann den Nächstbesten und macht mit ihm weiter, damit der Drive nicht verlorengeht!«

»Mensch-Hüttel-dich-nicht ist ein faszinierendes Spiel«, setzte Heemat fort. »Und so einfach zu spielen! Jeder Spieler erhält vier Bohnen, die er ...«

Er unterbrach sich, als der Händler eine Hand auf seine Schulter legte.

»Es kostet mich enorme Willensanstrengung, jetzt niemanden zu erdrosseln«, flüsterte der Händler. »Ich würde Ruhe jetzt sehr zu schätzen wissen.«

»Aber sicher!« Heemats Hände verschwanden flugs in seiner Kutte. »Snarks, laß uns gehen und die abendlichen Vergnügungen vorbereiten!«

Eine erstickte Stimme drang aus der Ecke der Halle. Der kleine Eremit hatte sich anscheinend bei seinem Kampf mit Brax vollständig in seinen eigenen Roben verfangen. Selbst Füße und Kopf waren in dem Wust zerfetzten Stoffes nicht mehr auszumachen.

»Llffmm«, winselte Snarks kläglich.

»Verdammnis«, bemerkte Hendrek. »Der Kleine wird uns noch ersticken! Schnell. Helft mir, ihn von seinen Roben zu befreien.«

»Nein, nein!« schrie Heemat auf. »Ihr versteht nicht, seine heiligen Schwüre ...«

Doch seine Einsprüche kamen zu spät, denn der fette Krieger und der Händler des Todes waren zu Seiten des kleinen Eremiten geeilt und rissen ihm seine Roben in entgegengesetzte Richtungen vom Leib.

Es gab ein häßliches Geräusch, als der Stoff der Länge nach aufriß. Snarks Kopf fiel aus dem, was einmal seine Kleidung gewesen war; der Kopf war grün und hatte ein Paar Hörner, eins über jedem Ohr.

»Ein Dämon!« rief der Händler aus.

»Verdammnis!« fügte Hendrek hinzu.

»Es ist nicht, was Ihr denkt ...«, begann Snarks der Dämon. Hendreks Keule sauste auf den Haufen Kleidung herab. Snarks, nun nackt, war schon durch die halbe Halle geflohen.

Der Dämon räusperte sich höflich. »Es wäre besser, Ihr bezöget die vermutlichen Bewegungen Eures Gegners in Eure Überlegungen bezüglich der Schlagrichtung ein.«

»Verdammnis!« Hendrek brüllte noch lauter. Er wirbelte Schädelbrecher über seinem Kopf, bis die verzauberte Waffe zu singen begann.

»Und ferner«, fuhr Snarks fort, während er rannte, »würde Euch ein kleiner Gewichtsverlust auch nicht schaden.«

»Verdammnis!« Hendrek bellte so laut, daß ich mir die Ohren zuhalten mußte. Sein massiger Körper verfolgte den fliehenden Dämonen.

»Würde es Euch sehr verletzen, wenn ich Euch die Frage stellte, wie lange der Zeitpunkt Eures letzten Bades zurückliegt?«

Hendrek kannte nun kein Halten mehr. Der Dämon verschwand hinter einer Biegung des Korridors, der Krieger ihm nach.

»Unsere Schande ist allgemein geworden!« schrie Heemat und krallte die Hände verzweifelt in seine Kutte. »Snarks ist ein Dämon, aber er ist so *anders*. Er kann doch nichts dafür! Als er noch ein kleines Dämonenkind war, wurde seine Mutter durch die Versprechen einiger Dämonenpolitiker zu Tode erschreckt. Stellt Euch den Schaden vor, den die kleine Dämonenseele hieran nahm! Er wurde das genaue Gegenteil dieser Dämonenpolitiker. Jawohl, meine Freunde, Snarks wird von dem überwältigenden Drang beherrscht, die Wahrheit und nichts als die Wahrheit zu sagen. Die absolute, detailreiche, überlange, bedeutungsschwangere Wahrheit!«

»Es ist kein Wunder, daß Ihr ihn nur vermummt herumlaufen laßt!«

Ich sah auf und erblickte Ebenezum, der an derselben Korridorbiegung auftauchte, hinter der Snarks und Hendrek verschwunden waren.

Der Zauberer schneuzte sich.

»Ja«, seufzte Heemat traurig, »dank sei Plaugg dem Hoheitsvollen, aber manchmal ist Snarks sogar mehr, als so ein einfacher, geduldiger Eremit wie meine Wenigkeit ertragen kann. Wißt Ihr, daß er eines Tages verlangte, ich solle nicht mehr mit meinen Händen herumfuchteln ... ganz zu schweigen von seinen Bemerkungen zu meinem freundlichen Lächeln und meiner Haartracht.« Der Eremit hüstelte dezent. »Auf alle Fälle ist eine schwere Kutte einem strangulierten Hals vorzuziehen.«

»Das«, warf der Händler ein, »ist Ansichtssache.«

Ebenezum gähnte. »Da die Aufregung sich nun gelegt hat, kann ich ja zu meinem Nickerchen zurückkehren.« Er schielte zu Heemat herüber, die dichten Augenbrauen vor Besorgnis gefurcht. »Es ist sehr schwer, in diesem Haus in Ruhe zu schlafen. Ich hoffe, diese Unannehmlichkeiten werden sich auf unserer Rechnung bemerkbar machen.«

Traurig schüttelte der Eremit seinen rasierten Kopf. »Ich versichere Euch, das wäre eine höchst unübliche Vorgehensweise. Normalerweise ist meine bescheidene Hütte der ruhigste Platz der Welt, eine Verbindung von den besten Dingen, die uns der Wald zu bieten hat, mit einigen moderneren Ideen, die Snarks aus den Niederhöllen mitgebracht hat. Die Kombination garantiert ein überaus einmaliges Erleben! Wartet nur die Unterhaltungen der heutigen Nacht ab!«

»Ich hätte nichts gegen ein bißchen Unterhaltung *jetzt*«, flüsterte der Händler. »Könntet Ihr mir den Weg zum Wald weisen?«

»Selbstverständlich! Folgt mir bitte!« Der Eremit wieselte den Korridor entlang.

»Ich fühle mich besser, wenn ich etwas erdrosselt habe«, erklärte der Händler und folgte dem eingeschüchterten Heemat.

Ebenezum wandte sich mir zu, nachdem sie fort waren. »Schnell, Wunt, du mußt Hendrek finden und ihn beruhigen, bevor er Snarks zerschmettert. Ein Dämon, der sich der Wahrheit verschworen hat, könnte in gefahrvollen Zeiten, die vor uns liegen, recht nützlich sein.«

»Gefahrvolle Zeiten?« fragte ich. »Meint Ihr Vushta?«

Der Magier schüttelte sein Haupt. »Nein. Bevor wir nach Vushta reisen können, müssen wir erst einmal die kommende Nacht überleben.« Er zupfte an seinem Bart. »Wuntvor, ich brauche Schlaf. Wenn die Krankheit mir auch Magieausübung untersagt, so arbeitet meine zauberische Intuition doch noch ungebrochen. Diese Intuition hat uns während unserer bisherigen Reise immer wieder das Leben gerettet. Und dieselbe Intuition sagt mir, daß wir jetzt unsere Vorbereitungen treffen müssen, denn heute nacht werden wir keinen Schlaf finden. Und nun geh und suche Hendrek!«

Ich rannte durch den Korridor, wobei ich eher auf die entfernten Schreie von Hendrek und das gedämpfte Krachen der Keule lauschte als auf Dämonen.

Kapitel Zwölf

Es ist ein gravierender Irrtum, alle Dämonen für gleich zu halten. Einige sind klein, andere groß, manche gelb, manche blau; einige sind bösartig, andere sehr bösartig. Einige der sehr Bösartigen sind überflüssigerweise auch noch schnell. Sollte man einem dieser Letztgenannten begegnen, wäre es ein Fehler, lange nachzudenken; Spontanreaktionen wie wegrennen, kreischen und die hastige Niederlegung eines letzten Willens sind weitaus angemessener.

– aus den LEHREN DES EBENEZUM, Band IX

Der Lärm war ohrenbetäubend. Drei harte Kracher wie Donnerhall, gefolgt von einem wilden Schrei.

»Verda-Verda-Verda-!«

Ich konnte eine andere Stimme ausmachen, die ruhig in all dem Chaos sprach. Je näher ich dem Handgemenge kam, desto deutlicher ließen sich Satzfetzen zwischen den dumpfen Schlägen und Schreien unterscheiden.

»Wirklich, haltet doch diese Keule etwas ...« »... müßt Euch jetzt ein wenig ausruhen ...« »... richtig effektive Diät, auch wenn sie aus den Niederhöllen stammt ...«

Das Getöse und die Schreie verstummten. Wieder war ich klug genug, meine kopflose Flucht zu stoppen und langsam um die Ecke zu linsen.

Hendrek saß in der Eingangshalle, seine massige Gestalt lehnte erschöpft an der gegenüberliegenden Wand. Sein glasiger Blick ging durch mich, ja, er schien ins Nirgendwo zu blicken.

»Dadada«, wimmerte er.

Snarks runzelte besorgt die Stirn über den plötzlich so trägen Krieger.

»Euer Freund ist ein wenig verwirrt«, bemerkte der Dämon mit getragener Stimme. »Hätte er sich nur dazu bequemt, mir einmal in Ruhe zuzuhören, dann hätte er schon gemerkt, daß ich ihm nichts Böses wollte. Aber mit diesen großen starken Kerlen ist es immer dasselbe: druff und noch mal druff! Und dann haben sie sich übernommen! Ist 'ne Schande!«

Hendreks Fleischmassen bebten wie Götterspeise. Mit nachhaltigem Getöse brach er auf dem Boden zusammen. Ich eilte an seine Seite. Glücklicherweise schien er die Besinnung verloren zu haben.

Er begann zu schnarchen.

»Ein hartnäckiger Zeitgenosse, nicht wahr?« Snarks entfernte ein paar Staubkörner von seinen grünbeschuppten Armen. »Könnte er sich doch nur selbst einmal so sehen, wie er auf seine Mitmenschen wirkt!«

Wachsam näherte ich mich dem kleinen Dämonen, meinen dicken Eichenstab dicht an die Brust gepreßt. »Was wollt Ihr?« fragte ich.

Der Dämon tat einen tiefen Seufzer. »Was jeder andere auch will. Jemand zum Liebhaben, den Respekt meiner Mitmenschen, vielleicht etwas Besonderes in meiner kurzen Lebensspanne erreichen. Die ersten beiden Punkte werden sich, wie ich fürchte, für mich nicht mehr erfüllen. Mein extremes Ehrgefühl hat dazu geführt, daß ich von meinen Artgenossen vertrieben wurde. Ihr braucht Euch übrigens nicht so an diesen Stab zu klammern. Ich bin für niemanden eine Bedrohung. Ihr legtet nicht solch übertriebene Vorsicht mir gegenüber an den Tag, als mein Gesicht noch von der Kutte verhüllt war, nicht?«

Der Dämon hatte recht. Ich entkrampfte meine Hände.

»Wenn Ihr Euch nur ein wenig aufrechter halten könntet!« setzte der Dämon fort. »Ich könnte für Eure äußere Erscheinung Wunder vollbringen, wenn Ihr auf mich hörtet!«

Meine Finger schlossen sich wieder fester um den Stab.

»Ach, ich mache mich wieder unbeliebt!« Snarks schüttelte traurig seinen Kopf. »Es ist einfach stärker als ich. Ich bin nicht nur ein Dämon, nein, ich bin zu allem Überfluß auch noch ein fluchbeladener Dämon. Es ist alles so sinnlos!«

Der Dämon schritt langsam durch die Halle davon, betrübt schüttelte er seinen Kopf. Ich machte Anstalten ihm zu folgen, doch plötzlich schwankte der Boden unter meinen Füßen.

Als das Beben abebbte, rappelte ich mich wieder auf. Der neue Erdstoß war kürzer und heftiger als die beiden letzten gewesen, schien jedoch auch weniger Schaden angerichtet zu haben. Dennoch brauchte ich einige Zeit, um mein Gleichgewichtsgefühl wiederzuerlangen.

Geduldig wartete Snarks an der nächsten Korridorbiegung auf mich. Er gähnte.

»Natürlich«, sagte er nicht ohne eine gewisse Befriedigung, »hätte ich auch dies vorhersagen können.«

Bevor ich ihn nach dem tieferen Sinn dieser Bemerkung fragen konnte, hatte er sich auf eine lange und eingehende Diskussion über meine Gesichtshaut und die sich hieraus ergebenden Nachteile für mein Äußeres geworfen. Unwillkürlich wanderten meine Hände zu meinem Gesicht. So schlimm konnte es doch nicht sein, oder? Wo saß der dicke rote Pickel? Es gebe gewisse Heilmittel, fuhr der Dämon fort, in den Niederhöllen zusammengestellte Kräutermischungen, die selbst in so schweren Fällen wie dem meinen helfen würden. Snarks selbst hatte mit Erfolg so ein Mittel angewendet. In ein paar Tagen hatten sich die eitertriefenden Pusteln, die sein gutes Aussehen so beeinträchtigt hatten, zurückgebildet, und zusätzlich hatte seine Haut auch noch diesen attraktiven Grünschimmer erhalten.

Schließlich waren wir an Snarks' Zellentür angelangt. Geistesabwesend fragte ich mich, ob ich irgendwo einen großen Sack für mein Gesicht auftreiben könnte.

Während der Dämon sich ankleidete, sammelte ich wieder meine Gedanken. Hier ging es offensichtlich um bedeutsamere Dinge als um ein paar wenngleich peinliche Äußerlichkeiten. Ich würde diese entsetzlich aufrichtige Kreatur zu meinem Meister bringen. Ebenezum würde wissen, was zu tun war!

Ich machte Snarks davon Mitteilung, daß wir uns zu meinem Meister begeben müßten.

»Gut!« lautete seine Antwort. »Es ist am besten, wenn auch Ihr mir gegenüber vollkommen aufrichtig seid. Auge um Auge, wie das alte Sprichwort so treffend sagt. Laßt es Euch von einem Experten gesagt sein: Die Wahrheit vereinfacht die Kommunikation zwischen den Menschen ganz erstaunlich.« Während er redete, richtete der Dämon seine Roben. »Noch einen kurzen Moment, und ich werde wieder rrddrrff gglmmphggl.«

Die Kapuze verhüllte erneut die Gestalt des Dämons.

Ich packte ihn an seinem Gewand und zog ihn aus dem Raum. Je eher wir bei Ebenezum einträfen, desto eher würde sich auch mein Hautproblem erledigen lassen.

»Verdammniiiis.« Ein gedämpfter Seufzer drang aus dem Korridor, wo wir Hendrek zurückgelassen hatten. Ich stellte mich zwischen ihn und Snarks und ging auf den zusammengesunkenen Krieger zu, der es mittlerweile geschafft hatte, sich hinzusetzen.

»Verdammniis!« Hendreks Hände suchten schon wieder nach seiner Keule, doch Schädelbrecher befand sich glücklicherweise noch außerhalb seiner reduzierten Reichweite. »Ein Dämonen-Eremit! Sie sind immer um mich herum! Sie verfolgen mich, wohin ich auch gehe!«

»Kkssbrffmm!« antwortete Snarks.

Hendrek knurrte anstelle einer Erwiderung. Ich erkannte, daß Snarks recht gehabt hatte. Ohne Snarks' alles verdeckende Kutte hätte der riesige Krieger wieder einen mittelschweren Wutanfall erlitten.

»Nein, Hendrek«, erklärte ich, »dieser Dämon ist nicht so wie alle Dämonen. Er ist aus der Gemeinschaft der Niederhöllen ausgeschlossen worden. Jetzt ist er einer von uns, ob dir das gefällt oder nicht.«

»Trrff«, fügte Snarks hinzu.

»Verdammnis«, erwiderte Hendrek kurz und bündig. Schließlich kam er wieder an seine Keule; er benutzte sie, um sich aufzurichten, doch schon diese kleine Anstrengung schien zuviel für ihn zu sein. Er torkelte bedenklich, als er endlich stand. Zwar unternahm er keinen neuen Angriffsversuch, schleuderte jedoch finstere Blicke gegen den Dämon.

»Verdammnis«, bemerkte er abschließend.

»Ich bringe unseren Freund hier zu dem Magier. Der wird wissen, was zu tun ist.« Ich griff mir wieder Snarks und führte ihn auf den Weg. Hendrek nickte düster und schloß sich uns an.

Für einen kurzen Augenblick warf Snarks seine Kapuze zurück. »Ich wußte, daß es so kommen würde«, sagte er. Ein versteckter Blick auf Hendrek, und die Kapuze fiel wieder über seinen Kopf.

Eiliges Fußgetrappel war in einem Nebenflur zu vernehmen. Ich drehte mich um und erblickte Heemat.

»Dank sei Plaugg dem In-gewisser-Weise-Allmächtigen! Ihr drei zusammen, freundschaftlich vereint!«

»Verdammnis!« wisperte Hendrek mir ins Ohr. »Diese Korridore sind das wahrste Labyrinth, und doch begegnen wir alle fünfzig Schritte einer neuen Gestalt. Es ist ein Ort des Zaubers! Ich wäre nicht überrascht, wenn ich hinter der nächsten Ecke meinem eigenen Spiegelbild begegnen würde!«

Hendrek irrte nicht. Auch ich hatte ein wachsendes Gefühl der Beklemmung verspürt. Für ein Gebäude von diesen Ausmaßen hatten wir Zufallsbegegnungen, die jeder Wahrscheinlichkeitsrechnung spotteten. Aber Heemat hatte ja angedeutet, daß das Gebäude nach niederhöllischen Bauplänen entstanden sei.

»Wir müssen noch die Abendunterhaltungen planen«, fuhr Heemat fort. »Wenn unsere geschätzten Gäste Snarks entschuldigen würden, könnte er mir bei den nötigen Vorbereitungen helfen.«

Ich wollte gerade meine Einwände geltend machen, als mir der Schwefelgeruch in die Nase stieg.

»Verdammnis!« schrie Hendrek erneut, während er mit zittrigen Händen seine Keule schwang.

Brax stand vor uns in der Halle. Er streifte seine Zigarrenasche auf den Boden ab.

»Eure letzte Chance, Hendrek!«

»Verdammnis.« Starr und trotzig behauptete der riesige Krieger seinen Platz.

»Gut«, erwiderte Brax, »dann werdet Ihr die Angst-Eintreiber kennenlernen.«

Mit diesen Worten verschwand der schachbrettgemusterte Dämon, und an seiner Stelle erschien etwas ungeheuer Großes und unglaublich Häßliches. Es hatte mindestens neun Köpfe, die sich erstaunlicherweise alle in Größe und Aussehen unterschieden. Gemeinsam war ihnen indes, daß sie alle neun über sehr scharf wirkende Zahnreihen verfügten. Möglicherweise, so schoß es mir durch den Kopf, war der Plural in diesem ganz besonderen Falle gerechtfertigt.

Es oder sie schlurfte/n mit einem Dutzend Füßen, an denen sich rasiermesserscharfe Klauen befanden, auf uns zu, wobei häßlich tiefe Rillen in dem Steinfußboden zurückblieben. Die Köpfe sprachen wie aus einem Munde.

»Wir sind gekommen, um dich einzusammeln«, sagten sie. »Kommst du freiwillig mit, oder müssen wir erst zupfen und zerren?«

Auf allen neun Köpfen erschien ein unangenehmes Lächeln, nachdem sie den Satz beendet hatten. Ich hatte plötzlich das Gefühl, daß ›Zupfen und Zerren‹ eine ihrer bevorzugten Freizeitbeschäftigungen sei.

»Verdammnis!« erwiderte Hendrek. »Bevor ihr zupft und zerrt, werdet ihr den Grimm Schädelbrechers zu spüren bekommen!«

Die neun Köpfe lachten einträchtig. Ich konnte ihre Heiterkeit jedoch nicht sonderlich witzig finden.

»Sollen wir?« fragte ein Kopf ungefähr in der Mitte der monströsen Ansammlung.

»Nach dir«, gaben die übrigen höflich zur Antwort. Wieder öffneten sich die neun Münder in schönster Eintracht und stießen ein gräßliches Heulen aus.

Nie zuvor hatte ich so etwas gehört; es klang wie der Todesschrei von hundert Vögeln oder tausend Ratten, die gerade zertreten werden. Das Geräusch traf uns wie eine Sturmwoge der Großen See und schleuderte mich durch die Halle zurück. Ich fühlte mich, als reiße mir das Geheul das Fleisch herunter und lasse meine Knochen nackt und roh zurück. Auch wurde mir in diesem Moment klar, daß die Eintreiber, auch wenn sie eigentlich wegen Hendrek gekommen waren, uns andere ebenfalls einkassieren würden.

Der Ton dröhnte in meinem Schädel. Ich konnte an nichts anderes mehr denken. Die Geschöpfe kamen auf uns zu, ganz Klauen und Zähne, scharf und reißend, und Schwänze – oder was war das genau? – jedenfalls irgend etwas namenlos Gräßliches.

Es gelang mir, meinen Stab zu heben. Vielleicht konnte ich noch ein oder zwei Köpfe erwischen, bevor sie mich verschlangen. Ich beobachtete meine Leidensgenossen. Obwohl der Feind uns angriff, hatte ich das Gefühl, daß die Zeit sich verlangsamt habe, so daß ich Muße hatte, einige Gedanken auf meine Kameraden und mich selbst zu verschwenden.

Hendrek, ruhig und verbissen, hielt seine Keule in Bereitschaft. Snarks hatte seine Kapuze zurückgestreift und besah sich die Ausgeburt der Niederhöllen mit deutlich erkennbarem Abscheu. Der böse Blick, fuhr es mir durch den Kopf. Vielleicht könnte unser aufrichtiger Dämon den Angst-Eintreibern ja Verstopfung anhexen. Heemat konnte ich nicht sehen, bis Hendrek sich bewegte und dadurch das Versteck des Eremiten preisgab.

Das Heulen steigerte sich in ungeahnte Höhen. Es würde mir noch die Augäpfel zurück ins Gehirn treiben. Die Wesen waren nun beinahe über uns, ihre geifernden Mäuler so breit wie mein Stock lang. Ich machte mich zum Zuschlagen bereit.

Plötzlich waren über dem Heulen Worte zu hören, Worte, die von Niesen unterbrochen wurden.

Das Kreischen der Dämonen nahm einen eher besorgten Tonfall an. Die Köpfe fielen übereinander her, es schnappte und biß und kratzte und tatzte. Eine dunkle, übelriechende Flüssigkeit spritzte duch die Luft. Dämonenblut.

Direkt über unseren Köpfen fand eine Detonation statt. Die Angst-Eintreiber verschwanden.

»Verdammnis«, murmelte Hendrek.

Der Zauberer saß am Ende des Korridors, seine Augen waren geschlossen, sein Atem ging rasselnd. Ebenezum war zwar noch nicht zu voller Form aufgelaufen, aber seine Magie hatte uns wieder einmal gerettet.

Mir fiel dann ein, daß ich ja auch Magie gegen die Angst-Eintreiber hätte anwenden können. Stumpf stierte ich auf meinen massiven Eichenstab. Ich hatte mich so sehr daran gewöhnt, Dämonen mit brutaler Gewalt zu bekämpfen, daß der Gedanke an Magie mir nie gekommen war. Sicher, ich hatte kein besonders großes Repertoire, und ein Toter-Fisch-Regen hätte den Angriff der Eintreiber möglicherweise auch nur vorübergehend gestoppt. Und doch gab es ja wohl noch andere Sprüche, die auf alle Fälle wirksamer als dieses Stück Holz gewesen wären, das ich in meinen Händen hielt. Ich mußte langsam damit anfangen, wie ein Zauberer zu denken!

Ebenezum seufzte und sank in sich zusammen.

»Hendrek!« rief ich dem großen Kämpfer zu, der immer noch mit leerem Blick auf die Stelle starrte, wo die Angst-Eintreiber verschwunden waren. »Hilf mir bitte dabei, meinen Meister in sein Zimmer zu bringen. Ich fürchte, er braucht noch ein wenig mehr Ruhe.«

»Entschuldigt«, ließ sich eine Stimme neben mir vernehmen.

Ich wirbelte herum, bevor ich nachdenken konnte. Mein Stab leitete die volle Wucht meiner Bewegung weiter, als er die Schulter des Händlers rammte.

Der Stab zersplitterte in kleine Stücke, als sei er aus Glas gewesen. Die Splitter bedeckten den Boden, doch der Händler schien das nicht zu bemerken.

»Entschuldigt«, fuhr er fort, »aber ich glaube, daß der Zeitpunkt für eine formelle Vorstellung längst überfällig ist. Wenn unsere Freunde hier ...« Er lächelte großmütig dem großen Krieger und dem in sich zusammengesunkenen Zauberer zu »... Hendrek und Ebenezum heißen, schließe ich, daß Ihr Wuntvor sein müßt.«

Ich erwiderte nichts. Meine Zunge war ein grober Eisklumpen in meinem Mund.

»Aber, aber«, bemerkte der Händler in leicht tadelndem Ton, »auch wenn wir hier geschäftlich etwas zu erledigen haben, können wir doch Freunde bleiben. Ihr werdet in mir einen überaus vernünftigen Mann finden. Ich werde Euch einen weitaus farbenprächtigeren Tod verschaffen, als Ihr es Euch je habt träumen lassen! Ihr werdet erstaunt sein, wie viele Variationen mir zur Verfügung stehen.«

Irgendwie konnte ich den Versicherungen des Händlers keinen Trost abgewinnen.

»Zunächst gibt es die Normalausfertigungen: Erdrosseln, Enthaupten, Pfählen, Ersticken ... Ihr wißt schon, die klassischen Todesarten. Doch mein Kult bietet eine große Zahl von Novitäten auf unserem Spezialgebiet an. Nehmt zum Beispiel ›Troll und Schäferin‹, was zur Zeit sehr populär ist.«

Hendrek ertrug es nicht länger. Sein Gesicht, das normalerweise schon ziemlich gerötet war, nahm nun die Farbe tiefsten Zornpurpurs an, was in auffälligem Kontrast zu der Weiße seiner Knöchel stand, die sich um Schädelbrecher krallten.

Behende ging er auf den Händler los. Schädelbrecher zielte nach dem Haupt des Assassinen, doch der Händler lenkte die Keule mit einem geschickten Fausthieb ab. Als die Faust auf die Keule traf, gab es einen Laut, als stieße Stein gegen Stein.

Der Händler zuckte zurück; er lächelte, während er sich seine Hand blies. »Ah! Ein würdiger Gegner. Also komme ich doch noch zu meinem Vergnügen.«

»Verdammnis«, war Hendreks einzige Erwiderung, während seine Keule durch die Luft zischte. Der Händler wehrte diesmal mit der offenen Hand ab: Das Geräusch glich dem eines kleinen Steines, der auf Pflaster aufschlägt. Der Händler vollführte einen Fußtritt, der auf Hendreks gepanzerten Bauch gezielt war. Der Fuß traf jedoch auf Schädelbrecher, den Hendrek noch hatte herumschwingen können, um seine lebenswichtigen Organe zu schützen. Ich vernahm das Geräusch eines Baumes, der durch den Wald niederbricht.

Der Händler versuchte, Hendrek mit seinen Fäusten abzulenken, doch wohin auch immer seine Schläge gingen, Schädelbrecher war schon vor ihnen dort. Die Keule schien mit den langen Armen des Kriegers verwachsen zu sein, eine Art von zusätzlichem Gelenk, das seine Kraft und Reaktionsfähigkeit verdoppelte.

Oder war es vielleicht so, schoß es mir durch den Kopf, daß eher die Keule den Mann kontrollierte? Nach meinen vorherigen Erfahrungen mit dem Krieger hatte Hendrek eigentlich eher einen Hang zur Ungeschicklichkeit gehabt. Doch nun, als die große Keule in seinen Händen blitzte, als er die ununterbrochenen Angriffe des Händlers parierte, nun schien der Kämpfer fast zu tanzen, schien abenteuerliche Pirouetten zu drehen, eine ungeahnte Abwehr, ein unerwarteter Angriff, wieder eine Verteidigung. Mit der

Keule in seinen Händen wirkte Hendrek wie verzaubert. Der Händler des Todes war ein äußerst fähiger Assassine, doch in Hendrek stand ihm die personifizierte Magie gegenüber.

Trotzdem schien sich der Händler sehr zu amüsieren. Mit jedem Hieb Schädelbrechers lachte er, und auf seinem Antlitz lag ein Lächeln, das so unschuldig war wie das eines Kindes.

»Urracht gegen Magie!« rief er schließlich. »Es ist ein faires Spiel, aber jetzt ist es an der Zeit, die Regeln zu ändern!«

Er lachte wieder, sprang zur Seite, stieß sich mit den Händen ab und landete hinter dem Krieger wieder auf seinen Füßen. Hendrek wirbelte herum, um sich zu verteidigen, doch der Händler stand nun drohend über dem bewußtlosen Ebenezum.

»Wenn ich den verzauberten Krieger nicht töten kann«, bemerkte der Mörder, »dann werde ich eben mit dem Zauberer vorlieb nehmen. In meinem Beruf muß man flexibel sein.«

Drohend hob Hendrek seine Keule.

»Ich glaube, daß ich mich gegen Euch verteidigen und gleichzeitig eine zweite Person töten kann«, fuhr der Händler fort. »Ja, das ist eine wahre berufliche Herausforderung.« Er lächelte auf den in sich zusammengesunkenen Zauberer herab.

Wachsam näherte sich Hendrek dem Händler, der sich hinkniete und eine riesige Hand um das Genick meines Meisters legte. Doch beide hielten in ihren Bewegungen inne und sahen zu mir herüber, als ich hektisch mit den Ellbogen zu flattern und den ›Glücklichen-Holzfäller-Song‹ zu pfeifen begann.

Riesige Mengen von Makrelen schwebten plötzlich einige Handbreit unterhalb der gewölbten Decke der Halle. Ich hatte meinen Zugriff auf die Fischwelt nicht verloren! Und dann regnete es Makrelen, genauer gesagt seit drei Tagen tote Makrelen, auf den Händler, auf Hendrek, auf

Ebenezum und mich selbst. Heemat und Snarks schienen sich zurückgezogen zu haben. Mir fiel auf, daß ich sie seit unserem Kampf mit den Eintreibern nicht mehr gesehen hatte.

Ich mußte schnell handeln, solange die anderen noch überrascht waren und solange der strenge Geruch von verfaultem Fisch nicht auch mich selbst überwältigte. Ich schlitterte über Berge von Schuppen dorthin, wo ich Ebenezum zum letzten Mal gesehen hatte.

Der Händler war verschwunden. Offensichtlich hatte er in einer vergeblichen Suche nach Frischluft das Weite gesucht. Doch ein zauberisches Stöhnen drang an mein Ohr – tief aus dem Innern jenes pestilenzartig stinkenden Grabhügels. Auf der anderen Seite der Halle war eine auf- und niederfahrende Keule zu sehen, als Hendrek sich einen Weg durch die angehäuften Fischkadaver bahnte.

»Schnell, Hendrek!« rief ich ihm zu. »Hilf mir, Ebenezum in Sicherheit zu bringen!«

Mit wahrhaft vulkanischer Eruptionskraft entsprang Hendrek, die Keule hoch über dem Kopf erhoben, den Makrelen.

»Verdammnis!« schrie er, während ich mir einen Weg zu dem makrelenverschütteten Ebenezum hinabbuddelte. Sobald Hendrek an meiner Seite war, zogen wir mit vereinten Kräften den Zauberer aus den Fischleichen.

»Wir müssen ihn in sein Zimmer zurückbringen«, stöhnte ich und packte Ebenezum bei den Füßen.

»Niemals!« widersprach Hendrek mit Verve. »Wir müssen diesen verfluchten Ort verlassen. Dieser Finstermann von Assassine lungert noch irgendwo herum. Je eher wir hier wegkommen, desto besser!« Er hob Ebenezums Kopf und Schultern so schnell und mühelos an, wie ich vielleicht ein Stück Pergament hochheben würde. Der Krieger wandte sich um und bahnte sich seinen Weg durch die Makrelen.

Ebenezum machte sich durch ein Stöhnen bemerkbar; langsam hob er die schweren Lider. Als er schließlich sprach, war seine Stimme kaum mehr als ein heiseres Krächzen.

»Der ›Glückliche-Holzfäller-Song‹«, war alles, was er sagen konnte.

Ich nickte. »Etwas anderes fiel mir unter diesen Umständen nicht ein.«

Der Magier stierte auf den Boden. »Offensichtlich war es ja ganz erfolgreich.« Er schniefte. »Nur in solchen Augenblicken weiß ich die Vorteile meiner Krankheit zu schätzen.«

Ich bot alles an Willenskraft auf, um nicht an den Geruch zu denken, der schon damals, als ich ihn unter freiem Himmel beschworen hatte, nicht angenehm gewesen war, nun jedoch in dem geschlossenen Raum einfach überwältigend wirkte. Ja, ich versuchte überhaupt nicht zu atmen. Aber wenn ich jetzt nicht innerhalb der nächsten Sekunden frische Luft bekäme, würden der Fisch und ich uns in gewisser Hinsicht sehr viel näher sein.

»Seht!« rief Hendrek aus. »Eine Treppe!« Der Krieger führte uns zu einer dunklen Säulenhalle, von der tatsächlich eine Treppe in noch tiefere Dunkelheit hinabführte.

Ebenezum bestand darauf, daß er wieder alleine gehen könne. Also setzten wir ihn zwischen uns ab und ließen den Keulenkämpfer die Vorhut bilden. Die Dunkelheit um uns herum vertiefte sich noch, während wir auf Stufen, die sich in endlosen Jahren abgeschliffen hatten, nach unten stiegen. Ich war gezwungen, mich an Ebenezums Roben festzuhalten, so wie Ebenezum seinerseits eine Hand gegen Hendreks gerüsteten Rücken preßte. Als wir endlich an einem Absatz anlangten, war die Finsternis um uns vollständig.

Hendrek pochte gegen etwas Hölzernes.

»Verdammnis!« war sein Kommentar zur Lage.

Vor uns öffnete sich eine Tür. Wir wurden durch strahlendes Fackellicht geblendet.

»Endlich!« vernahm ich Heemats fröhliche Stimme. »Unsere Gäste sind da! Lasset die Show beginnen!«

Kapitel Dreizehn

Gewisse Vergnügungen können zum größten Problem eines Zauberers werden. Wenn man sowieso alles beschwören kann, was das Herz begehrt, mit was soll man sich da noch vergnügen?

Verschiedene Zauberer bevorzugen naturgemäß auch ganz verschiedene Lösungen für den oben genannten Problemkomplex. Ein Bekannter von mir entschloß sich dazu, durch ein Fitneßprogramm seine körperliche Tüchtigkeit zu stärken, mußte jedoch zu seinem Leidwesen feststellen, daß seine neugewonnenen Muskeln mitten in einer Beschwörung seine zauberlichen Roben sprengten. Ein anderer Magier entschied sich dafür, das Zusammenspiel von Zunge und Zähnen dahingehend zu perfektionieren, daß er jeden erdenklichen Insektenlaut nachmachen konnte. Dies gelang ihm so gut, daß man ihn eines Morgens auffand, erstickt von sechstausenddreihundertundzwei liebestollen Laubheuschrecken. Dann war da noch der Zauberer, der sich um die Verbesserung der Beziehungen zwischen Mensch und Schaf bemühte ... doch davon schweigen wir lieber aus Pietätsgründen.

– aus den LEHREN DES EBENEZUM, Band XLIV

Einer von Heemats zahlreichen Assistenten geleitete uns an einen Tisch in der Mitte dieses neuen Raumes, der sehr groß zu sein schien. An drei Wänden waren ungefähr alle zwanzig Fuß Fackeln aufgehängt, doch der Teil, den wir nun durchschritten, war nur spärlich erleuchtet. Der Raum schien viele Menschen zu beherbergen, von denen einige Eremiten und andere Reisende wie wir selbst waren. In meinem ganzen Leben hatte ich noch nicht so viele Menschen auf einem Fleck gesehen. Ich entdeckte, daß mich die Gegenwart von so vielen Menschen fast so nervös machte wie ein Amphitheater voller Geister. Ein flüchtiger Gedanke glitt durch meinen Sinn: Würde es in Vushta genauso sein? Was wäre, wenn ich bei meinem Eintritt in die Stadt der tausend verbotenen Lüste von fünfhundert Menschen umringt würde? Schlimmer noch, was wäre, wenn ich von fünfhundert jungen Frauen umringt würde, alle jung und schön, mit langem roten Haar, das wie eine Kaskade über ihre Schultern und ihre Rückseiten flösse, und alle, alle würden sie etwas von mir wollen?

Nun, irgendwie würde ich es ertragen, und sei es auch nur für meinen Meister.

»Euer Tisch, meine Herren.« Unser vermummter Führer wies auf drei leere Plätze an einem kleinen runden Tisch, an dem ein Stuhl bereits besetzt war. Sogar in der spärlichen Beleuchtung konnte ich an der Statur des Mannes erkennen, wer es war. Wir hatten den Händler des Todes wiedergefunden.

»Verdammnis«, murmelte Hendrek.

Heemat eilte in unsere Richtung. »Meine sehr verehrten Gäste!« rief er und rieb sich glücklich den Bauch. »Ihr gehört zu den wenigen Bevorzugten, denen es vergönnt ist, der geschichtstreuen Saga von Plaugg dem Überwältigenden zu lauschen, die hier durch ein gelungenes Potpourri aus dramatischen, tänzerischen und gesanglichen Darbietungen wiedergegeben wird. Und gleichzeitig wird es Euch gegen einen wahrhaft lächerlichen Unkostenbeitrag möglich sein, die ersten Weihen unseres Ordens zu erlangen. Ober, das Backwerk!« Wie zur Unterstützung seiner Rede klopfte sich Heemat dringlichkeitsheischend auf den Bauch, woraufhin ein anderer Eremit einen kleinen Karren beladen mit Kuchen, Pasteten und Plätzchen hereinrollte.

Heemat verbeugte sich und wieselte davon. »Trefft schnell Euere Wahl! Gleich wird die Show beginnen!«

Meine Augen gewöhnten sich langsam an das Fackellicht. Ich konnte den Händler lächeln sehen. Er nickte mir zu.

»Ich werde mich gut amüsieren«, versprach er.

Doch bevor er weitersprechen konnte, dröhnten die Zymbeln, und der schwere Vorhang teilte sich vor unseren Augen. Sieben Gestalten, alle in Mönchskutten, standen vor uns. Eine übermütige Weise ertönte. Die sieben Gestalten formierten sich zu einer Linie und begannen, mit den Füßen den Takt zu klopfen. An der Form ihrer Beine konnte ich unschwer erkennen, daß es sich um weibliche Wesen handeln mußte. Ihr Gesang bestätigte meine Vermutung endgültig:

Sieben glückliche Eremiten sind wir,
Und wir singen und tanzen hier,
Auf daß ihr die Hand des Schicksals spürt,
An der Plaugg der Recht Große uns umsichtig führt!

Ebenezum beugte sich über den Tisch und tippte dem Händler auf die Schulter. »Könnten wir möglicherweise noch kurz einmal die Bedingungen Eures Vertrages durchgehen?«

Das Lächeln des Assassinen verschwand. »Lieber nicht. Ich bin mittlerweile ein bißchen empfindlich geworden, was dieses Thema angeht. Schließlich fehlt mir nichts als ein kleiner Ausbildungskurs!«

»In der Tat«, warf der Magier eilig ein. »Ich will Euch auf keinen Fall kritisieren. Doch eine gewisse Beratung meinerseits hierüber könnte auch in Eurem Interesse liegen. Eure Berufung ist der kunstvoll zelebrierte Tod. Bedenkt, wie befriedigend eine Tötung sein muß, wenn sie auf eine wahrhaft aufschlußreiche Unterredung folgt!«

Langsam nickte der Händler. »Es ist wahr, daß mir fachkundige Ratschläge helfen könnten meinen Charakter befriedigend zu vervollkommnen. Für meine Kunst mußte ich manche Dinge vernachlässigen.«

Ebenezum strich sich den Bart und lächelte. »In der Tat. Ich wußte ja, daß Ihr ein Mann der Vernunft seid. Wenn der bescheidene Zusatz erlaubt ist, ich bin ein Mann von einiger Bildung, und ein paar Lektionen mit mir könnten womöglich gewisse Aspekte Eures Denkvermögens verstärkt herausarbeiten, die Euch dann bei der Erledigung Eurer Kunst nützlich sein könnten.«

Der Händler beugte sich nun seinerseits zu dem Zauberer vor, den er nicht aus den Augen ließ. Ebenezum strich sich wie geistesabwesend seinen Bart, als befinde er sich gerade inmitten einer tiefsinnigen zauberischen Kontemplation. Ich wandte meine Aufmerksamkeit wieder der Bühne zu. Die singenden Tänzerinnen waren abgetreten; auf der Bühne befand sich nun ein alter Mönch, der aus einem dicken Buch zu lesen begann:

»Und da kamen die Menschen zu Plaugg und beteten zu Ihm, Er möge ihnen beistehen in der Stunde ihrer Not. Und Plaugg erhörte sie, denn Sein Thron war nicht so groß und nicht so hoch, daß Er den Stimmen der Masse hätte entrinnen können – und übrigens auch nicht aus erstklassigen Materialien gefertigt, und geschmückt war er mit bunten Steinen aus geschnittenem Glas. Und Plaugg sah hernieder auf die Massen und sprach. So sprach Plaugg zu ihnen: ›Heute nicht. Heute habe ich keine Lust.‹«

»Sagt bitte«, fuhr Ebenezum mittlerweile fort, »gibt es in Eurem Vertrag eine Zeitklausel betreffs der Erledigung unseres Ablebens?«

Die Augen des Händlers verengten sich. »Das ist eine Privatangelegenheit. Ein Vertrag ist eine heilige ...« Er unterbrach sich. »Nun, dieser Vertrag vielleicht nicht. Nein, keine solche Zeitklausel wurde aufgenommen.«

»Ausgezeichnet!« strahlte Ebenezum. »Also haben wir unbegrenzt Zeit für ein paar grundlegende Lektionen.«

Der Händler entspannte sich. »Ja, das ist richtig. Ich habe mich, was manche Studieneinrichtigung betrifft, etwas gehenlassen. Gewisse Tips und Ratschläge würden sicher nichts schaden.«

»In der Tat!« Ebenezum nahm seinen Hut ab und legte ihn auf den Tisch. »Nachher werden wir uns dann dem Geschäft zuwenden. Es ist ein wahres Glück, daß wir beide uns begegnet sind. Ich habe schon in vielen ähnlich gelagerten Fällen weiterhelfen können, fragt nur ruhig einige meiner Landsleute. Wir können uns all den Gebieten zuwenden, die in Eurer Ausbildung bislang vernachlässigt wurden. Wenn Ihr mir ein oder zwei Tage Vorbereitungszeit gebt, kann ich sicherlich einen überaus lohnenden Studienplan aufstellen. Und dann, in ein paar Monaten, was sage ich, in ein paar Wochen, seid Ihr ein wirklich gebildetes Individuum.«

Der Händler starrte Ebenezum lange und durchdringend an. Eine neue Sanges- und Tanzgruppe bewegte sich auf der Bühne vor uns. Sie führte einen seltsamen Tanz auf, der darin bestand, ein paar Sekunden wild herumzuzappeln, um dann für ein paar Minuten absolut bewegungslos sitzen zu bleiben. Einer der Sänger, der etwas abseits stand, ermahnte die anderen, »den Plaugg zu machen«. Die Menge um uns schien mit der Vorstellung sehr zufrieden zu sein.

»Euer Vorschlag ist verlockend«, murmelte der Händler so leise, daß es sich in dem Lärm fast verlor. »Ich werde darüber nachdenken.«

»Aber Ihr habt ja noch gar nicht von unserem Nachtisch gekostet!« tadelte uns Heemat, der mit einem Wägelchen voll von gefrorenen Köstlichkeiten an unserem Tisch aufkreuzte. »Ihr wollt doch Plaugg nicht beleidigen, gepriesen sei sein etwas übertriebener Name.« Der Eremit häufte Backwerk auf Ebenezums Teller, dann machte er sich daran, denselben Dienst für den vor sich hin brütenden Hendrek zu vollführen. »Denn es steht geschrieben, daß Plaugg ziemlich rachsüchtig ist.« Er verspeiste schnell etwas Kleines, Klebriges, bevor er sich daranmachte, den leeren Teller des Händlers aufzufüllen. »Natürlich hat noch nie jemand wirklich seine Rachsucht verspürt, dank sei seinem recht prächtigen Namen. Doch es gibt Gerüchte darüber, was passieren könnte, wenn wir ihn schließlich doch zu sehr verärgerten.«

Heemat kam zu mir. »Es steht fernerhin geschrieben, daß im Verlaufe einer mittleren Krise Plaugg zurückkehren wird. Doch was rede ich da? Ihr habt ja alle unserer dramatischen Aufführung zugesehen. Ihr wißt vermutlich jetzt mehr über Plaugg – dank sei seiner nur leicht eingeschränkten Bedeutung – als ich selbst!«

Er kicherte über seinen kleinen Scherz. Ich für mein Teil hatte allerdings keine Ahnung, wovon er sprach. Die Darsteller hatten zwar ausgiebig herumgetanzt und auch nicht zu knapp gesungen, aber eine einheitliche dramatische Handlung hatte ich bislang vermißt. Natürlich war auch nicht meine vollständige Aufmerksamkeit auf die Bühne gerichtet gewesen. Mehr innere Beteiligung verspürte ich hinsichtlich des kleinen Dramas an unserem Tisch: der Händler, immer noch in tiefsinnige Überlegungen versunken; Hendrek, der düster an einem länglichen, zuckrigen Küchlein knabberte; mein Meister, heiter und leutselig lächelnd, der jede Bewegung des noch nicht zum Zuge gekommenen Assassinen beäugte.

Der Blick des Händlers durchbohrte die vor ihm geduldig wartende Torte. »Ich habe nachgedacht«, verkündete er, »und ich habe mich dazu entschlossen, Euer Angebot anzunehmen.«

Ebenezum nickte feierlich, wobei auf seinen Zügen kein Hinweis aus eine etwaige Erleichterung zu entdecken war, daß er dem Tod gerade noch einmal von der Schippe gesprungen war. Ich konnte es noch nicht fassen! Der Händler des Todes hatte das Angebot meines Meisters angenommen! Wenn mein Meister ihn jetzt dazu überreden konnte, unsere Liquidierung aufzuschieben, konnte er ihm in ein paar Tagen bestimmt die Sache mit unserem gewaltsamen Ableben ganz ausreden! Ich gelobte mir im geheimen, niemals wieder an meinem Meister zu zweifeln! Voller Freude und Erleichterung machte ich mich über einen Napfkuchen her.

»Ihr seid ein gelehrter Mann, kundig der sanftesten Bedeutungsschwingungen der Sprache«, fuhr der Händler fort. »Ihr habt recht. Ich muß sowohl in meiner Kunst selbst als auch auf anderen Gebieten flexibler werden, wenn ich mich selbst bilden will.«

»Bravo!« begann mein Meister. »Wir werden auf der Stelle beginnen ...«

Der Händler hob die Hand, Widerspruch ankündend. »Unglücklicherweise ist das ein Abkommen, das nur Eure Person einschließt. Euer Lehrling und der Krieger werden natürlich sofort getötet.«

Mein zur Hälfte verspeister Napfkuchen rutschte mir in den Hals. Ich hustete und würgte gleichzeitig. Hendrek sprang auf, und der verfluchte Schädelbrecher ließ delikates Naschwerk durch die Luft segeln, als er über den Tisch fegte. Der Händler schrie vor Überraschung auf, da er von einer zuckrigen Flutwelle überschwemmt wurde. Dank seinen blitzschnellen Reaktionen gelang es ihm, allem außer einem kleinen Stückchen Kirschkuchen auszuweichen.

Der Assassine wischte sich das klebrige Stück Kuchen aus den Augen. »Dieses Spiel kann auch von zwei Spielern gespielt werden, Kämpfer«, flüsterte er drohend.

»Verdammnis«, kommentierte Hendrek.

»Hendrek, wartet!« schrie ich, als der massige Krieger wieder seine Keule schwang. Als der Kischkuchen den Händler getroffen hatte, war mir eine Erleuchtung gekommen. Hendrek mußte den Mörder mit seiner magischen Kriegskeule beschäftigen, und wenn wir alle zusammenarbeiten würden – meine Anfängersprüche unterstützt von der Kombinationsgabe und dem Einfallsreichtum des Magiers –, könnten wir durch die Verteidigung des Händlers brechen, ganz so wie der kleine Kirschkuchen mit der Unterstützung einer Kompanie von Pasteten sein Ziel gefunden hatte.

Doch mein Meister hatte sich wegen der magischen Keule ganz in das Innere seiner Robe verzogen, und Hendrek war von Berserkerwut ergriffen und würde mir nicht zuhören. Der Kämpfer ging einem Schokoladenkuchen aus dem Weg, der über den Tisch geflogen kam. Doch der Händler hatte den Kuchen nur als Ablenkungsmanöver eingesetzt, denn in seiner Rechten hielt er drei riesige gefüllte Eclairs, die nun mit tödlicher Schußkraft über den

Tisch zischten. Und dennoch war die Keule schneller als das Backwerk; ich konnte nur noch überrascht feststellen, daß eine weiche Schokoladenmasse sich auf meinem Gesicht ausbreitete.

»Gack!« schrie ich, nicht ganz bei mir selbst. Stücke des Napfkuchens erschwerten mir noch die Atmung, und nun war mir auch noch die Sicht von einer kühlen Schokoladenschicht getrübt. Ich erwartete jeden Augenblick, daß die Hände des Händlers auf mich niederstoßen und mich zerreißen würden.

»Blasphemie!« schrillte Heemats entsetzte Stimme durch meine Panik wie ein Messer, das eine Pastete teilt. Was würde als nächstes passieren? Hastig wischte ich genügend Schokoladencreme von meinen Augen, um wieder sehen zu können.

Heemat stand vor einer Menschenansammlung, die ganz in monastische Roben gekleidet war. Es mußten wohl an die hundert Eremiten sein, die alle auf mich und den Händler starrten. Ich zog die Möglichkeit in Betracht, daß unsere kleine Auseinandersetzung den Verlauf der Bühnendarbietung gestört haben könnte.

Auch wenn ich erleichtert war, daß der Händler seine Wurfattacken eingestellt hatte, kam ich bei genauerer Betrachtung der zusammengepreßten Kiefer und zorneskalten Augen der Eremiten zu dem Ergebnis, daß die nun folgenden Ereignisse die Situation keineswegs entschärfen würden – eher im Gegenteil.

»Gotteslästerer!« wiederholte Heemat seine Vorwürfe, und seine Blicke schnellten wie Pfeilspitzen zwischen dem Händler und mir hin und her. »In Eurem Wahnsinn habt Ihr gesündigt! Ihr habt genommen, was gegessen werden mußte, und habt es sträflichen Zwecken zugeführt! Ketzerische Eindringlinge, Ihr habt die Pasteten entweiht!«

»Die Pasteten entweiht«, echote der Mönchschor im Rücken von Heemat.

Traurig schüttelte Heemat sein Haupt, bedauernd hob er den Blick an die Decke. »Manchmal vergesse ich mich.«

Seine Stimme war ein heiseres Flüstern. »Manchmal überwältigt mich meine Gutherzigkeit. Ich bitte Leute, meine Gäste zu sein und mit mir den Gott zu ehren.«

»Den Gott zu ehren!« dröhnte der Chor.

»Und wie, glaubt ihr, wie danken sie es mir?« Heemat vollführte eine wedelnde Geste über seinem Kopf. »Ich, der ich ein Gelübde abgelegt hatte, zwanzig Jahre zu schweigen, und der, da ich solch großes Mitleid mit Euch verspürte, schon nach sechs Wochen mein Gelübde brach! Ja, ja, Ihr! Wir laden Euch in unsere bescheidene Hütte ein, wir teilen mit Euch die spärlichen Nahrungsreste, die wir zur Verfügung haben, und Ihr – Ihr – Ihr habt nichts Besseres zu tun, als auf dem Namen unseres Gottes, auf Plaugg dem Mäßig Überwältigenden, herumzutrampeln, jawohl, herumzutrampeln!«

»Dem Mäßig Überwältigenden!« wiederholte der Chor.

»In der Tat«, mischte sich Ebenezum ein und trat zwischen mich und die Eremitenhorde. »Ich bin überzeugt davon, daß wir es alle sehr bedauern, daß wir die von altersher überlieferten Sitten Eures Ordens übertreten haben. Doch sind wir Fremde in einem fremden Land und im Umgang mit andersgearteten Traditonen nocht etwas unsicher. Ich für meine Person erhole mich gerade langsam von einer langwierigen und schweren Krankheit und muß einen Großteil meiner Zeit mit Schlaf zubringen. Der große Krieger hier zu meiner Seite wird von seiner verfluchten Waffe beherrscht und kann nicht für seine Handlungen verantwortlich gemacht werden. Was ist, werdet Ihr wissen wollen, mit meinem Lehrling? Nun, er ist jung, fast ein Kind noch! Ihr wollt ihn doch nicht für den einen oder anderen kleinen Mißgriff verurteilen! Wir drei sind mit Sicherheit keiner bösen Absicht fähig!« Er hüstelte höflich hinter vorgehaltener Hand. »Was jedoch diesen Herrn in Schwarz angeht ... nun, er wird für sich selbst sprechen können.«

Zornig blitzte der Händler Ebenezum an. »So schnell vergeßt Ihr unser Abkommen? Nun gut, hier ist meine Antwort!« Er griff hinter sich nach einem riesigen Kuchen, der fast den gesamten Servierwagen ausfüllte.

Die mönchische Menge schnappte wie ein Wesen nach Luft. Die Aprikosenfüllung quoll klebrig zwischen den Fingern des Assassinen hervor.

»Halt!« befahl Heemat. »Ich werde es nicht länger dulden! Ergreift ihn!«

Sofort umringten ein Dutzend Mönche den Händler. Kurz darauf war Ebenezum in einer Mönchsmenge untergetaucht, und auch mir ging es nicht anders. Meine Arme wurden mir auf den Rücken gedreht. Der Händler wurde von zornigen Mönchshänden an meine Seite geschubst. Heemat trat vor uns beide.

»Hört mir zu, Frevler, denn ich werde Euch Plauggs Urteil verkünden, Preis sei seinem großen Namen!«

»Großen Namen«, leierte die Menge.

»Wir sind zwar ein strenger, aber gerechter Orden«, teilte Heemat uns mit. »Bevor wir Euch hinrichten, unterziehen wir Euch drei verschiedenen Prüfungen, und solltet Ihr die bestehen, seid Ihr frei. Die erste Prüfung ist die des Wassers.«

»Die Prüfung des Wassers«, echote der Chor.

»Da wir uns unglücklicherweise mitten im Wald befinden, ermangelt es uns gewisser Wasserläufe.«

»Wasserläufe«, kam es von den anderen Mönchen.

Heemat rieb sich die Hände. »Aber es gibt ja noch das traditionelle Gottesgericht, die Feuerprobe.«

»Feuerprobe«, sang der Chor dumpf.

»Doch leider haben wir mit der Zeit gewisse Nebeneffekte des Feuers beobachten müssen, so beispielsweise den sehr unangenehmen, daß unsere bescheidene Klause ebenfalls den Flammen verfiel.«

»Den Flammen verfiel«, sangen die Hundert.

»Um wie vieles geeigneter erscheint auf diesem Hintergrund unsere dritte Prüfung! Und wie viel gemäßer ist diese Form dem innersten Wesen jener kleineren Gottheit, die wir anbeten: Plaugg, gepriesen sei sein vergänglicher Ruhm!«

»Vergänglicher Ruhm!« wiederholten die mönchischen Papageien.

Heemat beugte sich so nah zu mir, daß ich seinen zuckergeschwängerten Odem riechen mußte. »Denn nun, frevlerische Eindringlinge, nun werdet Ihr der Wahrheit ins Auge blicken müssen! Richtet Euch ein auf die dritte Prüfung: das Gottesgericht der Eiercreme!«

»Gottesgericht der Eiercreme!« brüllte ein jeder.

Ich wurde von zwanzig eifrigen Händen gepackt und auf die Bühne gehievt. Das letzte, was ich von dem Raum unter mir sah, war der winkende Ebenezum. Sie hatten weder ihn noch Hendrek ergriffen; der Grund hierfür war vielleicht in der Tatsache zu suchen, daß weder mein Meister noch der Kämpfer mit Naschwerk besudelt waren.

Und Ebenezum war frei! Das bedeutete, daß er mir helfen konnte! Oder etwa nicht?

Dunkelheit überwältigte mich.

Kapitel Vierzehn

Religion ist zwar eine zutiefst persönliche Sache, aber wir von der zauberischen Zunft tun doch allgemein besser daran, unsere Finger davonzulassen. Es gibt jedoch Ausnahmesituationen, sagen wir wenn ein Spruch in die Hose gegangen und zufällig jemandes liebgewonnenen heiligen Tempel zerstört hat, und man vor die Alternative gestellt wird, a) sich zu einem fremden Glauben zu bekehren oder b) jener Gottheit geopfert zu werden. Und in solchen Zeiten der Not erkennt man erst den wahren Wert und die schöne Tiefgründigkeit von Religionen, zumindest so lange, bis man einen Fluchtweg aus der Stadt gefunden hat.

– aus den LEHREN DES EBENEZUM, Band XXXI

Sie hatten mich an Händen und Füßen gefesselt und in der Dunkelheit liegenlassen. Nach einiger Zeit öffnete sich meine Zellentür, und ein einzelner Eremit mit einer Kerze betrat den Raum. Leise schloß er die dicke Kerkertür hinter sich und näherte sich der Pritsche, auf der ich lag. Er plazierte die Kerze auf den einzigen Tisch der Zelle; dann schob er mit beiden Händen seine voluminöse Kapuze zurück.

Es war Snarks.

Der enthüllte Dämon signalisierte mir zu schweigen. »Ich dürfte gar nicht hier sein«, flüsterte er, »aber irgendwie mag ich dich. Du scheinst mir eins der seltenen menschlichen Exemplare zu sein, denen man vertrauen kann. Vielleicht sind es deine miesen Manieren oder dein wichtigtuerischer Gang, der mir dich empfiehlt, oder die Tatsache, daß du dein Haar nie ordentlich kämmst und dein Hemd immer falsch zuknöpfst, oder auch jene Hautprobleme, über die wir neulich sprachen – egal. Was auch immer der Grund sein mag, du hast mein Dämonenherz gerührt. Ich habe mich dazu entschlossen, dir zu helfen.«

Ich studierte Snarks in dem trüben Licht und war mir nicht ganz sicher, ob ich dankbar oder mißtrauisch sein sollte. Was wußte ich schon von Dämonenherzen?

»Bald«, fuhr Snarks fort, »ist die Show in der Großen Halle zu Ende, und dann ist dein Gottesgericht dran. Deine Blasphemie war übrigens eine willkommene Unterbrechung für Heemat, denn für den Höhepunkt seiner Abendunterhaltungen braucht er immer so etwas. Vorher hatte er nur eine von diesen gigantischen Musiknummern geplant. Du weißt schon, etwas von der Art ›Zuckt's euch nicht schon in den Füßen/Laßt uns so den Gott begrüßen!‹«

Ich nickte bedächtig. Zumindest hatte Snarks noch nicht versucht, mein Aussehen zu verändern. Ich fragte mich, ob ich die Wachen rufen sollte.

»Aber das Gottesgericht durch Eiercreme!« rief Snarks aus. »Es kann eine schreckliche Tortur werden, wenn man nicht darauf vorbereitet ist. Du und der andere Gotteslasterer werdet in je eine Tonne Eiercreme gesenkt werden, deren Oberfläche zwei Fuß über eurem Kopf liegt. Und was dann geschieht ... nun, von Eiercreme erstickt zu werden, ist ein gräßlicher Tod!«

Der Dämon schüttelte sich. »Es gibt nur einen Ausweg. Du mußt deinen Kopf hochstrecken und dich zur Oberfläche durchessen. Ich habe meinen Einfluß dahingehend geltend gemacht, daß du in die Tonne mit der Zitronencreme kommst, die ist leichter und weniger sättigend als Buttercreme. Wenn du dir erst einmal ein Loch zur Oberfläche gegessen hast, mußt du nur noch deine Hände und Füße befreien und zu dem Ausgang an der Seite des Bottichs schwimmen. Dann hast du nicht nur das Gottesgericht durch Eiercreme überstanden, sondern auch ...«

In der Eingangshalle waren Schleifgeräusche zu hören, so als würde irgendein schwerer Gegenstand über den Steinfußboden gezogen.

»Der andere Gotteslästerer wird gerade in die Große Halle gebracht. Ich muß gehen, denn man darf mich hier nicht sehen.« Der Dämon schluckte. »Ich habe heute keinen Appetit auf Eiercreme!«

Snarks zog sich wieder die Kapuze über und ging leise zu der Tür, die er einen Spalt öffnete. Der Dämon schaute in beide Richtungen, drehte sich zu mir um und winkte.

»Grrffmmj!« flüsterte er und war verschwunden.

Meinen Weg zur Oberfläche durchessen? Meine Hände und Füße befreien? Snarks' Worte wirbelten durch meinen Kopf. Bis jetzt hatte ich ja keine Ahnung von diesem Gottesgericht gehabt!

Die Tür zu meiner Zelle wurde mit solcher Vehemenz aufgestoßen, daß sie gegen die Wand knallte.

»Nun, Gotteslästerer!« kreischte Heemats Stimme, hoch und zornesschwanger.

Plötzlich erzitterte der Raum. Diesmal war es ein ordentliches Erdbeben, mit einer Menge Krach und Lärm und dem Angstgeschrei vieler Stimmen im Hintergrund; wirklich eins der ordentlichsten Beben, die wir bis jetzt gehabt hatten. In einer Skala von zehn hätte ich ihm eine satte Acht gegeben. Angeschnallt auf meiner Liege begann ich darüber zu sinnieren, wann genau das Verlangen nach wissenschaftlicher Quantifizierung dieser Erdstöße mich das erste Mal gepackt hatte.

Nachdem die Beben aufgehört hatten, rappelte sich Heemat vom Boden auf. Nachlässig strich er seine Kutte glatt.

»Wie schon gesagt: Nun, Gotteslästerer! Nun werden wir sehen, aus welchem Stoff du gemacht bist! Wachen, führt ihn ab!«

Vier vierschrötige Eremiten schwärmten in den Raum und hoben mich von meiner kargen Bettstatt hoch. Ich neigte bezüglich Heemats Frage immer mehr zu der Annahme, daß ich in ein paar Minuten hauptsächlich aus Eiercreme bestehen würde.

»Laßt das Gottesgericht beginnen!«

Die Vorhänge öffneten sich; ich stand auf einer hohen Plattform, Hände und Füße gebunden, zwei stämmige Eremiten zu meinen Seiten. Etwas entfernt stand der Händler des Todes auf einer ähnlichen Plattform, nur wirkten seine Stricke erheblich dicker als meine; in großen Windungen bedeckten sie fast seinen ganzen Körper vom Brustkasten bis zu den Knöcheln. Auf jeder Seite von ihm drängelten sich ein Dutzend der stämmigsten Eremiten. Zwischen den Plattformen standen zwei riesige Eisenbottiche, von denen jeder für drei Mann Platz geboten hätte. Das mir nähere Faß war mit einer hellgelben, glibbrigen Masse gefüllt, das neben dem Händler mit einer eher hellbraunen.

Das Grölen der Menge lenkte meine Aufmerksamkeit etwas von den Bottichen und ihren nahrhaften Inhalten ab. Die Vorhänge waren nun vollkommen aufgezogen, so daß man die mit Zuschauern zum Bersten gefüllte Große Halle sehen konnte.

War das derselbe Raum, in dem ich noch vor wenigen Augenblicken gesessen hatte? Von meinem neuen Standpunkt über den Köpfen der Menge wirkte er irgendwie verändert. Immer noch war es der größte geschlossene Raum, den ich je gesehen hatte, doch von hier oben war es eben doch nur ein Raum, ein Raum mit Grenzen, die von fackelbestückten Wänden gebildet wurden, nicht mehr jene unendliche räumliche Ausdehnung, als die er mir einst erschienen war. Und so viele Leute auch dort unten versammelt waren, sie wirkten alle sehr klein; für einen kurzen Augenblick fühlte ich mich ihnen überlegen, ja entrückt.

Und dann kam mir zu Bewußtsein, daß sie alle hier versammelt waren, um *mich* zu sehen. Mich und den Händler des Todes. Wir waren die Attraktionen des heutigen Abends, Hunderte von Menschen studierten unsere Gesichter, suchten nach Zeichen der Angst oder der heiligmäßigen Ergebenheit. Irgendwo tief hinten in meinen Gehirngängen wußte ich, daß ich eigentlich Angst haben sollte. Schließlich sollte ich jeden Moment in ein Faß mit Eiercreme getaucht werden, und ein Teil meines Ichs schrie auch mit zittriger, angsterfüllter Stimme.

Ich war gefesselt und bewacht, ich konnte nirgendwohin flüchten, konnte mich nirgendwo verstecken. Und da unten war das Publikum – mein Publikum.

Sie applaudierten. Es war ein wunderbares Gefühl. Ich war nicht länger der Gehilfe des großen Magiers. Jetzt stand ich selbst im Zentrum der Aufmerksamkeit.

Würde es sich immer so anfühlen, wenn ich einst ein ausgebildeter Zauberer sein würde?

Steif verbeugte ich mich und verlor die Balance. Meine Wächter packten mich von hinten und verhinderten so eine vorzeitige Begegnung mit der Eiercreme.

Ich sah auf. Das Publikum war mäuschenstill. Mein Beinahe-Unfall hatte bewirkt, daß sie wie ein Mann die Luft angehalten hatten.

Und dann tönte eine vereinzelte Stimme aus der Zuhörerschaft, eine Stimme, die den ›Glücklichen-Holzfäller-Song‹ pfiff.

Ich sah hinunter und erblickte Ebenezum und Hendrek, die an demselben Tisch saßen, von dem vor wenigen Minuten der Händler und meine Wenigkeit auf so bestimmte Weise hinwegkomplimentiert worden waren. Hendrek bedachte seine Umgebung mit finsteren Blicken und spielte bedeutungsvoll mit einem kleinen Sack, der Schädelbrecher enthielt. Ebenezum schüttelte mit Nachdruck seinen Kopf, dann deutete er auf mich. Als ich ihm zunickte, berührte er mit den Fingern seine zum Pfeifen gespitzten Lippen.

Wollte er etwa auf subtile Weise andeuten, daß ich auch pfeifen sollte? Was hatte ich noch zu verlieren? Wenn ich schon in einem Bottich aus Eiercreme enden sollte, gäbe es bestimmt Schlimmeres, als dies pfeifend zu tun.

Also begann ich, pfeifend in den ›Glücklichen-Holzfäller-Song‹ einzustimmen. Ebenezum nickte enthusiastisch. Ich hatte demnach richtig gehandelt!

Der Zauberer hatte einen Plan.

Heemat schielte zu meinem Meister hinüber, doch Ebenezum hatte das Pfeifen nunmehr eingestellt und begnügte sich damit, mit seinen Ellbogen zu flattern.

»O Plaugg, der Du unter den Mächtigen des Himmels sein magst oder auch nicht, wir bitten Dich, erhöre unsere Bitte. Diese zwei dort haben während einer Deiner relativ heiligen Zeremonien Deinen Namen frevlerisch entweiht. So haben wir sie vor Dein Angesicht gebracht, um das Gottesurteil zu durchlaufen. Wir bitten Dich, hilf uns mit Deiner mäßigen Weisheit in dieser unserer Not!«

Ich bemerkte, daß Heemats Blick recht starr an mir hing. Vielleicht war es ja darauf zurückzuführen, daß ich während seines ganzen Gebets im Hintergrund den ›Glücklichen-Holzfäller-Song‹ gepfiffen hatte.

Heemat klatschte jedenfalls in die Hände.

»In die Bottiche mit ihnen!«

Unerbittliche Arme stießen mich in die zitronengelbe Masse. Ich hatte kaum Zeit, noch einmal tief Luft zu holen, bevor das zähe Zeug mich umklebte.

Instinktiv hatte ich die Augen geschlossen, doch meine Nase signalisierte mir unmißverständlich, daß ich in die Creme gesunken war. Ein strenges Aroma nach Zitrone drängte sich meinen Geruchsnerven auf; ich konnte nicht mehr atmen. Einen Augenblick trieb ich mit gefesselten Händen und Füßen hilf- und grundlos in der Eiercreme umher. Ich unterdrückte die aufsteigende Panik und rief mir Snarks' Überlebenstips ins Gedächtnis. Meine Füße stießen auf den Boden des Bottiches, ich streckte meinen Kopf empor. Nun mußte ich essen, wie ich nie zuvor in meinem Leben gegessen hatte.

Ich öffnete meinen Mund, und der Eiercreme strömte hinein: zu viel, zu schnell. Ich preßte die Zähne zusammen und bemühte mich, nicht zu würgen; und dann, mit größter Willensanstrengung, zwang ich mich zu schlucken. Geschafft. Es war gar nicht so schlimm, eigentlich sogar ganz schmackhaft.

Doch noch lag ein langer Weg vor mir!

Und dennoch würde ich nicht in Panik verfallen! Ich würde überleben, für meinen Meister, für meine Zukunft als Zauberer, für Vushta, die Stadt der tausend verbotenen Lüste. Und so aß ich hastig weiter, eingedenk der Tatsache, daß jeder Happen mein letzter sein konnte.

Für meinen Meister! Ich dachte nach. Ebenezum würde stolz darauf sein, wie zielstrebig ich mir meinen Weg aß.

Für meine Zukunft! Was für eine edle Persönlichkeit würde ein Zauberer werden, der in seiner Jugend eine solche Prüfung gemeistert hatte! Ich schluckte einmal, zweimal.

Für Vushta! Teures, verbotenes Vushta. Eine solche Prüfung zu überleben würde mich erst richtig auf diese großartige Stadt vorbereiten, wo ein einziger Blick einen Mann für sein ganzes Leben zeichnen konnte. Weit öffnete ich meinen Mund und sog die Eiercreme ein.

Meine Lippen schlossen sich – um Luft! Luft! Ich schluckte schnell und begann zu atmen. Luft! Süßer als alle Eiercreme der Welt! Ich lachte und begann, den ›Glücklichen-Holzfäller-Song‹ vor mich hin zu pfeifen.

Und wieder spürte ich etwas in meinem Mund! Panik stieg wieder in mir auf. Ich öffnete die Augen und erblickte Insektenfühler auf meinem Nasenbein.

Es war ein Schmetterling.

Es gab ein berstendes Geräusch, als der Bottich platzte, überladen mit meinem Gewicht und Hunderten von Litern Eiercreme und Tausenden, vielleicht sogar Millionen von Schmetterlingen. Auf einem Cremestrom floß ich von der Bühne herunter.

Snarks schrie von der Plattform: »Er hat das Gottesgericht der Eiercreme überlebt!«

»Aber ...«, setzte Heemat ziemlich verdutzt an. »Er kann doch nicht ...« Er kratzte sich die Glatze und lächelte. »Nun, offensichtlich kann er.«

Hendrek watete durch die Creme und griff mich, bevor ich wieder vom Tisch des Magiers weggeschwemmt wurde. Er legte mich auf einem Stuhl ab, der sich glücklicherweise oberhalb der nun abebbenden Cremeflut befand. Ebenezum nieste natürlich.

Als mein Meister sich wieder gefaßt hatte, dankte ich ihm dafür, daß er nicht den Makrelenspruch eingesetzt hatte.

Ebenezum nickte fröhlich. »Es brauchte auch nur Schmetterlinge. Und es war besser, daß ich dich retten konnte, ohne unsere Gastgeber noch mehr zu befremden. Löse bitte Wuntvors Fesseln, ja, Hendrek?«

Der große Krieger tat, worum er gebeten wurde. In der Zwischenzeit fuhr Ebenezum in seinen Erklärungen fort, was für eine grandiose Sache wir doch mit unserer Gemeinschaftsmagie vollbracht hätten. Ich hatte geflötet, er mit den Ellbogen geflattert und sich angemessen gewunden – und die Magie war perfekt. Das war ein wichtiger Punkt, denn mit seinem Geflattere und Gewinde hatte Ebenezum ja nichts Zauberisches getan! Folglich traten die Krankheitserreger der Magie erst in Aktion, als der Spruch beendet war, wohingegen der Magier, hätte er den Spruch alleine gewirkt, noch während der Beschwörung von einem schwereren Niesanfall heimgesucht und außer Gefecht gesetzt worden wäre.

»Verstehst du, worauf es hinausläuft?« schloß der Zauberer. »Ganz neue Aspekte der Zauberkunst tun sich vor meinen Augen auf! Zusammen, Wuntvor, zusammen könnten wir möglicherweise sogar meine Heilung herbeiführen!«

Seine Heilung? Das war zuviel für mich. Zuerst fast in einem Bottich mit Eiercreme zu ertrinken, und jetzt dies! Ich malte mir aus, wie ich vom Schicksal gezeichnet in den Zaubererwald zurückkehren würde, auf Jahre hinaus, ja womöglich auf immer der Chance beraubt, Vushta zu sehen!

Ebenezum war viel zu begeistert, um meinen Stimmungsumschwung zu bemerken. »Nie war es so wertvoll wie heute, unsere magischen Talente Revue passieren zu lassen. Während du dich auf das Gottesgericht vorbereitet hast, habe ich einige Gespräche mit Hendrek geführt. Seine dämonischen Peiniger haben es viel zu schnell geschafft, ihn nach unserer Flucht vor Urfoo zu lokalisieren.«

»Verdammnis«, faßte Hendrek seinen Diskussionsbeitrag zusammen.

»Womit sich das Muster bestätigt, das sich schon während unserer ganzen Reise nach Vushta herauszukristallisieren begann. Wuntvor, in dieser Welt gibt es bei weitem zu viele freilebende Dämonen! Etwas Neues geht von den Niederhöllen aus. Aber nun, da sich ja gewisse Reisehemmnisse auf so elegante Weise aufgelöst haben« – er deutete mit dem Kopf in Richtung der Bühne, auf der sich noch ein aufrechtstehendes Faß mit Buttercreme befand – »können wir herausfinden, was es mit diesem Etwas auf sich hat.«

In meiner Erleichterung hatte ich ganz vergessen, was auf der Bühne noch so vor sich ging. Gerade in diesem Augenblick waren die lebenden Schmetterlinge ins Publikum ausgeschwärmt und fegten die toten Schmetterlinge, den Creme und die Reste meines Bottichs hinweg. Heemat stand mit ausgebreiteten Armen auf einer der Plattformen. Seine Augen beobachteten jede Regung im Publikum. Er räusperte sich.

Das zweite Faß fiel plötzlich um, und der Händler rollte heraus. Es war nicht der kleinste Rest Buttercreme mehr zu entdecken. Die Eisenwände waren sauber ausgeleckt.

Der Händler rülpste.

»Gewisse Reisehemmnisse scheinen sich wieder eingestellt zu haben«, bemerkte Ebenezum trocken. Nachdenklich strich er sich den Bart. »Möglicherweise wird er ein paar Minuten mit seiner Verdauung beschäftigt sein. Wir müssen mit Snarks reden, und zwar schnell. Er hat Kenntnisse über die Niederhöllen, die für unseren Gast und möglicherweise sogar für unser beider Leben bedeutsam sein können.«

Der Händler stöhnte und versuchte aufzustehen. Sein Bauch wirkte etwas aufgetriebener als zuvor. Heemat stürmte auf der Bühne hin und her, wobei er sich die Hände mit einer solchen Geschwindigkeit rieb, daß ich jeden Augenblick Funken zu sehen erwartete.

»Zwei haben es überlebt!« rief er. »Zwei! Zwei! Niemals in der Geschichte des Kultes von Plaugg, gepriesen sei Seine erdenschwere Göttlichkeit, haben zwei auf einmal das Gottesgericht überlebt! Wir müssen ... wir müssen ... es ist Zeit für eine Konferenz!«

Eine dicht verhüllte Gestalt streifte an unserem Tisch entlang. Als Ebenezum an seine zauberliche Nase griff, packte Hendrek die Kapuze und zog sie zurück. Der fluchbeladene Krieger hatte mit seiner Vermutung richtig gelegen. Es war Snarks.

»Mein guter Snarks!« brachte Ebenezum heraus, der sein Bestes tat, um nicht loszuniesen. »Wir müssen miteinander reden ... müssen ... re... re...« Er griff schnell nach seinem Zaubererhut und schneuzte hinein. »Verzeiht. Irgend etwas geht in den Niederhöllen ... Niederhö... hö...« Es folgten drei Nieser in schneller Folge. Ebenezum hielt mit einem Ausdruck des Abscheus seinen Hut von sich weg. »Snarks, Ihr müßt ... mü... ss! Dein Auftrag, Wunt!«

Überwältigt von einem Niesanfall krümmte sich Ebenezum unter dem Tisch.

»In der Tat«, hub ich an. Wonach sollte ich diesen allzu aufrichtigen Dämonen fragen? Ich wollte, daß mein Meister stolz auf mich sein würde! Aber wir hatten nicht viel Zeit. Schon sprang der Händler in einer Serie gymnastischer Übungen auf der Bühne herum, die, da war ich mir sicher, seine Verdauung beschleunigen und seine cremeverklebten Muskeln straffen sollten.

»In der Tat«, wiederholte ich sicherheitshalber. »Ich gehe recht in der Annahme, daß Ihr aus den Niederhöllen stammt?«

»Nein, nein, nein«, erwiderte Snarks. »Du weißt doch, daß ich daher komme. Du solltest nachdenken, bevor du losplapperst. Ungenaue Sprache, unangemessene Fragen. Manchmal weiß ich nicht, wie ihr Menschen es überhaupt schafft, daß Eure Art überlebt!«

»Snarks!« schrie ich, vielleicht ein bißchen lauter, als es mir eigentlich zustand. Ich würde mich nicht von seiner dämonischen Zunge aus der Fassung bringen lassen.

»Wir haben Grund zu der Annahme, daß in den Niederhöllen ein Komplott im Gange ist.«

»Das will ich meinen«, antwortete Snarks. »In den Niederhöllen werden immer Komplotte geschmiedet. Das macht den Charme dieser besonderen Gegend aus. Doch wenn ich recht nachdenke, versuchst du mich auf deine ungeschickte Art danach zu fragen, ob zur Zeit etwas wirklich Großes und Gefährliches für das Menschengeschlecht anliegt. War das der Sinn deiner dunklen Frage?«

Ich nickte. Wahrscheinlich war es das beste, gar nichts zu sagen und dem Dämonen die Konversation zu überlassen.

»Also gut, die Antwort lautet ja. Und nun entschuldigst du mich bitte, sonst komme ich zu spät zu der Konferenz.«

»Verdammnis!« bemerkte Hendrek, als der Dämon in Richtung Bühne entschwand. Ebenezum putzte sich die Nase.

Heemat hatte sich schon wieder von den versammelten

Mönchen abgewandt und begann, zu dem Publikum zu sprechen.

»Meine Damen und Herren, liebe Glaubensbrüder, liebe Gäste! Niemals in der Geschichte des Plauggismus hat es eine solche mäßig segensreiche Zusammenkunft gegeben. Zwei aus unserer Mitte sind geprüft und für einigermaßen würdig befunden worden. Selbst Plaugg in Seiner nebensächlichen Glorie wird uns von Seinem mittelhohen Thron aus zusehen und …«

Ein kleines graues Wölkchen tauchte über Heemats Kopf auf, eins von der Sorte, das sich kurz abregnet und dann verschwindet. Heemat stockte mitten in seinem Satz und stierte fassungslos auf die Wolke, die alsbald Menschengestalt annahm, genauer die Gestalt eines Mannes mit schmuddeligen grauen Roben und abwesendem Gesichtsausdruck. Die zerzauste Erscheinung blinzelte ins Publikum.

»Entschuldigt«, murmelte er mit ängstlicher Stimme. »Ich bin mir nicht ganz sicher, ob ich hier sein sollte.«

Heemat und seine Glaubensbrüder auf der Bühne und im Publikum waren auf die Knie gesunken. Sie blickten zu dem unordentlichen Mann über ihren Köpfen empor und riefen mit ergriffener Stimme:

»Plaugg!«

Kapitel Fünfzehn

Du glaubst also, daß du die atemberaubendste Spannung und die bodenloseste Furcht erlebt hast, du glaubst, daß du die tiefste und schwärzeste Verzweiflung und die degeneriertesten Kehrseiten der Gesellschaft kennst, die Abgründe der Lächerlichkeit ebenso wie die Abgründe der Verderbnis, einer Verderbnis, die fäulniszerfressener ist als die widerwärtigste, schleimigste, niedrigste Pilzart … Oh. Du bist Zauberer? Dann glaube ich dir!

– aus GESPRÄCHE MIT EBENEZUM, Band III

»Ja, ja, vielleicht bin ich einfach ein bißchen zu früh«, sagte Plaugg mehr zu sich selbst. »Das muß es sein. Ich bin zu früh!«

Ebenezum beobachtete die mäßig göttliche Erscheinung mit einigem Zittern. Wieder einmal mußte er sich die Nase zuhalten.

»Aber bitte!« sagte Plaugg, der sich nun dem Zauberer zuwandte. »Ich werde Euch doch nicht in meiner Gegenwart niesen lassen. Das ist wohl das mindeste, was ich tun kann.«

Der Magier sah zu der grauen, zerschlissenen Göttlichkeit hinauf. Er atmete ohne erkennbare Nebenwirkung ein und wieder aus. »Wollt Ihr damit andeuten«, fragte er mit aller gebotenen Vorsicht, »daß Ihr die Macht besitzt, mich zu heilen?«

»Nun, das ist ein kleines Problem, nicht wahr?« Plaugg klatschte in die Hände. »Genaugenommen nein. Wir kleineren Gottheiten sind nicht so mächtig, wißt Ihr. Unglücklicherweise kann ich Eure Krankheit nur so lange heilen, wie Ihr Euch in meiner Gegenwart befindet.«

»Verstehe«, erwiderte Ebenezum mit gerunzelter Stirn. »Schade.«

»Ja, ist es das nicht?« stimmte Plaugg freudig zu. »Das ist einer der Nachteile, wenn man eine mindere Gottheit ist. Man bekommt nur *so* viel Macht und eine Menge Verantwortung! Ihr könnt Euch das kaum vorstellen. Immer muß man die Gläubigen befriedigen. Was glaubt Ihr denn, was ich beispielsweise hier jetzt tue?«

»O mäßig gnädiger Plaugg!« intonierte Heemat von der Plattform.

»Ja, ja, ich werde mich gleich mit euch beschäftigen«, beruhigte ihn die mindere Gottheit. »Sobald ich mein Gespräch mit diesem Herrn hier beendet habe. Ihr würdet es nicht glauben, wie lange es schon her ist, daß ich ein vernünftiges Gespräch mit jemandem hatte. Ich fürchte, das ist eins meiner berufsbedingten Probleme. Man bekommt eine ganze Menge Verehrung, aber kein einziges gutes Gespräch.«

Ebenezum nickte. »Über was würdet Ihr Euch gerne unterhalten? Möchtet Ihr uns vielleicht den Grund für Eure Anwesenheit schildern?«

»Was das angeht«, seufzte Plaugg, »reine Pflicht. Manchmal ermüdet mich das alles. Der Beruf einer minderen Gottheit lohnt meist die Mühen nicht. Die Gläubigen blikken einen nie direkt ins Auge, und wenn man sie gar anspricht, beginnen sie sofort, einem hektisch irgendwelche Opfer darzubringen. Opfer und nochmals Opfer, ohne Zögern, ohne Überlegung. Ich frage Euch, welchen Nutzen habe ich von einem toten Ziegenbock?«

»Plaugg, Ihr verlangt ein Opfer?« fragte Heemat, offensichtlich nicht ganz auf der Höhe des Gesprächs.

»Ihr seht, was ich meine?« Der Gott runzelte die Brauen. »Bitte mißverstehe mich nicht. Heemat und seine Leute sind als Gläubige schon in Ordnung. Es geht mir eher um die spezifischen Probleme einer minderen Gottheit. Man hat nämlich nur wenig Aussicht auf Beförderung. Und diese endlosen Stunden! Ich habe schon ernsthaft daran gedacht, in eine andere Berufssparte umzusteigen.«

»Was wünschet Ihr von Euren Dienern, o Mäßiger?« insistierte derweil Heemat.

»Zuvörderst, daß diese Fragerei ein Ende hat«, erwiderte der Gott. »Ob Ihr es glaubt oder nicht, ich habe nämlich einen Grund für meine Anwesenheit.«

Stille herrschte in der Großen Halle. Kein Laut war zu hören. Ich bemerkte, daß der Händler des Todes es kurz nach dem Auftauchen Plauggs geschafft hatte, die Bühne zu verlassen. Ich faßte den Entschluß, die Halle nach ihm abzusuchen, mußte meine Augen zu diesem Zwecke jedoch nicht lange schweifen lassen. Er stand direkt hinter Ebenezum. Und er lächelte mir fröhlich zu.

»Oh«, fuhr Plaugg fort, während alle schwiegen. »Ich nehme an, ihr wollt nun diesen Grund erfahren. Das ist nur recht und billig, und schließlich seid ihr ja meine treuen Anbeter. Also gut. Ich bin hier, um uns für die bevorstehende Krise zu vereinen.«

Die bevorstehende Krise? Der Tonfall gefiel mir nicht. Hendrek murmelte düster an meiner Seite vor sich hin.

Ein Eremit direkt unter Plauggs Erscheinung zog seine Kapuze zurück. Es war Snarks.

»Meint Ihr den Angriff der Niederhöllen?«

»Warum? Ja, sagte ich das nicht bereits?« Plaugg rieb sich den kahl werdenden Schädel. »Ich glaube, ich vergaß.« Er sah auf den Boden zu seinen Füßen hinunter. »Jetzt kommt es wieder.«

Man fühlte es, bevor man es hörte. Tief, viel tiefer als jedes Beben, das wir bislang gehabt hatten, so tief, als sei es im Zentrum der Erde selbst entstanden.

»Ich will, daß wir alle bereit sind!« schrie Plaugg, und seine Stimme klang weitaus klangvoller. »In ein paar Minuten werden wir alle möglichen Arten von Dämonen sehen. Aber die haben es noch nie mit so einem tollen Haufen wie Plauggs Eremiten zu tun gehabt!«

Der Lärm unter unseren Füßen schwoll an.

»Verdammnis«, bemerkte Hendrek. Er nahm die verfluchte Kriegskeule Schädelbrecher aus ihrer Hülle. Ebenezum zog sich in sichere Entfernung zurück.

»Und jetzt will ich, daß jeder einzelne von euch sein Bestes und Letztes gibt!« feuerte die Gottheit uns an. »Treibt diese Dämonen dahin zurück, von wo sie gekommen sind! Kämpft für Plaugg!«

Das entfernte Grollen hatte sich zu Vibrationen im Boden gesteigert. Es war schwierig, nicht den Stand zu verlieren. Der Händler kam zu mir herüber.

»Es sieht so aus, als müßte ich noch einmal Euren Tod verschieben«, sagte er mit jenem kindlich-unschuldigen Lächeln, das wir alle so an ihm mochten. »Macht nichts, denn das hier ist der größte Spaß, den ich je hatte!« Er ließ die Muskeln spielen und blickte erwartungsfroh auf den Boden.

Ich war entzückt darüber, daß wenigstens einer sich amüsierte. Das Beben hatte an Stärke zugenommen; Plaugg mußte schon lauter schreien, um sich verständlich zu machen.

»Gut.« Er richtete einen zitternden Finger in die Mitte des Saales. »Ich glaube, die Niederhöllen werden genau *dort* durchbrechen. Und ich bin ziemlich gut, so etwas vorherzusagen, glaubt mir. Das bringt der Beruf so mit sich. Also: Alle sollten sich in den Raumecken verteilen und die Tische vor sich aufstapeln, ja? Das wird euch vor den Lavageschossen ein wenig schützen. Was, ich sehe, einige von euch verdrücken sich?« Plaugg schüttelte bekümmert sein gelichtetes Haupt. »Kommt, kommt, ihr wollt doch nicht, daß ich böse werde? Mein Zorn hat zwar nicht Hauptgott-Dimensionen, aber laßt euch versichert sein, er ist angemessen heftig. Ach ja, Waffen! Ihr braucht Waffen. So, das wäre erledigt. Manchmal lasse ich mich von meinen Gedanken zu sehr ablenken. Bitte entschuldigt das.«

Als ich meinen Meister ansah, wandte er sich gerade von dem Gott ab; ein amüsiertes Lächeln umspielte seine Lippen.

»Wir stehen wieder im Mittelpunkt der Ereignisse, Wuntvor«, bemerkte er und hielt sich bei Hendreks Annäherung die Nase zu.

»Verdammnis«, begann der große Krieger. »Diese Geschöpfe werden uns niederwalzen!« Nervös warf er die große Kriegskeule von einer Hand in die andere.

Die ganze Situation schien außer Kontrolle geraten zu sein. »Vielleicht sollten wir einen Ortswechsel ins Auge fassen«, schlug ich zaghaft vor.

Ebenezum schüttelte das Haupt. »Ich fürchte, daß uns dann ein Ortswechsel in eine andere Welt bevorstehen würde. Zum ersten Mal während unserer Reise sind wir meiner Ansicht nach wirklich ein wenig in Bedrängnis geraten.«

Ich schluckte. Meine um den dicken Eichenstab gekrallten Hände schmerzten. Wirkliche Bedrängnis? Und was war mit unseren tödlichen Schlachten und unseren Fluchten während der letzten Wochen gewesen? Einen kurzen Augenblick lang sehnte ich mich nach dem Frieden und der Langeweile in unserem Heim in den Westlichen Königreichen.

»Sie sind fast durch!« brüllte Plaugg, dessen Stimme sich nun beinahe überschlug. Ich wollte etwas zu meinem Meister sagen, konnte meine Worte jedoch selbst nicht verstehen. »Alles bereit! Ich weiß, daß ihr es schaffen werdet! Gebt euer Bestes!«

Der Gott hielt inne und sah Ebenezum und mich an. »Und euch beide möchte ich bitten, nicht den Fisch-Spruch zu benutzen. Er hat zwar vorhin gewirkt, aber jetzt liegen die Dinge anders. Und ich weigere mich strikt, inmitten von Haufen toter Makrelen zu arbeiten. Tut mir leid, aber wir haben alle unsere Grenzen.«

»Sie kommen! Sie kommen!« Plaugg hörte sich langsam richtig aufgeregt an. »Laßt euren Schlachtruf ertönen! Macht sie nieder! *Im Namen Plauggs*!«

Zu diesem Zeitpunkt bebte die Erde dann *richtig*. Ich wurde von meinen Füßen gerissen und flog durch den Raum. Ich versuchte, Plauggs Rat zu beherzigen, und kroch auf die Wand zu.

Und dann tat sich der Boden auf. Ich klammerte mich an einem Tisch fest, doch der Tisch begann zu rutschen und zog mich mit sich auf den Spalt zu, der sich in der Mitte des Raums aufgetan hatte. Ich schlitterte geradewegs auf einen Abgrund zu, der bis zu den Niederhöllen hinunterging! Ich konnte die Todesschreie derer hören, die vor mir hinuntergefallen waren, Schreie, die zuerst schrill und laut klangen, um dann in ungeahnte Tiefen abzuebben. Ich versuchte, panisch einen anderen Gegenstand zu erwischen, doch alles bewegte sich mit mir auf die Grube zu.

Und dann hörte die Rutscherei so plötzlich wieder auf, wie sie begonnen hatte. Ich fand mich einem Troll gegenüber.

»Sabber!« bemerkte der.

Ich hieb ihm den Tisch über den Kopf. Der Tisch splitterte. »Schlabber!« fuhr der Troll in seinen Bemerkungen fort.

»Oh, könnten meine Lehrer mich jetzt sehen!« Eine muskulöse Hand tauchte in meinem Gesichtsfeld auf und pflückte den Troll vom Boden. Ein unglaublich fröhlicher Händler stand an meiner Seite.

»Das war meine erste Chance, einen Troll zu erdrosseln«, schwärmte der Händler.

»Kein Sabb...«, war alles, was der Troll noch sagen konnte.

Eine tiefe, beeindruckende Stimme drang von irgendwo hinter mir:

Vorwärts, ihr Gläubigen!
Packt sie euch!
Reißt sie auseinander!
Glied für Glied!

Die Luft war staubgeschwängert. Man konnte nicht weiter als ein paar Fuß sehen. Die Stimme bereitete mir einiges Unbehagen in meiner Magengegend. Es gab nur einen Dichter, der so schlecht war.

Brüllt für die Niederhöllen,
Prasselt, o lodernde Flammen!
In ein paar Stunden nur,
Werden wir den Herrscher stöllen.

Im Zwielicht des Staubes konnte ich eine große, blaue Gestalt ausmachen, die sich über das Gewirr erhob. Richtig, es war der Dämon Guxx.

Wir werden hier regieren
Mit Herrscherstolz und Pomp.
Darum laßt uns jetzt tanzen
Den Niederhöllen-Stomp!

Das war entsetzlicher als entsetzlich! Überall schwirrten die Dämonen herum. Wenn nicht irgend jemand irgend etwas tun würde, wären wir alle verloren. Schlimmer noch, die letzten Laute, die an unsere sterbenden Ohren dringen würden, wären Guxxens Knüttelverse!

Doch dann ließ sich eine schrille Stimme über all dem Lärm vernehmen:

»Gebt mir ein P!«

Drei oder vier verlorene »Ps« waren zu hören.

»Gebt mir ein L!«

»L!« schrie ich mit den anderen. Die Antwortschreie waren nun schon lauter.

»Schnell!« war Guxx wieder zu hören. »Verhindert ihr Zusammenschließen! Nun soll ihr Blut gen Höllen fließen!«

Doch die andere Stimme war nicht zum Schweigen zu bringen.

»Gebt mir ein A!«

Der Staub hatte sich nun so weit gesenkt, daß ich den Raum halbwegs überblicken konnte. Ein kleiner, roter Dämon sprang nach meiner Kehle. Ich hielt immer noch ein Tischbein in der Hand; mehr war von meiner Anti-Troll-Waffe nicht übriggeblieben. Ich prügelte damit auf den kleinen Dämonen ein, der durch die Luft flog.

»A!« brüllte ich aus Leibeskräften.

Hendrek war an meiner Seite. Seine Keule wob phantastische Hiebmuster in die Luft, als er in zwölf Sekunden ebenso viele Dämonen bewußtlos schlug. Erstaunte Fragen wie »Was?«, »Wer bin ich?« und »Was tue ich hier?« kamen von den noch nicht bewußtlosen Dämonen und legten beredtes Zeugnis von Schädelbrechers höllischen Kräften ab.

»U!« brüllte Hendrek mit uns anderen.

Ich sah mich nach meinem Meister um.

»Gebt mir ein G!«

Der Händler des Todes war an meine andere Seite gekommen und bewegte sich so schnell, daß Hendrek gegen ihn fast wie der Entdecker der Langsamkeit aussah. Dämonenarme und Dämonenbeine waren überall um ihn. Manchmal hingen sogar noch die dazugehörigen Dämonen dran.

»G!« schrie der Händler mit den anderen. Er lachte und begann zu pfeifen.

Ich entdeckte Heemat und Snarks, die sich inmitten eines Kampfkreises von ungefähr einem Dutzend Eremiten befanden, von denen jeder einen Stock schwang, der ein wenig kürzer und ein wenig dicker als mein Wanderstab war. Sie brauchten die Stöcke sehr wirkungsvoll dazu, eine Horde Dämonen zurückzuhalten und dem Gegner hier und da empfindliche Verluste zu bereiten.

»Gebt mir noch ein G!«

»Noch ein G!« schrien sie fröhlich im Chor.

Dann erblickte ich meinen Meister. Er hatte sich hinter einen Schutthaufen zurückgezogen und hielt sich mit beiden Händen die Nase zu.

Ein Troll, ein ausgesprochen großes und haariges Exemplar seiner Gattung, näherte sich ihm.

»Sabber«, verkündete der Troll mit gierig zitternder Stimme.

»Wie heißt die Losung?« kam die Stimme von oben.

Ebenezums Antlitz hatte eine merkwürdig rote Tönung angenommen. Unwillkürlich schnellte sein Kopf zurück: Er konnte seine Krankheit nicht länger unterdrücken.

Den Troll traf die volle Wucht der nasalen Entladung. Das muskelbepackte Wesen hüpfte und kreischte schreckerfüllt, während es versuchte, sich den Schleim vom Körper und aus dem Gesicht zu wischen.

»Kein Sabber! Verzichte auf den Schlabber!« schrie es und rannte auf den Abgrund zu, dem es entstiegen war.

»Plaugg!« brüllten Hunderte von Stimmen.

»Wie heißt die Losung?« fragte die Stimme von oben wieder.

»Plaugg!« schrien wir alle, wohl an die tausend Stimmen stark.

»Ich kann euch nicht hören!« rief die Stimme, trunken vor Begeisterung.

Ich sah, daß Ebenezum tief Atem holte und miteinstimmte.

»Plaugg!«

Die Welt um uns herum gefror. Oder, genauer gesagt,

die Dämonen gefroren, und zwar in der Stellung, die sie bei unserem finalen Freudenschrei jeweils eingenommen hatten. Auch die Staubreste in der Luft waren nun verschwunden. Unsere Umgebung war so rein und kühl wie ein Frühlingsmorgen.

Plaugg schwebte immer noch über unseren Köpfen.

»Na also«, sagte er. »Das ist doch viel besser, oder?«

Guxx kreischte wütend von der Spitze eines Berges aus toten Eremiten. Offensichtlich war er der einzige Dämon, dem unsere Sangesmagie nichts anhaben konnte.

Kein Spruch von euch kann Niederhöllen binden,
Bald werd' ich einen Dämon-Freispruch finden!

Ebenezum schneuzte sich. »Seht Euch vor!« warnte er Plaugg. »Seine Macht wächst mit jedem Reim!«

»Sogar mit so einem?« Der Gott schüttelte ungläubig sein Haupt. »Doch wer bin ich, über ihn zu urteilen? Ich mache schließlich nicht die Regeln. Oder zumindest nicht viele.«

Der riesige blaue Dämon spannte seine muskulösen Arme an. Seine Klauen waren seit seiner Begegnung mit Ebenezum wieder nachgewachsen.

Nicht trifft mich dieser dumme Scherz,
Denn bald reiß ich dir aus dein Herz!

Ich sah, wie die Dämonen in meiner Nähe sich wieder zu regen begannen. Guxxens Poesie würde sie aus ihrer Betäubung befreien!

»Du bist ein hartnäckiger Bursche!« erwiderte Plaugg. »Eine Sekunde bitte noch, und ich schicke dich zurück in die Niederhöllen.«

Ebenezum nieste wieder. Die magische Macht des Dämonen wuchs!

Guxx fletschte seine rasiermesserscharfen Zähne.

Nicht eine Stunde bleibt euch noch
Auf dieser eurer Erde.
Mit meinen Kämpfern werde ich
Euch expedieren ab ins Loch!

Durch die Dämonen lief ein nicht zu übersehendes Zittern.

»Dieser Kerl kann einem etwas auf die Nerven gehen, findet ihr nicht?« antwortete Plaugg. »Nur noch einen Moment, bitte. Ich bin noch nicht ganz mit meiner körperlichen Erscheinungsform vertraut, normalerweise läßt man mich nur als brennendes Moospolster auftreten. Ich stehe nicht weit genug oben in der Hierarchie, als daß der Dornbusch für mich in Frage käme, versteht ihr? Aber ich habe ja nichts dagegen.«

Guxx sprang vor und zerfetzte die Luft mit seinen Klauen. Man konnte es ihm förmlich ansehen, daß er sich mit jedem Augenblick besser fühlte.

Die Chance ist vertan,
Du himmlischer Tor,
Nun wechselt der Herrscher:
Dämonen treten vor!

Ich konnte sehen, daß der mir am nächsten stehende Dämon wiederholt mit den Augen blinzelte.

»Du verlegst dich jetzt auf Beschimpfungen?« konterte Plaugg. »Ich sehe schon, dies ist kein fair-play mehr. Wenn ich nicht diese Probleme mit meiner augenblicklichen Manifestationsform hätte, hättest du für solche Gehässigkeiten keine Zeit mehr. Vielleicht hätte ich mich doch für das brennende Baummoos entscheiden sollen, obgleich das intellektuell nicht besonders stimulierend wirkt, glaubt mir.«

Genug der Lügen, genug der Rede,
Dämonen aller Länder, auf die Diebe!

Die erstarrten Dämonen rührten sich nicht.

»Ähm«, Guxx räusperte sich. »War wohl nicht gut genug? Wie ist es hiermit:

Vorwärts, Dämonen, aufgewacht!
Bewegung bringt euch an die Macht!

Einige der Dämonen gähnten und reckten die Glieder.

»O Mäßig Mächtiger Plaugg!« schrie Heemat. »Tut etwas! Bitte!«

»Tut mit leid!« erwiderte die Gottheit. »Ich lasse mich nicht gerne drängen. Wartet eine Sekunde. Ist es so richtig?« Er wackelte dreimal mit seinem Hinterteil. Nichts geschah.

Rührt euch, Dämonen! Eilet! Eilet!
Verlieren wird, wer lang verweilet!

Die Dämonen erwachten en masse.

»Schnell! So unternimm doch etwas!« kreischte Heemat. »Äh ... wir flehen Euch an, bitte!«

»Ja, ja, gleich habe ich es.« Plaugg biß sich auf die Unterlippe. »Ihr müßt sie nur noch ein, zwei Augenblicke zurückhalten.«

»Der da gehört mir!« brüllte der Händler des Todes und stürzte sich auf Guxx. »Ich wollte schon immer einen *richtig* großen Dämonen erdrosseln.«

Guxx hieb nach dem angreifenden Assassinen, doch der war zu schnell für ihn. Guxx' Schläge sausten ins Leere – und der Händler hielt Guxx von hinten im Würgegriff.

Ans Werk! Ans Werk! Dämonen alle!
Sie laufen euch nun in die – urracht!

Der Händler verstärkte seinen Griff.

»Warte eine Sekunde!« rief Plaugg, als die Dämonen schon wieder ihr Zerstörungswerk begannen. »Ich hab's!«

Er wackelte dreimal mit seinem Hinterteil und schnippte mit den Fingern.

Von hoch oben erscholl Trompetenklang. Auch vernahm ich Flügelflattern hoch über mir, als fülle sich die Luft mit unsichtbaren Vögeln. In der Mitte des Raums erschien ein noch größerer Erdspalt. Die Einwohner der Niederhöllen kreischten wie *ein* Dämon auf, als sie zu ihrer Heimstatt zurückgesogen wurden.

Als der Spalt sich wieder geschlossen hatte, erhoben sich Heemat und zehn andere Eremiten, die auf Snarks gesessen hatten.

»Ich kann es nicht riskieren, einen Konvertiten zu verlieren«, bemerkte Heemat lächelnd.

»Vsspllthmm Quxx!« gab Snarks zur Antwort.

»Da ist ja noch einer über!« Plauggs Stirn legte sich in ziemlich ungnädige Falten. »Aber ich bin mir absolut sicher, daß meine Rechnung gestimmt hat!«

Zu diesem Zeitpunkt wurde mir bewußt, daß der Händler des Todes nicht länger unter uns weilte.

»Gut«, fuhr Plaugg fort. »Es war nett. Ruft mich nicht an, ich werde mich bei euch melden. Ich brauche jetzt Urlaub. Aber das ist in meinem Beruf auch mit Schwierigkeiten verbunden. Was glaubt ihr, wird man mir ein bißchen Freizeit gönnen?«

Und mit diesen Worten war auch Plaugg verschwunden.

Ebenezum putzte sich die Nase.

»Und jetzt beginnt die eigentliche Arbeit.«

Kapitel Sechzehn

Anfang und Ende sind meist willkürliche Setzungen. Man meint, daß das Leben beginnt, wenn man geboren wird, doch was ist mit jenen Monaten, die man im Mutterleib verbracht hat? Das Ende ist noch unsicherer, denn es könnte da Fortsetzungen geben, die sich nahtlos an die vorige Lebensgeschichte anschließen. Und das ist mein letzter Satz zu diesem Thema. Oder vielleicht dieser hier. Nein, sicher ist das, was ich jetzt schreibe, der absolut letzte Satz. Doch wenn ich es mir recht überlege, könnte genausogut dieser …

– aus den LEHREN DES EBENEZUM, Band LVII (gekürzt)

»Was wolltet Ihr sagen? Ihr wollt nicht zahlen?«

Ebenezum blickte gelassen auf einen rotanlaufenden Heemat.

»Wie Ihr Euch sicher erinnert, mein lieber Heemat, haben wir bei unserer Ankunft grundsätzlich Unterkunft und Verpflegung bezahlt. Und Ihr ließt es damals an Hinweisen auf zusätzliche Unkosten fehlen, die noch anfallen mochten.«

»Ihr müßt doch einsehen, daß eine Behausung unseres Standards …«

Der Zauberer sah die drei Bögen Pergament durch, die in einer winzigen Handschrift eng mit Auflistungen und Preisen beschrieben waren. »Ich sehe hier zum Beispiel, daß Ihr einen zerbrochenen Tisch in Rechnung stellt. Das ist eine sehr vernünftige Forderung; ich rate Euch diesbezüglich, Euch an den Mann, der den Schaden verursacht hat, zu wenden. Meines bescheidenen Wissens nach ist er zur Zeit in den Niederhöllen zu erreichen.« Er schlug mit der Hand auf das Pergament. »Vierhundert Liter Zitronencreme? Ihr wagt es …« Höchstzauberischer Zorn machte Ebenezum vorübergehend sprachlos.

Heemat zuckte mit den Schultern. »Irgend jemand muß es schließlich bezahlen.«

»In der Tat.« Ebenezums betont ruhige Sprechweise konnte nichts Gutes bedeuten. Ich hatte meinen Meister schon einmal in solcher Stimmung erlebt und zog mich unauffällig weit in Richtung Wand zurück.

»Ich werde die folgende Frage nur einmal stellen, also hört gut zu«, bemerkte Ebenezum. »Mein Herr, was würdet Ihr davon halten, in einen Frosch verwandelt zu werden?«

»Ein Frosch«, sprach Heemat sinnend vor sich hin und blickte auf seine Füße. Möglicherweise stellte er sich gerade Schwimmhäute zwischen seinen Zehen vor. Er blickte wieder auf Ebenezum, der in den zauberlichen Galaroben vor ihm stand.

»Ein Frosch«, wiederholte er und schnappte sich schnell die Rechnungen. »Nun, vielleicht haben wir ein paar Fehler gemacht. Manchmal sind unsere Buchhalter etwas übereifrig. Ich werde persönlich die Rechnung noch einmal durchsehen.«

»Ich wäre Euch sehr zu Dank verpflichtet«, erwiderte der Zauberer in etwas weniger akzentuierter Sprechweise. »Wir werden natürlich Snarks mitnehmen.«

»Ihr wollt Snarks mitnehmen?« Heemats Gesicht bekam wieder Farbe. »Ihr betrügt mich um meine rechtmäßigen Einkünfte, und dann wollt Ihr meinen besten Assistenten entführen? Ich werde Euch zeigen, wie ...«

»Die Wasserlilien sollen zu dieser Jahreszeit sehr schön sein«, flocht Ebenezum ins Gespräch ein.

»Wasserlilien.« Heemat wurde bleich. »Zu lange schon habe ich mein Schweigegelübde nicht mehr beachtet. Es ist höchste Zeit, mein heiliges Gelöbnis zu erfüllen, und zwar sofort.« Heemat preßte seine Lippen mit aller Macht aufeinander.

»Meine Bewunderung hat schon immer den heiligen Männern gegolten«, erwiderte Ebenezum, als Hendrek zu uns stieß. Der große Krieger hatte Snarks im Schlepptau.

Der dämonische Eremit schob seine Kapuze zurück. »Sie sind in Ordnung, Freund Heemat. Bevor ich aus den Niederhöllen verbannt wurde, habe ich noch gesehen, was dort vorgeht. Es gibt gewisse Dämonen, die es satt haben, immer nur *unter* der Erde zu leben und die deshalb gerne auch die Oberfläche kontrollieren würden. Und diese Partei erfreut sich immer größeren Zulaufs unter den Völkern der Dämonen.«

»Nur zu wahr«, stimmte Ebenezum aus sicherer Entfernung zu. »Mein Lehrling und ich haben während unserer Reise ins sagenumwobene Vushta überall magische Überkapazitäten beobachten können. Schon lange habe ich diese Auswirkungen befürchtet. Deshalb müssen wir vier – Wuntvor, Snarks, der Krieger Hendrek und meine Wenigkeit – in aller Eile unsere Reise nach Vushta fortsetzen. Zunächst wollte ich diese Stadt nur aus rein persönlichen Motiven besuchen. Doch wie die Dinge nun stehen, muß ich dort auch die große Zauberer-Universität warnen und ihnen helfen, sich auf die magische Schlacht, die uns gewiß bevorsteht, vorzubereiten.«

Heemat nickte schweigend.

»Du bleibst also wirklich bei deinem Schweigegelübde«, stellte Snarks fest. »Es wird ein Ausgleich für die vielen Male sein, wo du zu viel geredet hast. Und, mein lieber Freund, du weißt auch ganz gut, daß du ruhig ein paar Pfund verlieren könntest. Darüberhinaus möchte ich dir nicht verschweigen, daß grrllp xxzzttff krll.«

Hendrek hatte die Kapuze wieder über den Dämonenkopf geschoben.

»Verdammnis«, bemerkte er abschließend.

Heemat, der eigentlich etwas hatte erwidern wollen, schielte zu dem Zauberer hinüber – und schwieg.

»Wir wissen Eure vernünftige Einstellung in dieser Sache zu schätzen«, wandte sich Ebenezum an den Eremiten. »Dem ernsten Anlaß entsprechend haben wir uns ferner die Freiheit genommen, ein Pferd und einen Wagen aus Euren bescheidenen Ställen auszuleihen. Oh, keine Angst!

Ihr werdet sie lediglich ein paar Monate entbehren müssen. Vorausgesetzt natürlich, daß wir nicht mehr von Dämonen angegriffen werden. Ich möchte Euch noch einmal versichern, wie sehr wir alle Eure Opfer zu würdigen wissen, die uns ermöglichen, auf unserem gefährlichen Weg nach Vushta ein wenig der wohlverdienten Ruhe zu pflegen.«

Er zeigte in Richtung Küche. »Wunt, hol doch bitte die zwei Proviantsäcke, die ich zusammengestellt habe.«

Ich tat wie geheißen, wobei ich mich bemühte, Heemat zu ignorieren, was mir nicht leicht fiel, hatte er doch mittlerweile wieder die Farbschattierungen eines wahrhaft prächtigen Sonnenuntergangs angenommen.

Und so waren wir wieder auf unserem Weg nach Vushta, der Stadt der tausend verbotenen Lüste, die einen Mann fürs Leben zeichnen konnte. Es war schon lange her, daß ich mich so wohl gefühlt hatte. Ein leichter Nieselregen fiel, während unser Wagen durch den Wald fuhr, ein erfrischend kühler Regen, der angenehmste, den ich je erlebt hatte. Ich summte vor mich hin, während ich das Pferd antrieb. Da meine Herkunft eine bäuerliche war, hatte ich so viel Erfahrung mit Tieren wie jeder andere.

Ebenezum saß neben mir auf dem Wagen. Es war offenkundig, daß er immer noch erschöpft war. Alle paar Minuten nickte er ein, bis ihn das Holpern des Wagens wieder aufschreckte. Hendrek, der wie üblich vor sich hin brütete, saß direkt hinter uns. Snarks hockte noch weiter hinter im Wagen unter der Abdeckplane und tat, was immer auch Snarks tief in seine Roben versunken tun mochte.

Aus den Büschen drang ein Schrei, der einem das Blut in den Adern stocken ließ. Ein Mann, nur mit einem Lendenschurz bekleidet, rannte mit gezücktem Messer auf unseren Wagen zu. Seine nackten Füße stießen gegen einen Stein, als er die Straße entlangrannte. Er stolperte. Und irgendwie schaffte er es, sich mit seinem eigenen Messer zu erdolchen.

»Noch ein Mietmörder«, stellte ich beiläufig fest, während unser Wagen auf die Leiche zuratterte.

»In der Tat«, erwiderte Ebenezum. »Das alles ist recht beruhigend, findest du nicht auch?«

Und beruhigend war es in der Tat. Ebenezum fiel schließlich in tiefen Schlaf, und ich lenkte unseren Wagen weiter, dem Sündenbabel Vushta entgegen.

Oh, was für eine schöne neue Welt!

Die abenteuerliche Reise geht weiter!

›Ein Magier im Monsterland‹

Der zweite Roman um Ebenezum und seinen tölpelhaften Zaubererlehrling erscheint im November 1989 bei Bastei-Lübbe (Band 20131).

Band 20 115

Orson Scott Card

Der siebente Sohn

Deutsche Erstveröffentlichung

Amerika, Ende des 18. Jahrhunderts. Es ist ein Amerika, das nie eine Revolution erlebt hat, sondern immer noch eine Kolonie des englischen Mutterlands ist, in dem die sittenstrengen Puritaner herrschen.
In diesem Amerika wird ein Kind geboren, dem man den Namen Alvin gibt. Alvin ist der siebte Sohn eines siebten Sohnes, und er besitzt magische Kräfte. Er ist dazu bestimmt, ein Schöpfer zu werden, wenn – ja, wenn er seine Kindheit überlebt. Denn noch ist er klein und schwach, und sein einziger Verbündeter ist ein wandernder Geschichtenerzähler, ein alter Waldläufer namens William Blake. Und sein Feind ist der Unschöpfer, die dunkle Macht des Zerstörers vom Anbeginn der Welt.

BASTEI LÜBBE

Sie erhalten diesen Band im Buchhandel, bei Ihrem Zeitschriftenhändler sowie im Bahnhofsbuchhandel.